마왕의 사과 몬스터레드

마왕의 사과 몬스터레드

초판 1쇄 발행 2025년 9월 20일

지은이 진주현

펴낸이 윤주용
편집 류정화, 박미선 | 마케팅 조명구 | 홍보 박미나

펴낸곳 초록비책공방
출판등록 2013년 4월 25일 제2013-000130
주소 서울시 마포구 동교로27길 53 308호
전화 0505-566-5522 | 팩스 02-6008-1777

메일 greenrainbooks@naver.com
인스타 @greenrainbooks @greenrain_1318
블로그 http://blog.naver.com/greenrainbooks

ISBN 979-11-993853-5-1 (03810)

* 정가는 책 뒤표지에 있습니다.
* 파손된 책은 구입처에서 교환하실 수 있습니다.
* 저작권을 준수하여 이 책의 전부 또는 일부를 어떤 형태로든 허락 없이
  복제, 스캔, 배포하지 않는 여러분께 감사드립니다.

어려운 것은 쉽게 쉬운 것은 깊게 깊은 것은 유쾌하게
초록비책공방은 여러분의 소중한 의견을 기다리고 있습니다.
원고 투고, 오탈자 제보, 제휴 제안은 greenrainbooks@naver.com으로 보내주세요.

마왕의 사과 몬스터레드

진주현 지음

차례

1화. 빵셔틀의 초능력 … 9

2화. 괴물 사과 출현 … 41

3화. 다른 세계의 전사들 … 73

4화. 싸움의 기술 … 105

5화. 휴교령, 그리고 포탈 … 169

6화. 괴물의 실체 … 199

7화. 교실 습격전 … 247

8화. 사과 향이 남긴 자리 … 325

검은 넝쿨이 황금빛 문명을 잠식한다.
멸망한 세계에서 두 사람이 살아남았으니,
다른 세계로 몸을 피해 반격을 도모한다.

1화
빵셔틀의 초능력

1

"포켓몬 빵이나 사 와라. 썹지혁. 피카츄 들어있는 걸로."
"썹지혁 아니고 한지혁. 입이 닳도록 얘기했는데."
"지랄한다. 병신 새끼. 종 치기 전까지 안 오면 뒈진다."
내 이름은 한지혁. 방금 내 이름을 모욕한 놈은 박도환. 전교 1등을 유지하는 놈이라 지능에 문제가 있는 건 아닐 텐데 한 번도 내 이름을 제대로 부른 적이 없다.
"후…."
"방금 한숨 쉬었냐? 썹새야?"
"막 가려던 참이니 그만하지."
오늘따라 유난히 신경질적이다. 매점에 가려고 일어서는데 고미와 눈이 마주쳤다. 빛과 어둠이 공존하듯 이 교실엔 악마와 천사가 공존한다. 악마가 누군지는 방금 봤을 테고 천사란 바로 이 아이 '강고미'다. 내겐 봄의 햇살처럼 눈부신 존재. 나뿐만 아니라 누가 봐도 그렇겠지. 고미처럼 예쁜 애는 본 적이 없다.
고미가 못 봐주겠다는 듯 박도환을 향해 목소리를 높였다.

"야! 박도환! 약한 애 괴롭히니까 좋아?"

'너까지 이런 지저분한 폭력에 끼어들 필요 없어.'라고 말하고 싶다. 하지만 입 밖으로 나오는 말은 늘 속마음과 딴판이다.

"약한 애라니. 도와주는 건 고맙지만 썩 기분이 좋진 않네."

"나라도 나서야지. 이걸 두고 볼 수만은 없어. 지혁아."

하긴, 고미가 나서주는 것만으로도 감지덕지다. 이 반에서 유일하게 나 같은 놈을 위해 나서주는 아이.

"쳇."

코웃음을 흘리며 고미를 쳐다보는 박도환의 눈빛이 짐승 같다. 키가 190이나 되는 근육질 거구가 금방이라도 고미를 덮칠 것 같아 불안하다. 하지만 박도환이 그럴 리 없고 고미도 거침이 없다.

"부끄럽지도 않아? 이거 학폭이야. 알지?"

"심심해서 그래. 그럼 네가 나랑 놀아주는 건 어때?"

시답잖은 도환의 희롱에 고미의 얼굴이 구겨졌다. 나는 문득 근처에 앉아 있는 권나라를 보았다. 귀를 열고 대화를 들으면서 핸드폰에 열중한 척 애쓰는 모습이 애처롭다. 권나라는 틈만 나면 박도환이 화각에 들어오도록 셀카를 찍는다. 녀석을 좋아하는 티를 팍팍 내는데, 녀석은 그 애에게 관심조차 없다.

"응? 강고미. 언제 놀아줄 거야? 주말에 롯데월드 콜?"

듣고 있던 권나라의 얼굴이 굳는다. 도환이 윙크를 날리자 고미는 불쾌함이 극에 달했는지 말을 잇지 못하고, 권나라는 괜스레 한숨 쉬며 책상에 엎드린다. 돌아가는 꼴을 보고 있자니 기분이 영 별로다.

"나한텐 못되게 굴어도 상관없는데 다른 애들한텐 그러지 마."

"하하하! 미친 새끼. 이러니까 당하는 거야. 너 뭐라도 되냐? 한 번 죽을 때까지 맞아볼래? 그래도 입만 살아있나 보게."

"죽으면 당연히 안 움직이겠지."

"닥치고 빨리 안 뛰어? 쉬는 시간 끝난다."

"휴…."

교실을 나가는 순간까지 놈이 내 등에 대고 외친다.

"이번에도 잠만보 나오면 뒈진다!"

그래. 뒈지도록 맞겠지. 그래도 나는 늘 그래왔듯 잠만보 스티커가 들어있는 빵을 집을 거다. 어떤 스티커가 들어있는지 어떻게 아냐고? 나만의 비밀인데 나한텐 빵 봉지와 띠부씰 껍데기 정도는 꿰뚫어 보는 투시력이 있다. 피카츄가 들어있는 빵은 진열대 맨 뒤쪽에 있지만 나의 선택은 이번에도 잠만보. 놈이 원하는 걸 얻고 히죽거리는 꼴을 보는 건 맞는 것보다 더 싫다.

투시력 말고도 나에게만 보이는 이상한 것들도 있지만 지금 설명하기엔 시간이 없다. 수업 종이 치기 전에 교실로 돌아가야 한다.

교실로 돌아오자 문 바깥에서 권나라가 강고미를 세워놓고 신경전을 벌이고 있다. 나라가 고미에게 따진다.

"네가 뭔데 도환이한테 시비야?"

"한심하네. 눈에 콩깍지가 씌어서 뭐가 잘못됐는지 모르겠어?"

"잘못된 건 한지혁 저 새끼지! 뭣도 없으면서 맨날 우리 도환이한테 시비잖아!"

"아니, 그게 어떻게 시비야? 박도환이 먼저 괴롭히는데."

둘의 말싸움이 길어질 것 같다. 나와 눈이 마주친 고미가 교실 안쪽으로 눈길을 준다. 신경 쓰지 말고 지나가란 뜻이다.

'그래. 빵 배달 먼저 끝내자.'

박도환이 내가 준 빵 봉지를 뜯고 띠부씰부터 꺼내 본다. 녀석의 얼굴이 곧 실망감으로 일그러졌다.

"씨발. 또 잠만보야? 재수 오졌다. 지긋지긋한 잠만보. 이 정도면 초능력 아니냐?"

"어. 초능력이야. 들켰네."

이번에도 녀석의 반응이 꽤 만족스럽다. 웃음이 절로 나왔다. 그러자 놈의 눈빛에 서늘한 살기가 돈다.

"씨발 새끼가 뒈지고 싶냐?"

"딱히."

"처먹어. 씹새꺄."

녀석이 한 입도 안 댄 빵을 내 얼굴에 던졌다. 빵이 교실 바닥을 구르며 먼지투성이가 되었다.

"털지 말고. 씨발아."

"마침 출출했는데 잘됐네."

먼지 묻은 빵을 탁탁 털고 꾸역꾸역 입에 밀어 넣으며 놈을 빤히 쳐다보았다. 놈의 턱에 힘이 들어가는 걸 보니 방과 후에 편히 집에 가긴 글렀다. 도발이 좀 과했나? 다행히 집에 가는 길은 고미와 반대 방향이라 못 볼 꼴을 보일 일은 없다.

같은 반 조현준은 박도환 패거리에게 끌려가는 나를 보다가 겁을 먹고 고개를 돌렸다. 중학교 때 같이 놀던 녀석인데 학기 초에는 같은 반이 됐다고 좋아했지만 내가 빵셔틀이 된 후 나와 거리를 두기 시작했다. 말려들기 싫어서겠지. 괜찮다. 배신감 따윈 들지 않는다. 약자란 원래 그런 거니까.

"오늘은 보디블로가 뭔지 가르쳐주지."

"크흡!"

늘 후미진 골목에서 시작된다. 전교 1등도 모자라 주니어 복싱 챔피언 타이틀까지 거머쥔 괴물 같은 놈한테 두들겨 맞는 일.

"우리 씹지혁이. 애미 애비 없다고. 불쌍해서. 잘 좀 해주려는데. 협조를. 안 해!"

말 한마디에 한방씩 옆구리에 들어왔다. 내장이 입 밖으로 튀어나올 것 같다. 익숙하지만 결코 적응 못 할 감각이다.

"건방진 새끼. 표정 안 바꿔? 한 번쯤은! 비명이라도! 질러보라고!"

"큭!"

네놈이 좋아하는 걸 내가 왜 해주냐. 나는 고통을 참아내며 목소리를 짜냈다.

"잠만보 스티커… 몇 장 모았어?"

"이 씹새끼가!"

"흡!"

놈이 주먹질에 박차를 가했다. 너무 걱정하지 말기를. 곧 끝나니까. 놈은 나를 10분 이상 괴롭힌 적이 없다. 철저히 학원 스케줄에 맞춰 괴롭히는 시간이 정해져 있다. 게다가 시험 기간에는 공부하느라 나를 건드리지도 않는다.

선생님들 눈에 박도환은 전교 1등 모범생. 독보적인 체격에 복싱이 특기인 만능 스포츠맨이다. 게다가 판사 아버지에 병원장 어머니를 둔 비브라늄 수저. 그러나 내가 아는 놈의 진실은 교활하고 주먹질에 도가 텄으며 학업 스트레스를 약자에게 쏟아붓는데 전혀 죄책감을 느끼지 않는 최악의 포식자다.

세상에 순수한 악은 존재한다. '박도환'이라는 이름으로.

"이 씨발 새끼야. 적당히 해라. 내가 좋게 봐주면. 너도 네 주제를 알아야지."

"…."

몸이 절로 수그러지고 목소리도 안 나온다. 녀석이 내 등을 툭툭 두드리며 말했다.

"후, 오늘은 여기까지. 언제까지 태연한 낯짝을 유지하는지 보자."

역시, 금방 끝났다.

집에 가는 길은 평소와 같다. 나는 아무 일 없었다는 듯 몸을 펴고 정면만 보며 걸었다. 빵 봉지 속 스티커처럼 하찮은 것만 보였다면 좋았을 텐데 나에게는 보이는 이상한 것들이 보인다. 요즘 같은 겨울엔 증상이 더 심하다. 앙상해진 나뭇가지 사이에 숨어있는 괴이한 것들. 어쩔 땐 바짝 마른 나뭇가지가 손가락처럼 내게 손짓하고 나무 밑동에 웅크린 것들이 나를 주시한다. 퀭한 구멍 같은 눈으로.

그것들이 뭐냐고? 나도 모른다. 숯덩이처럼 시커먼데 자세히 보면 작은 동물 같기도 하다. 그런 것들이 지천에 바글거린다. 어렸을 때부터 보이던 것들이지만 아무에게도 말하지 않았다. 정신병자 취급까지 받게 된다면 정말 최악의 인생이 되겠지.

"다녀왔습니다."

어두컴컴한 아파트. 부엌에서 느릿느릿 움직이던 기척이 나를 반긴다. 나를 길러주신 할머니. 단춧구멍 같은 눈을 깜빡이며 묵묵히 부엌일을 하신다. 보글보글 끓는 냄비에서 익숙한 냄새가 퍼졌다. 오늘도 양배추 죽이다. 거실 구석에 가방을 두고 식탁에 앉아 식사를 기다렸다.

"고미 있잖아요. 강고미. 학교에서 제일 예쁜 애."

학교에서 있던 이야기를 꺼냈으나 돌아오는 대답은 없다. 냄비 소리만이 정적을 달랜다. 언제나처럼 난 혼자서 말을 이었다.

"진짜 매력 있어요. 착하고 예쁜데 겁도 없어요. 박도환 같은 나쁜 놈한테도 쫄지 않아요. 그놈한테 굽히지 않는 애는 걔밖에 없거든요. 아, 물론 저도 있지만 걔는 격이 다르죠. 악에 맞서는 유일한 천사랄까. 그래봤자 박도환의 패악질이 멈추는 건 아니지만 그래도 고미가 있어서…."

지글지글 끓는 소리와 김새는 소리, 덜걱거리는 뚜껑 소리, 할머니의 뒷모습. 가장 말을 많이 하는 장소가 집인데 대답은 돌아오지 않는다. 어차피 혼잣말이다. 학교 이야기는 해서 뭐하나. 집어치우자.

"혹시 할머니."

'고미를 집에 초대해도 될까요?'라고 묻고 싶었지만 말없이 까만 눈을 깜빡이는 할머니를 보곤 이내 생각을 접었다. 이런 우중충한 집에 누군가를, 그것도 햇살처럼 반짝이는 아이를 초대하는 건 무례한 짓이다. 우울한 금요일 저녁이다.

2

'학교는 사회의 축소판이다'라는 말이 있는데 그 말이 사실이라면 사회는 꽤 절망적인 곳이 아닐까? 폭군 박도환과 그 일당이 지배하는 교실. 이 교실뿐만 아니라 전교에서 먹이사슬의 정점을 찍었으니 졸업 전까지 놈의 폭력을 벗어나긴 글렀다.

"뭐 재밌는 거 있냐?"

월요일 아침부터 아이들 자리를 기웃거리는 녀석이 있다. 김태양. 박도환의 끄나풀이다. 덩치는 씨름선수 같지만 고도 비만 물살이라 학기 첫날 박도환에게 처맞은 뒤 쭉 종노릇이다. 패거리를 몰고 다니면서 박도환에게 알랑방귀나 뀌는 하이에나 같은 놈. 할 짓 더럽게 없나 보다. 녀석이 고미 근처를 어슬렁대다가 한마디 건넨다.

"오늘도 예쁘네. 고미야."

고미에 대한 관심을 저런 식으로 표현하는 것 같은데 수준이 딱 그 정도다. 가만히 있을 고미가 아니다.

"아, 씨! 죽을래?"

"아, 띠! 두글래?"

놈이 고미에게 하는 짓을 보고 있자니 부아가 치민다. 그러나 놈도 선을 넘진 않는다. 앉아 있는 박도환을 슬쩍 보고는 자리를 옮겼다.

인정하고 싶진 않아도 이 교실엔 암묵적인 룰이 있다. 강고미를 괴롭히면 여자든 남자든 박도환한테 뒈진다는 거. 지난번에 권나라가 교실 밖에서 고미에게 따졌던 것도 다 그런 이유에서다.

왜 박도환이 고미에게만 특별히 관대한지 그 이유는 별로 생각하고 싶지 않다. 낙서나 하며 머리나 식히련다. 평소에는 내 눈에만 보이는 이상한 것들을 그리는데 오늘은 강고미를 시도해 봤다. 닮게 그리고 싶은데 허접한 만화 그림체를 못 벗어났다.

"뭐냐? 그림 좀 그리냐?"

어느새 나한테 얼쩡대는 김태양. 녀석이 주섬주섬 폰을 꺼내 내 앞에 들이밀었다.

"얘가 내 여친이거든? 오늘 20일 됐어. 겁나 이쁘지? 얘 좀 그려봐."

박도환 옆에 빌붙는 떨거지들한테까지 자존심을 팔고 싶진 않다. 게다가 고미를 귀찮게 했던 놈이니 할 수만 있다면 한 방 먹여주고 싶다. 하지만 주먹엔 영 소질이 없으니 내가 잘하는 방법으로 할 수밖에.

"내 그림 실력이 썩 대단하진 않지만 그렇다고 너 같은 돼지 새끼한테 막 그려줄 만큼 값싸지도 않은데."

"야, 이 개새끼야."

"응. 돼지 새끼야."

"이런 씨발!"

놈이 내 멱살을 잡아 올렸다.

"도환아! 이 새끼가 뭐라 씨불이는지 들었냐?"

"못 들었을까 봐 걱정되세요? 그럼 다시 말해줄게. 돼지새끼한테는 내 허접한 그림도 사치라고. 이해했지?"

"씨발 새끼가… 뒈지고 싶어 환장했나? 도환아! 나 이 새끼 조져도 되냐?"

오늘따라 말발이 잘 받는 것 같다. 녀석에게 느린 박수를 보내며 내쳐 말했다.

"자신이 개돼지임을 훌륭히 증명하는군. 허락 없인 주먹질도 맘대로 못 한다니."

"이 씹새끼가아아!"

그러나 박도환은 쳐다보지도 않았다. 그 녀석은 1교시 전까진 아무것도 안 한다. 음악을 듣는 건지 인강을 듣는 건지 에어팟을 귀에 꽂고 눈을 감고 앉아 그 시간만큼은 무슨 일이 일어나도 절대 반응하지 않는다.

"픔!"

누군가가 웃음을 참다 뿜는 소리를 냈다. 고미다. 그 반응에 기분이 좋아졌다. 멱살이 잡힌 채 씩 웃어 보이자 고미가 걱정이 섞인 묘한 미소를 지어 보였다. 아, 이제 난 곤죽이 되도록 처맞아도 여한이 없다.

"아! 씨! 도환아! 쫌!"

김태양이 화를 못 참고 박도환에게 보챘다. 박도환 옆에 선 권나라가 시종일관 셀카를 찍고 있다. 박도환을 프레임에 함께 담으려 애쓰면서. 그 정성과 열정만은 인정해 줘야겠다고 생각하려던 찰나, 1교시 종이 울렸다.
"넌 이따 뒈졌다."
녀석이 나를 집어던지다시피 내려놨다.
선생님이 들어오시기 직전 조현준이 헐레벌떡 들어와 자리에 앉았다. 녀석은 늘 아슬아슬하게 교실에 들어온다. 1교시 전엔 내가 신나게 괴롭힘당하는 시간이니 피하고 싶어서일 테지. '평범함'이란 것에도 등급을 매길 수 있다면 조현준이야말로 평범함의 만렙을 찍었달까. 녀석은 이 교실에서 공기처럼 보이지 않는 존재가 되어가고 있다. 나도 저래야 했나?
"수업 시작하자."
평범한 하루가 시작되었다. 평범하게 짜증 나고 평범하게 위기를 느끼는.
"퍽!"
쉬는 시간. 박도환에게 조르고 졸라 김태양이 기어코 내게 주먹을 날렸다. 놈의 신난 얼굴이 밉살스럽다.
"똑바로 서. 씹새꺄."
"똑바로 서 있는데?"
애써 참을 필요도 없다. 느리고 약하다. 김태양은 덩치만

크지 물 주먹이라 박도환 주먹에 비하면 맞을 만하다. 연이어 몇 대 더 날아왔으나 박도환 한방만 못하다. 녀석이 막 재미를 보려던 차 구경하던 박도환이 한마디 했다.
"적당히 해라. 내 샌드백이니까. 망가지면 뒈진다."
'후까시 잡지 마. 씨발놈아.'라고 말해주고 싶지만 쌍욕으로 입을 더럽히는 건 내 스타일이 아니고 박도환의 주먹은 진짜라 마음속에만 담아뒀다.
김태양이 분통을 터뜨렸다.
"몇 대 때리지도 못했다고!"
"쉬는 시간 끝났어."
"아, 한 대만! 어? 한 대만 더 때리게 해주라!"
"끝났다고. 돼지 새끼야."
찍소리도 못하고 꼬리를 내리는 김태양. 그러나 박도환은 구경하는 재미가 들렸는지 쉬는 시간마다 날 불러내 김태양에게 기회를 주었다. 그 덕분에 나는 점심시간이 되어서야 놓여났다. 구내식당에서 밥줄에 서서 기다리는데 누가 뒤로 다가와 말을 건다. 강고미다.
"쉬는 시간마다 뭐 했어?"
"뭘?"
"계속 박도환 일당이랑 나갔다가 왔잖아."
보고 있었구나. 하지만 나는 말을 아꼈다.
"아무것도 아니야."

"아니긴."
"진짜 아니야."
"내가 바보로 보여?"
상대 말을 안 듣는 성격인가?
"학폭위에 찔러. 지혁아."
"괜찮아. 딱히 괴롭진 않아."
"괴롭지 않다니? 못 하겠으면 내가 대신 말해줄게."
"아니. 네게 이런 말을 듣는 게 더 괴로워."
"뭐?"
순간 고미의 표정이 어정쩡하게 일그러졌다. 실수다. 내 말투 때문이다.
"아니, 무슨 말이냐 하면…."
'나 때문에 너까지 신경 쓰게 해서 괴롭다는 뜻이야.'라고 말하고 싶었으나 나오지 않는다.
"너 설마, 맞는 걸 즐기는 타입은 아니지?"
"어떤 멍청한 녀석이 그런 걸 즐겨?"
"여기 너 있잖아. 입만 다물어도 그렇게 맞진 않을 거다. 바보는 아닌 거 같은데 왜 쓸데없이 나불대서 매를 벌어?"
"주먹으론 맞설 수 없으니 입으로라도 털어줘야지."
"주먹 대신 말로 때리는 거라고?"
"맞아. 바로 그거야."
"참나, 넌 겁도 없니? 안 무서워?"

"김태양 그 멍청한 놈 주먹은 기별도 안 와. 박도환 주먹은 살인적이지만 똑똑한 놈이라 치명타를 날리진 않지. 죽을 일이 없는데 무서울 리가."
 "농담하는 거야?"
 "난 농담 같은 거 안 해."
 "픕! 하하하!"
 못 말리겠다는 듯 웃다가 고미가 나를 빤히 쳐다본다. 반짝이는 눈동자. 맑고 투명한 그 눈동자를 보는 순간 심장이 멋대로 뛰기 시작했다. 고미와 이렇게 길게 대화를 나눈 적이 있던가. 고미가 이렇게 깊이 내 눈을 들여다본 적이 있었던가. 혹시 점심도 함께 먹게 될까? 어쩌면 고미와⋯.
 "답 없다. 진짜. 널 어떻게 도와줘야 하니?"
 "그냥⋯ 지금처럼만?"
 "어휴, 모르겠다. 난 친구들이랑 먹으러 갈게. 밥 맛있게 먹어. 많이 먹어. 제발 살 좀 쪄. 그래야 맞아도 덜 아프지."
 고미와의 시간은 여기까지. 함께 먹는 점심은 물 건너갔다.
 "어? 어, 너도 맛있게 먹어."
 '다음엔 같이 먹을까?' 꺼내지 못한 말이 입안에 맴돈다. 고미와 몇 마디 나눴다고 밥을 먹는 동안 그리고 오후 수업이 지나가는 동안 그 애와 가까워지는 상상에 빠졌다. 그러나 그 달콤함은 마지막 종이 울리고 박도환의 목소리와 함께 끝났다.

"가자. 씹지혁."

내 삶에서 원망하고 싶은 것이 딱 하나 있다면 집에 돌아가는 길이 이 새끼들과 같은 방향이라는 것이다. 문득 고미가 걱정되는 얼굴로 이쪽으로 고개를 돌린다. 그 애와 눈이 마주치기 전에 나는 걸음을 옮겨 교실 밖을 나왔다.

"퍽!"

진짜 주먹이 명치를 후벼 팠다. 이걸 참으려면 턱이 부서지도록 이를 악물어야 한다.

"씹지혁이. 오늘따라 기고만장한데. 주제 파악은 언제쯤 하려나?"

"주제 파악? 아직도 나한테 그런 걸 기대해? 그 대단한 긍정적 사고를 칭찬해 줘야겠군."

"이 새끼가… 퍽!"

박도환이 잠시 숨을 고르며 주먹을 풀었다.

"새끼야. 네가 왜 맞는지 알아?"

"잠만보만 기똥차게 뽑아서."

"아 씹새끼가!"

순간 눈앞이 번쩍이고 턱이 돌아갔다. 입술에선 뜨뜻한 피가 뚝뚝 떨어졌다.

"아이고, 실수했네."

놈이 피 묻은 주먹을 옆에 서 있던 김태양의 옷에 쓱 문질렀다.

실수. 맞다. 놈이 실수했다. 놈은 여태까지 날 패면서 얼굴만은 건드리지 않았다. 흔적이 남기 때문이다. 내가 넘어지려고 하면 친절하게 잡아주기까지 했다. 내 옷에 먼지라도 묻으면 오해의 소지가 생기니까. 놈은 철저하게 모범생을 가장한다.

그래서 놈의 실태를 폭로해도 선생들은 믿지 않았다. 아니, 애써 듣지 않으려는 것일지도. 놈의 부모가 어떤 사람들인지를 생각하면 그럴 법하다. 학폭위? 나도 얘기는 꺼내 봤다. 다 소용없었지만.

"하, 씨발. 흥 다 깨졌네."

"미안해서 어쩌나."

"아! 씨! 그 주둥이!"

놈이 입을 앙다물고는 내 교복 깃을 꼼꼼히 정리해 주었다. 멀리서 보면 다정한 친구 같을 것이다.

"왜 이러냐? 진짜? 웬만하면 너도 다른 애들처럼 알아서 기지 그래? 어?"

"여기서 더 기었다간 땅 밑으로 파고들겠네."

"아아악! 씨발!"

주먹을 확 치켜들었다가 더는 때리지 못하고 분을 삭이는 녀석의 모습이 쌤통이다. 학원 갈 시간이 다 된 듯 녀석이 시계를 보다가 한마디 덧붙였다.

"너 오늘 고미랑 얘기 많이 하더라? 찐따 새끼가 어딜 고미랑 말을 섞어?"

"그래서 네 주먹에 독이 올랐구나? 네가 부러워할 만큼 얘기했나 봐?"

"이 씨발 새끼가, 진심으로 뒈지고 싶냐?"

놈의 목소리가 분노로 떨린다.

'내가 녀석을 제대로 긁었구나.'

묵사발이 될 준비를 했지만 놈은 시계를 보다가 결국 가방을 챙겼다.

"꺼져. 운 좋은 줄 알고."

놈의 패거리도 자리를 떴다. 학원만은 절대 빼먹지 않는 놈의 성실함 덕에 오늘은 여기서 끝. 터진 입술이 쓰라리다.

집으로 돌아가는 길. 앙상한 나뭇가지 사이, 나무 밑동과 화단의 마른 흙 속에 웅크린 것들이 나를 지켜본다. 어디에나 있는 그것들이 가만히 나를 보기만 한다.

"뭐. 보고만 있으면 어쩔 건데?"

무심결에 말을 걸자 몸을 떨며 모습을 감춘다. 이상한 것들. 도움도 안 되는 것들. 처맞는 걸 보고만 있을 거면 왜 주변을 알짱거려? 하긴, 저것들이 뭘 할 수 있을까? 내게만 보이는 허상인데.

집에 도착하니 현관 앞에 사과 상자가 있다. 별일이네. 우리 집에 택배가 오다니. 게다가 그것이 과일이라니.

"다녀왔습니다. 사과가 왔네요? 비싸지 않아요?"

나의 물음에도, 내 터진 입술을 보고도 할머니는 눈만 깜빡일 뿐 늘 그래왔듯 묵묵히 저녁을 준비한다. 이럴 땐 좀 답답하다.

사과 상자를 집에 들여놓는 동안 할머니는 죽을 끓이셨다. 늘 먹는 죽 냄새. 양배추와 감자, 약간의 고기 조각이 들어있는 심심한 음식만 먹어서인지 상자를 열자 사과 향기가 후각을 휩쓸었다. 상자를 가득 채운 사과들이 반짝인다. 한 알 한 알이 영롱하다.

'할머니가 이런 걸 샀을 리가 없는데. 누가 보냈지?'

입안에 침이 고였다. 맨 위에 있는 사과에 자동으로 손이 갔다. 이건 먹을 수밖에 없다. 먹고 싶다.

"와삭!"

세상에! 어떻게 이런 맛이! 과육의 향이 입안에 퍼지자 먹기를 멈출 수가 없었다.

"할머니! 이거 할머니가 주문한 거예요?"

대답을 기대하고 물어본 건 아니다. 너무나 놀라웠기 때문에. 사과가 원래 이런 맛이었나? 그런데 사과를 먹자 몸에 힘이 넘쳤다. 태어나서 처음 느끼는 활력. 이 힘을 어떻게든 발산하고 싶다는 생각에 저녁도 먹기 전

28

에 집 밖으로 나섰다.

"나갔다 올게요!"

공원을 몇 바퀴나 전력으로 달렸다. 그런데도 전혀 지치지 않았다. 이거 정말 내 몸에서 나오는 힘이란 말인가? 정상이 아니다. 두려울 지경이다.

'내가 먹은 거, 정말 사과 맞아?'

신체 외에 또 다른 변화도 있었다. 어둑어둑한 공원의 나무 사이에 숨어있던 녀석들이 광채를 뿜는 것이다. 내게만 보이는 그 이상하고 시커멓던 것들이 빛을 내며 나를 주시하고 있다. 그 빛으로 온 세상이 찬란해질 정도다.

"세상에, 이게 뭔 일이야?"

지금껏 그래왔던 것처럼 못 본 척하기엔 눈이 부셨다. 하지만 무시해야 한다. 저것들은 실존하지 않으니까.

"나한테 무슨 일이 일어난 거지? 왜 증상이 더 심해진 거야?"

도망치듯 집으로 달려왔다. 집에 들어서니 조금은 안심이다. 갑자기 배가 고프다. 미지근해진 할머니의 죽을 미친 듯이 먹었다. 뱃속에 들어가는 족족 온몸에 스며든다. 냄비 하나를 다 비워도 배가 차지 않았다. 이런 날 보는 할머니가 곤혹스러운 듯 주름진 눈을 연신 깜빡였다.

"오늘따라 배가 많이 고파서요. 잘 먹었습니다."

숟가락을 놓고 방에 들어가자마자 기절하듯 잠들었다.

새로운 아침. 죽음보다 깊은 잠에서 깨어나자 온몸의 세포가 다시 태어난 듯 가뿐하다. 터졌던 입술도 감쪽같이 아물었다. 전신의 근육이 강철같이 단단해졌다.

3

교실에 들어오자마자 김태양이 앞을 막아섰다. 때리고 싶다는 표정이다. 어제 그렇게 패고도 성에 안 차나? 내 얼굴을 빤히 내려다보면서도 이상한 점을 모르는 모양이다. 잘봐. 내 입술. 다 나았잖아.
"야. 씹지혁."
"어. 씹태양."
"이익! 씨발!"
진짜 모르나 보다. 둔하고 멍청한 놈. 그나저나 참 박력 없다. 기왕 내 이름을 모욕할 거면 제대로 하는 놈이 낫겠다고 생각하는 내가 이상한 걸까? 박도환에 비하면 놈은 억양도 딕션도 형편없다.
"뒈질 준비나 해라. 씹새야."
"주인님 허락은 받았고?"
"죽여 버린다."
놈은 박도환의 자리를 흘겨봤다가 씩씩대며 불룩 튀어나

온 배로 나를 밀었다. 그런데 이상하게 몸이 밀리지 않았다. 놈의 몸이 가볍다. 그냥 밀고 지나가니 백 킬로그램은 될 법한 거구가 허수아비처럼 뒤로 넘어졌다.

"어? 자 잠깐! 어어?"

어제 먹은 사과의 힘인가? 단지 앞으로 나아가기만 했을 뿐인데 내 몸무게의 두 배는 되어 보이는 녀석이 나가떨어지다니.

'이거 현실 맞나?'

만약 꿈꾸고 있는 거라면 내 맘대로 해도 되지만 현실에서 일어나고 있는 일이라면? 까짓거 그것도 내 맘대로 해도 되겠지.

"너… 너!"

바닥에 자빠진 놈이 말을 잇지 못했다. 나에게 밀릴 줄은 몰랐겠지. 후련하냐고? 별로. 이런 놈을 쓰러뜨려봤자 무슨 성취감이 있다고.

문득 자리에 앉아 있는 박도환을 보았다. 예상대로 에어팟을 꽂고 주변 일에는 신경도 안 쓰고 있다. 집중력 하나는 인정해 주마.

"야! 이 개새끼야!"

김태양이 일어나 멧돼지처럼 달려들었다. 믿지 못하겠지만 놈의 목을 한 손으로 붙잡았다. 봉제 인형을 쥔 것처럼 가볍다.

"커헉!"

놈의 얼굴이 검붉게 변했다. 조금만 더 힘을 줬다간 죽겠다 싶어 손을 놓았다. 혼란과 공포에 빠진 놈이 바닥을 기며 도망간다.

'이 정도 힘이라면 박도환하고 해볼 만하겠는데?'

작은 소란을 일으킨 탓에 교실의 아이들이 나를 쳐다보았다. 고미는 놀라서 눈이 동그래졌다. 그 모습을 보자 어깨에 힘이 들어갔다.

'잘 봐. 오늘은 더 재미있는 일이 일어날 테니.'

1교시가 끝나자마자 내가 먼저 놈을 불렀다.

"야. 박도환."

먼저 이름을 불린 그놈이 황당하다는 표정이다. 내가 말을 잇기도 전에 놈이 내 얼굴을 보고 선수를 친다.

"너. 입술 어떻게 된 거냐? 벌써 나았어?"

"네 주먹이 생각보다 형편없더라고."

"미친 새끼. 뒈지고 싶어서 용을 쓰는구나."

"포켓몬 빵 사다 줘?"

"뭐?"

놈은 잠시 복잡한 표정을 짓다가 이내 인상을 폈다.

"아~ 드디어 이해했냐? 알아서 기는 게 뭔지. 그래. 사 와라."

"기대하라고."

잔뜩 사 왔다. 전부 잠만보가 들어있는 걸로 고르니 13개나 된다. 놈의 책상 위에 와르르 쏟아 놓자 놈이 처음으로 당황했다.

"뭐야? 이게? 돌았냐?"

"저금했던 돈 탈탈 털었어. 고맙지?"

"뭐래? 이 새끼가."

"뜯어봐. 이렇게나 많은데 피카츄가 하나쯤은 나오겠지."

쩝쩝해하면서 뜯어보는 박도환. 빵은 먹지도 않고 띠부씰부터 까본다.

"처음부터 잠만보잖아."

"실망하긴 이르잖아?"

다섯 개까지 깠을 때 놈이 쌍욕을 내뱉었다.

"어휴, 씨발."

"희망을 버리지 말라고."

여섯 개, 일곱 개, 여덟 개, 놈의 얼굴이 점점 굳어가더니 마지막 열세 개째에 가서는 되레 하얗게 질렸다.

"이게 가능해? 어떻게 전부 이따위야?"

"재밌지?"

"뭐 하자는 거야?"

빵을 수북이 쌓아두고 심각하게 눈을 치켜뜨는 꼴이 봐줄 만했다. 히죽 웃으며 한마디 던졌다.

"너야말로 재수 옴 붙었네. 이렇게 퍼줬는데도 원하는 게 안 나오니."

주먹이 날아올 것을 기대했으나 놈은 거칠게 숨을 고르다가 빵과 스티커를 모아 꾹꾹 뭉쳐 쓰레기통에 버린 뒤 자리로 돌아왔다.

"꺼져라. 방과 후에 보자."

"왜? 지금은 안 되고?"

"찌그러져 있어. 아주 부숴줄 테니까."

놈이 제대로 빡쳤다. 어찌나 빡쳤는지 놈의 패거리조차 얼었다. 쉬는 시간에도 무시무시한 얼굴로 분노를 곱씹는 박도환 덕에 교실은 쥐 죽은 듯 조용했다. 평소 같으면 박도환을 배경으로 주야장천 셀카를 찍었을 권나라도 폰을 꺼내지도 못하고 알랑방귀를 뀌던 김태양도 찍소리 없이 가만히 있었다.

그 와중에 고미가 내게 쪽지를 건넸다.

'선생님께 얘기해. 너 이러다 오늘 큰일 나겠어.'

나를 걱정하는 마음에 미소가 지어졌다. 하지만 괜찮다. 어차피 선생님은 해결 못 한다. 사실 해결할 필요도 없다. 나야말로 기다리던 순간이다.

영원과도 같은 시간 끝에 마지막 종이 울렸다.

"따라와."

놈이 우악스럽게 내 목에 헤드 락을 걸고 학교 밖으로 끌고 나왔다. 놈이 늘 애용하는 골목이다. 하굣길이 반대 방향인 고미가 심각한 얼굴로 내게서 눈을 떼지 못한다. 나는 고미를 보고 싱긋 웃어 보이며 얼른 가라는 눈짓을 했다.

"망 잘 봐라."

준비할 틈도 주지 않고 놈의 훅이 들어왔다.

"큽!"

사과의 힘을 믿고 주먹을 그대로 받았는데 충격이 예상을 웃돈다. 어제 이런 주먹을 맞았다면 옥수수가 털렸겠지.

"퍼벅! 퍽!"

집요하게 들어오는 보디블로. 놈이 가장 즐기는 기술이 연이어 들어온다. 견딜 만하다. 나의 근육이 놈의 주먹을 받아내고 있었다.

"도환아! 밟아버려! 아침엔 잘도 깝쳤지? 주제도 모르는 병신새끼가!"

"아가리 싸물고 망이나 봐."

"미안!"

김태양이 아침에 있었던 일의 한을 풀려는 듯 도환의 펀치를 흉내 내며 흥분했다가 꼬리를 내렸다. 나는 또 도환을 도발했다.

"점심 안 먹었어? 주먹이 왜 이래?"

"이 새끼 뭐야? 평소랑 느낌이 다른데?"

놈은 잠시 거리를 두고 위아래로 나를 훑어보더니 자세를 고쳐잡았다.

"제대로 간다."

"흐읍!"

신비의 사과 덕에 맷집이 세졌지만 명치를 파고드는 놈의 주먹은 여전히 매서웠다. 역시 이놈은 진짜다. 타고난 괴물이다. 그런데 왜 놈은 내가 주먹을 받아낼수록 더 즐거워하지? 이런 전개를 예상한 건 아닌데? 놈을 한 대라도 때려야 하는데 주먹 쓰는 법을 모르겠다.

"어딜 보냐? 한 방 날려 보려고? 해봐. 누가 위인지 알려 주마."

때리는 법을 몰라 일단 놈을 힘껏 밀었다. 놈의 몸이 붕 뜬다. 190센티나 되는 근육질 몸을 날리다니. 그러나 놈은 균형을 잃지 않고 자세를 고쳐 잡았다. 당황하기는커녕 재미있다는 듯 씩 웃는다. 처음 보는 표정이다.

놈이 정말로 즐거워한다. 알겠다. 이놈이 왜 지금까지 그토록 신경질적이었는지 알겠다. 제대로 된 상대가 없었던 거다. 놈의 전력을 시원하게 받아줄 상대가.

"오호! 이 새끼 힘숨찐이었네? 힘을! 숨긴! 찐따 새끼!"

한마디씩 할 때마다 강력한 펀치가 몸을 강타했다. 처음 한 방은 정면으로 맞았지만 그 뒤의 두 방은 어렵지 않게 피했다. 틈을 타 놈을 밀쳤고 놈은 다시 자세를 고치며 웃음을 터뜨렸다.

"어쭈! 근력이랑 순발력은 있는데 싸울 줄은 모르네? 한 수 가르쳐줄 테니 내일부터 바짝 엎드려라."

풀파워로 밀고 오는 도환. 지치기는커녕 주먹이 점점 빨라진다.

"새끼야. 그렇게 맞고도 배운 게 없냐?"
"맷집은 늘었지."
"싸물어!"

놈의 훅이 아구창을 날릴 기세로 날아왔다. 최소 강냉이 서너 개짜리.

"오, 이것도 피해?"

놈의 얼굴이 사냥에 몰두한 맹수처럼 생기가 넘쳤다. 그 순간 한 가지 더 깨달았다. 애들이 이놈을 두려워하는 이유. 패거리가 이놈을 따르는 진짜 이유. 놈에게 빽이 있어서? 금수저라서? 아니다. 이놈 자체가 포식자, 괴물이기 때문이다.

"하, 씨발. 학원 늦겠네. 나머지는 내일."

놈이 거친 숨을 몰아쉬며 나를 노려보다 자리를 떴다. 그러자 남아있던 패거리들이 경악하며 내게서 물러났다. 녀석들의 눈에서 두려움이 읽혔다. 나의 직감이 말했다. 이 자리에서 나와 놈들 사이에 암묵적인 서열이 정해졌음을. 그들 중 누구도 박도환의 주먹을 피할 수는 없었을 테니.

한 대도 때리진 못했지만 태어나서 처음으로 승리감이 느껴졌다. 어쩐지 즐겁다. 이 낯선 기분을 곱씹으며 골목에서 나오는데 고미가 나타났다.

"뭐야! 한지혁? 쫴 하네? 이래서 괜찮다고 한 거였어?"

천사 같은 아이. 지옥 굴에서 나오자마자 마주한 고미에게서 후광이 비친다.

"강고미. 네가 왜 여기에 있어?"

어, 이게 아닌데. 고미가 왜 여기 있는 줄 모를 정도로 둔한 것도 아니면서 고미만 보면 이 모양이다.

"걱정돼서 따라온 건데 고맙다고 해야지."

"어? 그래, 고마워."

고미가 환하게 웃었다. 온 세상이 빛난다.

"근데, 너! 어떻게 된 거야? 약골인 줄 알았는데! 박도환처럼 큰 애를 어떻게 그렇게 밀어내? 주먹도 거의 다 피하고. 괜히 걱정했나 봐? 난 지금까지 네가 일방적으로 맞는 줄만 알았어."

기분은 좋은데 무슨 말을 해야 할지 모르겠다. 그저 멋쩍게 웃었다.

"하하. 그래⋯."

"의외로 반전 매력이 있었네? 혹시 운동 같은 거 해?"

"뭐, 딱히⋯."

대답이 시원치 않자 고미가 고개를 끄덕이며 입술을 옴죽거렸다. 뭔가 더 말을 하고 싶어 하는 것 같다.

"근데 왜 교실에선 당하기만 했어? 너도 한 방 먹여. 참고만 있지 말고."

"글쎄. 무식하게 힘자랑이나 하는 건 그 녀석들이나 하는 짓이라….”

"아, 그렇네. 헤헤. 하긴 네가 그런 애는 아니지. 저런, 벌써 시간이 이렇게 됐네? 이만 가봐야겠어. 학원이 있어서. 어쨌든 다행이다. 네가 그렇게 약한 애가 아니라서. 정말이지, 의외였어…. 그럼 내일 보자.”

"어. 안녕.”

고미가 멀어져간다. 아무래도 어색하게 헤어진 것 같다. 이런 빌어먹을. 우두커니 서서 잘 가라고 손이나 흔들다니. 무슨 말이라도 했어야지! 박도환 일당한텐 그렇게 입을 잘 털면서! 이 찐따 새끼야!

승리감이 절망감으로 바뀌어 버렸다. 빌어먹을.

2화

괴물 사과 출현

1

 집에 돌아가는 길이 황금빛으로 빛났다. 비유가 아니라 정말로 내 눈에는 그렇게 보였다. 길가와 화단 구석구석 숨어있는 이상한 것들이 가시 같은 빛을 뿜었다. 어제 사과를 먹은 후부터 그렇게 보이더니 지금은 유독 심하다. 내 기분을 대변하기라도 하는 건가? 고미와의 대화를 잡치긴 했지만 어쨌든 오늘은 최고의 날이니까.
 '그런데 저것들은 대체 뭘까?'
 문득 걸음을 멈추고 그것들을 보다 보니 의문이 들었다. 지금껏 처음 생긴 의문이다. 저것들은 뭔데 날 따라다닐까?
 이상한 인생, 이상한 것들, 이상한 사과, 이상한 하루.

 '죽…어라.'

 어라? 이상한 목소리까지? 주변에 아무도 없는데 방금 들린 건 무슨 소리지? 잠시 후 마른 나뭇가지 사이를 스치는 바람처럼 스산한 목소리가 또다시 들렸다.

'죽… 어라. 너는… 존재해선 안 되는 존재이니라.'

"뭐라고? 누구야!"

걸음을 멈추고 사방을 살폈다. 이 공원엔 나뿐이다. 등골에 소름이 돋았다.

"크르르!"

이번엔 기분 나쁜 짐승의 소리였다. 환청 다음에 짐승 소리라니. 소리가 들리는 쪽으로 고개를 돌리니 뭔가가 오고 있다.

"크르르르!"

적개심을 드러내는 시커먼 짐승. 놈의 주변으로 빛이 꺼져간다. 좀 전까지만 해도 황금빛으로 빛나며 바글대던 그것들이 짐승의 움직임에 따라 빛을 잃어가고 있었다.

"저거… 환각이겠지? 다른 녀석들처럼."

그러나 처음 보는 낯선 형태다. 개나 늑대 같은 네발짐승처럼 생겼지만 뒤틀린 나무뿌리와 줄기, 잎과 꽃으로 이루어진 짐승. 털 대신 뾰족한 가시와 나뭇가지가 돋아있고 반쯤 벌린 아가리에선 걸쭉한 수액이 뚝뚝 흐른다.

"희한하게 생겼네. 잘 봐뒀다가 나중에 그려봐야지."

녀석이 다가왔다. 자박자박 녀석이 발을 딛는 곳마다 암흑이 번졌다. 조금 무섭게 생겼지만 괜찮다. 어차피 환각일 테니. 눈을 뜨고 꿈꾸는 기분이다.

그러나 거리가 가까워지고 녀석이 나에게 뛰어들자 모든 것이 현실로 닥쳐왔다.

"콰직!"

"아악!"

녀석을 힘껏 떨쳐냈다. 녀석의 아가리에 물린 왼쪽 어깨에서 피가 번졌다. 사방에서 빛을 뿜던 이상한 녀석들이 불안정하게 점멸하고 있다. 마치 나더러 도망치라고 외치는 것 같다.

"크르르!"

허상이 아니다! 빌어먹을. 지금 보이는 모든 게 허상이 아니었다!

뭐가 뭔지도 모르는 상태에서 전력을 다해 내달렸다. 강화된 체력 덕에 지치진 않았지만 괴물이 쫓아오자 식은땀이 났다.

"이 공원… 이렇게 넓었나?"

가도 가도 같은 구간이 몇 번이고 계속 나타났다. 어떻게 된 거지? 진짜 현실 맞나? 꿈이라면 언제부터 꿈이었던 거지? 설마 저 괴물을 이겨야 끝나나? 황당하지만 그럴 법도 하지 않은가. 하는 수 없이 달리기를 멈추고 싸울 준비를 했다.

"크르릉!"

녀석이 무시무시한 기세로 달려들었다. 박도환 따위는 비교도 안 될 진짜 살기가 나를 짓누른다.

"으아악!"

괜한 짓이었나. 사람을 상대할 때와는 차원이 다르다. 온몸이 무기인 괴물과 맨손으로 싸우려 하다니. 날카로운 이빨과 가시에 닿기만 해도 상처가 났다. 수액이 뚝뚝 떨어지는 아가리를 양손으로 잡고 간신히 버텼지만 팔이 후들거리고 놈의 아가리가 점점 가까워진다.

"으윽…."

어깨와 팔 근육이 찢어질 것 같다. 녀석의 아가리에서 썩은 냄새가 물씬 풍긴다. 촛농 같은 수액이 얼굴에 뚝뚝 떨어졌다.

'죽… 어… 라… 불… 경… 한… 존… 재… 여….'

놈의 목구멍에서 흘러나오는 안개 같은 목소리. 으르렁대는 괴물의 소리가 아닌, 깊고 깊은 구덩이 속에서 올라오는 듯한 음침한 목소리다.

"대체 무슨 말이야!"

온몸의 힘을 짜냈지만 이대로라면 목을 곧 물어뜯길 것이다. 그때 갑자기 나를 짓누르던 압력이 사라졌다.

"푸확!"

떨리는 내 손엔 괴물의 대가리만 들려있고 목이 잘린 놈의 몸뚱이가 내 위로 푹 쓰러졌다. 머리만 남은 놈의 아가리가 나를 물려는 듯 흉물스럽게 움직였다.

"으으윽."

"그대로 들고 있어라."

후드티를 쓴 여자가 판타지 게임에서 나올 것 같은 긴 검을 들고 내 머리맡에 서 있었다.

잡고 있던 대가리가 꿈틀대더니 잘린 단면에서 뿌리가 뻗어 나와 떨어져 나간 몸통을 더듬었다. 그 순간 여자가 검으로 내 손에서 대가리를 채어 허공에 던졌다.

"금돌! 쏴!"

"콰앙!"

천둥 같은 총성과 함께 괴물의 대가리가 공중에서 터졌다. 수액과 나무쪼가리들이 사방에 흩날렸다. 귀가 먹먹하다.

나는 내 위에 엎어졌던 괴물의 몸을 옆으로 굴려 치웠다. 물린 상처의 통증이 뒤늦게 찾아왔다.

"이거 뭐야. 꿈도 아니고."

몸을 일으키려 하자 검 끝이 내 목을 겨눴다.

"일어나지 마라."

그 여자다. 그리고 머리맡에서 또 다른 누군가 저벅저벅 다가오고 있었다. 연기가 피어오르는 대포 같은 총을 든 엄청난 거구의 남자. 붉은 수염이 과하게 풍성하고 머리가 너무 큰 사나이.

"이 녀석은 멀쩡해 보이오만? 어찌하여 평범한 인간이 말려들었을고?"

붉은 털보가 고개를 갸우뚱했다. 여자가 눈을 가늘게 뜨고 나를 보며 말했다.

"평범한 인간이 아니다. 이 자도 열매를 먹었다. 제거 대상이다. 죽여야 한다."

"뭐라고요?"

'죽인다'라는 말에 정신이 번쩍 들어 초인적인 순발력으로 몸을 굴려 번개같이 일어났다. 내가 일어나자마자 검 끝이 바닥을 날카롭게 찍었다.

'뭐야? 이 여자. 진짜로 날 죽이려는 거야?'

"참으로 재빠르군!"

털보가 감탄했다.

"순순히 목숨을 내놓거라."

여자가 내게 다시 검을 겨눴다.

"네에? 제가 왜요?"

황당하다. 대체 내게 왜 이런 일이 일어나는 거지? 시퍼런 검날이 또 날아왔다. 죽음의 위협에 직면하자 초인적인 반사신경이 발휘된 것인지 검날을 제법 피했다. 하지만 숨이 턱 밑까지 차올랐다. 털보가 너털웃음을 터뜨렸다.

"허! 엄청 빠르군! 열매 때문인가? 할멈. 잡을 수 있겠소?"

여자가 한발 물러서며 말했다.

"금돌. 총으로 처리해라."

"거, 무슨! 험악한 소리를! 생사람 쏘는 건 못 하오! 아직 인간이 아니오?"

이 무슨 말도 안 되는 소리인가. 그러고 보니 아까 그 이상한 목소리도 저들 짓인가?

"잠깐만요! 아까 저더러 죽으라고 한 것도 당신들입니까?"

여자가 못 알아듣겠다는 듯 미간을 찡그린다. 그 목소리와는 관계가 없다는 것처럼.

"그럼 왜 저를 죽이려는 거죠?"

여자가 검을 겨눈 채 답했다.

"네가 마왕의 사과를 먹었기 때문이다."

"마왕의 사과?"

"방금 우리가 죽인 괴물도 원래는 평범한 개였다. 마왕의 사과를 먹고 변한 것이다. 마왕은 지금 이 세계를 배회하며 토착 생물들을 괴물로 만들고 있다. 변이체들을 찾아서 제거하는 것이 우리의 임무. 나는 마왕의 사과를 먹은 생물을 감지할 수 있다. 너에게서도 느껴진다. 그 사과의 힘이."

"그래요? 뭔 말인지는 모르겠고요. 죽어드리지도 못하겠는데요."

"잘 들어라. 너 또한 곧 괴물로 변하게 될 터. 인간의 모습일 때 곱게 죽어라."

"곧이요? 그게 언제죠?"

"모르는 것이 약. 얼마 안 남았을 것이다."

"그러니까 얼마 안 남은 게 언제냐고요."

"굳이 알아야겠나? 사과를 먹은 시간을 기준으로 약 4시간. 정 미련이 남는다면 마지막으로 가족과 통화할 시간 정도는 주겠다."

4시간? 4시간은 무슨. 난 그 열매를 어제 오후에 먹었다. 족히 20시간은 넘는다.

"난 어제 집에 오자마자 하나 먹었어요. 당신들 말대로라면 어제저녁에 괴물이 되었어야죠."

검을 든 여자의 팔이 조금 내려갔다. 그러나 여전히 믿을 수 없다는 눈치. 그녀가 검을 고쳐 쥐며 다그쳤다.

"살기 위한 거짓말 아닌가?"

"아니거든요!"

"사과는 어디서 발견했지?"

"집에 택배로 와있었어요."

"택배?"

"네. 한 상자 가득."

"뭐라고!"

여자와 붉은 털보 모두 경악했다. 털보가 더듬으며 되물었다.

"방금 뭐라고 했느냐? 한 상자 가득? 착각한 것이 아니더냐?"

"한 상자 맞습니다. 스무 알 정도."

"스 스무 알! 틀림이 없으렷다?"

그런데 이 사람 말투가 좀 이상하다. 사극 같은 데서나 나올법한 말투. 생긴 것도 이상하고. 붉은 수염과 커다란 코 때문에 외국인인가 싶었는데 신체 비율도 이상하다. 거구이긴 한데 머리가 너무 큰 탓인가? 비율로만 보자면… 그렇다. 드워프. 크기만 키워놓은 드워프 같다.

"뭘 그리 뚫어지게 보느냐!"

털보가 내 시선에 예민하게 반응하며 성을 낸다. 외모 콤플렉스가 있나? 털보를 보느라 잠시 주의력이 흐트러진 사이 여자가 단숨에 간격을 좁혀왔다. 반사적으로 몸을 뒤로 피했으나 여자의 손에 잡히고 말았다. 여자는 내 얼굴 가까이에서 이쪽저쪽 살피더니 내 눈을 들여다보았다.

"기이한 일이다. 사과의 힘은 느껴지는데 변이의 징조가 없다. 이 아이의 말이 사실이라면 우리 작전의 전환점이 될지도 모른다."

마침내 여자가 손을 거두고 허공에 손가락을 튕겼다. 그러자 반복 구간이 무한정 늘어선 까마득한 공간이 평범한 공원으로 돌아왔다.

"뭐 뭘 어떻게 한 거죠? 공원이…."

"내 마법으로 구축한 공간이었다. 사냥을 위한 공간이다."

"마법?"

"난 유리. 이쪽은 내 오랜 벗이자 동료 금돌. 둘 다 이쪽 세계의 언어로 번역된 이름이다. 우린 네가 모르는 다른 세계에서 왔다. 당분간 너를 조사할 것이다. 너희 세계를 위한 일이니 협조하라."

무슨 말인지 모르겠다. 어쨌든 이제 끝났다는 뜻이겠지. 이 이상한 사건이.

긴장이 풀리자 비로소 유리가 제대로 보였다. 눌러쓴 후드 아래로 보이는 조각상 같은 얼굴. 미인이다. 아니, 미인이라는 표현으로는 부족한, 다른 종족처럼 보이는 아름다운 생명체. 물론 고미만큼은 아니지만….

이상한 사과, 이상한 하루, 이상한 괴물, 그리고 이상한 사람들. 대체 이 이상한 일들은 어디까지 이어질까?

2

"다녀왔습니다. 그런데, 친구들이… 왔어요."

뒤따라 들어오는 유리와 금돌을 보면서도 할머니는 말이 없으시다. 눈썹이 조금 더 올라가긴 했지만. 유리는 고개 숙여 인사하고 금돌은 가볍게 경례를 했다. 현관문이 조금만 더 작았다면 금돌은 못 들어왔을 것 같았다.

"상자부터 보자."

신발을 벗고 들어서자마자 서두르는 유리의 채근에 부엌

한구석에 놔둔 상자를 가져와 열었다.

"이 이건…!"

유리는 입을 틀어막으며 뒷걸음치고 금돌은 알아들을 수 없는 언어로 기도문 같은 것을 중얼거렸다. 입술을 꾹 깨문 유리는 떨리는 손으로 은은하게 빛나는 사과 한 알을 집어 들더니 한참을 들여다보다가 허겁지겁 상자를 파헤치며 아래쪽까지 사과를 확인했다.

"전부! 전부 몬스터레드다! 이 상자 하나가 전부!"

그녀가 믿을 수 없다는 얼굴로 내 어깨를 움켜잡았다.

"이게 택배로 왔다고? 이 상자가?"

"네. 누가 보냈는지는 몰라요. 상자에 아무것도 안 붙어있어서."

"넌 누구냐?"

"누구냐니, 그건 제가 당신들한테 할 질문이죠."

"왜 네가 이런 걸 받았지? 이게 뭔지는 알고 있나?"

"모른다니까요!"

"몬스터레드! 마왕의 사과다! 이 열매 때문에 우리 세상은 멸망했다. 이 정도 양이면 세계 몇 개쯤은 간단히 멸망시킬 수 있다. 그러니 다시 묻겠다. 너, 정체가 뭐냐?"

이래서는 대화가 될 리가 없다. 다른 세계에서 왔다는 그들에게서 느껴지는 이질감은 다른 문화권에서 온 사람들의 그것과는 차원이 달랐다. 언어가 통해도 말이 이어지질 않앉다. 오직 그들에게서 느껴지는 것이라곤 나의 사과, 아니, 몬스터레드를 향한 두려움뿐. 어색한 침묵 끝에 내가 먼저 입을 열었다.

"현실로 받아들이기에 이건… 좀 버겁네요."

"피차 마찬가지다."

우리 셋은 어느덧 한 식탁에 앉았다. 할머니는 평소처럼 늘 먹던 양배추 죽을 내오셨다. 처음으로 할머니 외의 다른 누군가와 함께하는 식사인데 이런 이상한 조합이라니.

"흠."

맛을 본 금돌이 의미를 알 수 없는 감탄사를 내뱉었다.

"할머님께선 참, 요리에 대한 나름의 철학이 있으신가 봅니다."

그렇게 표현하다니 금돌은 참으로 정중한 사람인가 보다. 사실 웬만한 음식은 할머니의 죽보다는 맛있을 것이다.

"귀한 식사를 베풀어 주셔서 감사합니다."

후드를 반쯤 머리에 걸친 유리도 예절이 몸에 밴 사람인 듯했다. 이런 사람이 그토록 나를 죽이려고 했다니. 그녀는 진심으로 감사를 표하며 그릇을 깨끗이 비웠다.

식탁을 정리한 할머니는 유리와 금돌이 있는데도 말없이 일찍 잠자리에 드셨다. 모처럼 만의 손님인데 관심이 없으신가? 고미가 와도 저러시겠지?

식사 후 이야기를 나누기 위해 내 방으로 모였다. 유리가 지금까지 쓰고 있던 후드를 완전히 벗었다. 길고 뾰족한 그녀의 귀가 눈에 들어왔다. 인간의 귀가 아니다. 그녀가 나를 보며 입을 열었다.

"나와 금돌은 다른 세계에서 왔다."

"아까 말했잖아요. 이젠 별로 놀랍지 않아요."

나의 이런 반응에 금돌이 씁쓸하게 웃었다.

"근데 두 분 다 우리 말을 잘하네요."

"연습했다네. 처음엔 유리 할멈의 번역 마법에 의존했지만 할멈은 교과서로 나는 드라마라는 걸 보면서 익혔지. 어떤가. 회화는 내가 더 유창하지 않으냐?"

그래서 말투가 이상했구나. 근데 유리가 할멈이라니? 이렇게 젊은데?

"보기보다 나이가 많다네."

내 얼굴에서 의중을 읽었는지 금돌이 덧붙였다. 하지만 아무리 높게 잡아도 유리는 서른 정도밖에 안 보인다. 얼굴에 잔주름 하나 없다. 그런 실례되는 말을 듣고도 유리는 개의치 않았다. 그녀가 날카로운 눈을 빛내며 말했다.

"본론부터 얘기하겠다. 나와 금돌이 살던 세계는 마왕에 의해 멸망했다. 이제 마왕은 이 세계를 노리고 있고 마왕의 침공이 본격적으로 시작되면 막을 길이 없다. 답은 초기 방역뿐이다."

"마왕의 사과를 먹어서 변이를 일으킨 것들을 잡는 일 말인가요?"

"그렇다. 마왕은 이미 '파종'을 끝냈다. 놈의 열매가 이 지역 곳곳에 퍼졌다. 괴물이 된 생물은 시간이 지나면 뿌리를 내려 식물의 형태로 변이되고 한 세계의 생태계를 근간부터 흔들기 시작한다. 우린 여기까지를 '발아' 단계라고 부른다."

"그다음은요?"

"변이종이 한 지역을 점령하는 '확산' 단계, 그리고 마지막 '정착' 단계로 문명을 이룩한 지적 생명체를 포함해서 토착 생명체를 완전히 밀어낸다. 이런 과정으로 우리 세계는 멸망했다. '확산' 단계에만 진입해도 방역은 불가능하다. 종말을 향해 직행하는 것이다."

"그럼 그 세계에 살던 사람들은 어떻게 되는 거죠?"

묵묵히 듣고 있던 금돌이 터져 나오는 감정을 억누르며 말했다.

"전부 죽는다. 죽거나 열매의 유혹을 못 이기고 괴물이 된다."

유리의 냉정한 얼굴에도 비장함이 감돌았다. 이제야 왜 유리와 금돌이 사과를 보고 경악했는지 알 것 같다. 이야기를 듣고 나니 집안에 핵폭탄을 둔 기분이다. 저 사과 한 알이 평범한 생명체를 치명적인 괴물로 만들고 세계를 파멸시킬 식물이 된다니. 그런데 어째서 나는 변하지 않았지? 이제 그 이야기를 할 차례다.

"어째서 네가 변이를 일으키지 않았는지는 나도 모른다. 다만 괴력이 생겼다는 것은 확실히 몬스터레드의 효능이다. 네 몸은 사과의 힘만을 흡수하고 변이에는 저항할 수 있는 모양이다. 내 지식을 총동원해도 이해가 되지 않는 현상이다. 속 편하게 네가 극소수에게 나타나는 특이체질이라 해도 또 하나 이해가 안 되는 것이 있다. 저 상자! 어째서 네 앞으로 저 물건이 왔는가?"

"이상한 것이 하나 더 있어요. 목소리. 살의를 드러낸 목소리가 들렸다고요."

"언제 들렸지?"

"아까 괴물이 나타날 때쯤이요. 목소리가 들리고 곧 괴물이 나타났어요."

"흠."

유리가 생각에 잠겼다. 그리곤 몸을 내 쪽으로 기울이며 말했다.

"그 목소리가 뭐라 했는지 기억나나?"

"네, 안개 같은 목소리였지만 알아들을 순 있었어요. 저보고 불경한 존재, 존재해선 안 될 존재라고 하더군요."

"존재해선 안 될 존재라. 설마 너의 특이성 때문인가? 그렇다면 필경 그 목소리는 마왕일 것이다. 사과를 먹어도 변이를 일으키지 않는 존재란 놈에게 심각한 방해 요소가 될 테니. 그러나 여전히 풀리지 않는 의문이 있다. 어째서 저 몬스터레드 한 상자가 네 앞으로 배달되었는가."
 세상 심각한 얼굴로 유리와 금돌이 고민을 거듭했다. 쉽게 답이 나올 질문은 아니었다.
 "우리의 임무는 마왕의 침공을 막고 이 세계를 구함과 동시에 우리 세계를 복구할 단서를 찾는 것. 너의 특이체질, 마왕일 것으로 추정되는 목소리, 그리고 한 상자의 몬스터레드. 전부 우리의 임무와 밀접한 요소라고 본다. 그러나 지금으로선 각각의 연관성을 찾을 수 없는 상황. 특히 너라는 존재는 결코 무시해선 안 되겠지. 그러니 무엇보다 중히 너에 관한 연구를 진행해야 하며 당연히 보통의 조사 방법과는 다른 방법을 따를 것이다."
 "그게 어떤 방법이죠?"
 "아무래도 우리 둘이 너희 집에 상주하며 너와 네 주변에서 일어나는 일을 자세히 살펴야 할 것 같다."
 "여기서 살겠다고요?"
 순간 찾아든 정적. 내가 제대로 들은 게 맞나? 어쩌면 아직 우리 말이 서툴러서 잘못 말한 걸 수도. 하지만 이어지는 금돌의 말이 유리의 뜻을 확실히 밝혔다.
 "뜻하지 않게 다행스러운 일이로군. 월세가 밀려서 어차피 나와야 할 판이었는데 말일세."
 "쿵!"
 유리가 금돌의 발을 툭 걷어찼다. 그러고는 내 표정을 읽었는지 말을 덧붙인다.
"오해는 하지 말도록. 빌붙겠다는 뜻이 아니다. 우리도 생활비 정도는 벌고 있다. 본래 목적은 어디까지나 조사다."
"네…. 뭐라고 한 적 없습니다."
"에헴."
유리가 멋쩍은지 헛기침을 했다. 이로써 확실해졌다. 본래 임무에 버금가는 이 둘의 또 다른 목적은 숙소를 확보하는 것이라고. 일단은 할머니께 말씀드려야 하는데 뭐라고 하실지는 모르겠다. 결국 결정은 내 몫. 꺼림직하기 짝이 없는 몬스터레드 한 상자도 여기 있으니.
"그럼, 당분간 여기서 지내시죠."
나의 대답에 금돌이 감격에 젖어 커다란 두 손으로 내 손을 감싸 쥐었다.
"참으로 복된 일이로다! 이런 생면부지의 땅에서 이토록 너그러운 의인을 만나다니! 앞으로 저녁은 내가 맡도록 함세! 자네 나이에 먹어야 할 맛 좋고 영양가 높은 요리를 만들어 주겠네!"
난데없이 생긴 이상한 식구. 코딱지만 한 거실에 방 두 개 붙은 이 집에서 이 사람들은 어디서 재우나? 할머니와 내가 각각 쓰는 방은 너무 좁아 더 누울 자리도 없는데. 새로운 고민을 하며 이상한 하루를 마무리했다.

3

 새 아침이 밝았다. 어제의 괴물도, 유리와 금돌을 만난 일도 꿈인 줄 알았는데 거실 한구석에 세워진 검과 거대한 총을 보자 현실감이 되살아났다. 둘은 일찍 나가고 없었다. 생활비 정도는 번다고 했지. 일하러 나갔나?
 아침으로 할머니의 맛없는 죽을 먹다 보니 금돌의 요리가 기대되기 시작했다. 분명 저녁을 책임지겠다고 말했겠다.
 그리고 몬스터레드. 벌어진 상자 사이로 새어 나오는 붉은 광채를 보자 간담이 서늘해진다. 멋모르고 먹을 때는 몰랐는데 위력을 듣고 나니 손을 대기가 무섭다. 평범한 생물을 괴물로 만드는 마왕의 사과라니.
 '한 세계를 멸망시켰다는 마왕. 진짜 그런 놈이 존재할까? 어떻게 생겼을까?'
 멋대로 상상해봤자 성에 사는 뿔 달리고 망토를 두른 괴인의 이미지만 떠오를 뿐이다. 거기에 사과를 이용해 괴물을 만드니 과수원을 가꾸는 이미지 정도? 영 안 어울린다. 그리고 내 인생에서 마왕은 현실의 박도환 하나로 족하다.
 "다녀오겠습니다."
 망상을 접고 현관을 나섰다.
 교실에 들어오니 공기가 새롭다. 평소와 달리 삐딱하게 앉은 박도환이 나를 빤히 보았다. 놈의 눈을 피할 이유는 없다. 나와 녀석 사이에 전에 없던 긴장감이 흘렀다. 고미가 무슨 일이 일어나진 않을까 싶어 우리 쪽을 보았다. 그러다 나와 눈이 마주치자 살짝 손을 흔든다. 나도 소심하게 손을 들었다. 고미가 피식 웃는다. 그런 고미의 행동에 박도환의 눈썹이 꿈틀댔다.

박도환의 애완견들인 김태양과 그 일당 또한 평소와 달리 조용히 자리에 앉아 있었다. 녀석들은 내가 불편한 듯 눈을 피했다. 박도환의 맹공을 전부 받아낸 것만으로도 녀석들과 나 사이에 보이지 않는 격차가 생겼다는 뜻이다.

"씹지혁이."

박도환이 나를 불렀다. 포켓몬 빵으로 놈의 신경을 또 건드려 볼까 생각하다가 관뒀다. 그런 유치한 짓을 할 단계는 지났다. 놈도 이젠 두 번 다시 빵 타령은 하지 않을 것이다. 나는 대답 대신 우두커니 서서 놈을 쳐다봤다. 놈의 턱에 힘이 들어가고 부릅뜬 눈에 핏발이 섰다.

"오늘은 학원 쨌다. 뭔 말인지 알아들었냐?"

"물론."

자리에 앉았다. 1교시가 시작되었다.

보나 마나 박도환은 나와 겨룰 생각뿐이겠지만 내 머릿속은 어제 있던 일들로 가득하다. 특히 그 끔찍한 괴물을 만나기 직전 들려왔던 목소리, 나를 향한 그 저주의 목소리가 지워지질 않았다.

'불경한 존재? 존재해선 안 될 존재? 내가? 얼굴도 모르는 놈이 그딴 말을 해?'

어릴 적부터 내 주변을 맴돌던 이상한 것들 또한 낯설게 행동하지 않았는가. 어디에나 있고 내 눈에만 보이던 그것들이 괴물의 등장에 반응했었다. 사과를 먹은 이후로 광채를 내던 그것들이 괴물이 나타났을 때는 광채를 잃었다. 괴물이 발을 디딘 지점을 중심으로 그 주변의 것들이 빛을 잃었더랬다.

그리고 내가 상처를 입었을 땐 발작하듯 깜빡였지. 이게 무슨 뜻인지 아는가? 그 녀석들 전부가 허상이 아니라는 뜻이다! 날 공격한 괴물이 실제로 존재한다면 그 괴물에 반응한 녀석들 또한 실존한다는 뜻이다. 대체 뭐지? 어릴 때부터 내 주변을 졸졸 따라다니던 그것들이 허상이 아니라고? 그런 생각을 하니 조금 두렵기도 하다. 이걸 유리와 금돌에게 말해야 할까?

"한지혁. 나와서 방금 설명한 공식으로 풀어봐라."

"예?"

이런. 딴생각이 너무 길었다. 선생님이 한숨을 쉬며 고개를 젓더니 박도환을 불렀다. 녀석은 간단하게 풀고 선생님의 칭찬을 뒤로하며 자리로 돌아갔다. 고미는 풀죽은 나와 의기양양한 도환을 번갈아 가며 보더니 뭐가 재밌는지 웃는다. 미지근한 패배감. 그리고 방과 후.

"따라와. 새끼야."

"얼마든지."

어김없이 놈은 나를 끌고 갔다. 다만 평소와 달리 떨거지들은 따라오지 않았다. '어쨌든 오늘도 그 골목이겠지?' 생각했는데 어럽쇼? 어쩐 일로 제대로 된 큰길을 따라 걷는다. 황당하게도 도착한 곳은 복싱장이었다.

"여긴 뭐야?"

"닥치고 들어와라."

얼떨결에 따라 들어간 나는 어느새 양손에 글러브를 낀 채 링 위에 섰다.

"야. 씹지혁."

"어? 왜?"

수치스러울 정도로 얼빠진 대답이지 않은가. '이 새끼가 날 패고 싶은 건 알겠는데 왜 굳이 이런 데까지 왔을까?'라고 생각하던 찰나, 놈이 간격을 좁혀 들어왔다.

"잘 보고 따라서 배워."

잽과 훅, 보디블로, 어퍼컷이 연달아 들어왔다. 정신을 못 차리겠다.

"어이! 박도환이! 초보한테 너무 심한 거 아니냐? 체급도 안 맞는데."

주변에서 반쯤 조롱하는 목소리가 들렸다. 물론 도환은 신경도 안 쓴다.

"그렇게! 처맞았으면! 배운 게! 있어야지!"

나왔다. 놈의 특기. 어절에 맞춰 보디블로 날리기. 나는 놈을 흉내 내 가드를 올렸다. 그러자 놈의 잽이 면상에 정통으로 들어왔다. 좀 더 가드를 높게 올렸다. 이번엔 내 주먹에 시야가 가려 배 쪽에 연달아 타격이 들어왔다. 더럽게 아프다. 하여튼 살고자 하는 본능에 따라 가드를 올리고 몸을 웅크리자 어느 정도 도환의 주먹을 방어할 순 있었다.

"그렇지. 영광으로 알아라. 내가 어떻게 때리는지도 좀 보고. 어?"

놈의 기술 중엔 보디블로가 가장 위력적이다. 하지만 바로 따라 하기엔 쉽지 않다. 한 번은 놈의 면상을 갈겨보고 싶어 바짝 붙어 훅을 시도했는데 그 순간 밑에서 치고 올라온 어퍼컷에 눈앞이 번쩍였다.

"허접한 새끼! 주먹을! 써도! 머리를! 써야지!"

사과의 힘이 아니었다면 진즉에 묵사발이 되었을 터. 아니, 첫 타격에 의식을 잃었을지도 모를 일이다.

"약골처럼 보여도 맷집이 보통이 아닌데? 저걸 버티다니, 기적이네."

주변에서 들리는 목소리. 박도환 이놈이 왜 날 여기로 끌고 왔는지 알겠다. 여기만큼 날 마음껏 때리기에 적절한 장소가 없다. 어디까지나 이건 스파링이니까. 피를 좀 흘려도, 혹은 기절해도 괜찮으니까. 그러나 그건 착각. 놈의 진심은 그게 아니었다.
"넌! 키워서! 잡아먹어야겠어! 그런 놈이야! 너는! 맛있게 키워서! 원 없이 즐겨주마! 가드 올려! 씹지혁!"
"그게 사람이 할 말이야?"
"주둥이 싸물어!"
질렸다. 오늘은 내가 졌다. 몸이 아니라 마음으로. 나는 놈을 너무 몰랐다. 어떻게 해야 이 지독한 놈에게서 벗어날까. 어쩌면 적당히 빵이나 갖다 바치는 게 편했을지도 모른다.

4

"다녀왔습니다."
정신적으로 곤죽이 된 채 집으로 돌아오자 유리와 금돌은 이미 와 있었다. 둘 다 천으로 둘둘 싼 기다란 물건을 들고 있는데 분명 검과 총일 것이다.
"기다리고 있었다. 가자. 지혁."
"어딜요? 오늘은 완전 피곤해요."
"몬스터레드를 먹지 않았나? 뭘 했길래 피곤할 수 있지?"
유리가 놀란 듯 눈을 크게 뜨고 물었다.
"몸이 피곤하다는 뜻이 아니고요. 아무튼 왜요?"
"의논한 결과 너도 우리와 함께 일을 해야 할 필요가 있다고 결론지었다."

"괴물을 잡는 일이요?"

"맞다. 그 일이다. 왜냐하면…."

"잠깐만요. 그 전에, 할머니께는 말씀드렸나요?"

유리는 말을 멈추고 부엌에 계신 할머니를 쳐다봤다. 할머니는 늘 그래왔듯 눈만 끔뻑이셨다.

"말씀드렸다. 딱히 부정적인 대답은 하지 않으셨다."

"저기요. 유리."

"흠."

"대답 못 들으셨죠?"

곤란한 듯 눈을 피하는 유리. 기가 막혀서 헛웃음이 나온다.

"당사자인 저랑 다시 의논하시죠."

"네 세계의 운명이 걸린 일이다. 이유는 충분하지 않은가?"

"충분하죠. 안 하겠다는 뜻이 아녜요. 다만 제가 까라면 까는 스타일은 아니거든요. 정식으로 저와 합의를 보셔야 한다는 말입니다."

옆에서 듣던 금돌이 커다란 머리를 끄덕였다.

"무슨 말인지 알겠네. 암! 그래야지! 우리가 자네를 존중하지 않았군. 미안허이! 우린 이미 한 차례 멸망을 겪은 몸. 대의를 쫓다 보니 한 개인의 의사를 고려할 여유가 없었음을 양해해 주게."

금돌의 말을 듣고 유리도 고개를 주억였다.

"그렇다. 상황이 조급해 네 의사 없이 진행한 점, 정식으로 사과한다."

"뭐, 그렇게까지 사과하실 필욘 없고요. 그래서 제가 할 일은 뭐죠?"

"괴물을 잡기 위한 미끼가 되어라."

"뭐라고요?"

나를 바라보는 눈빛에 미안함이라고는 눈곱만큼도 없었다. 망할 이방인들.

"뭘 하라고요? 미끼? 물고기를 잡을 때 쓰는 미끼, 그 뜻으로 말한 거 맞죠?"

"정확하다."

"제가 그걸 왜 해야 하나요?"

"하겠다고 해놓고 내빼는 건가."

"아니, 황당하잖아요. 미끼라니!"

유리는 곰곰이 생각하다가 천에 싸인 검을 벽에 세우고 식탁 앞에 앉았다.

"이런 결정을 내린 이유는 네 이야기 때문이다. 네가 들었다던 그 목소리."

"저더러 불경한 존재라며 죽으라고 했던 그거요?"

"그렇다. 확고한 살의를 내비친 뒤 괴물이 나타났다면 분명한 목적을 가지고 널 죽이기 위해 괴물을 보냈다고 봐도 억측이 아니다."

"그렇게까지 절 죽이려는 이유는 제가 사과를 먹어도 변이를 일으키지 않는 특이체질이라서?"

"지금은 그렇다고 봐야지. 만약 그렇다면 너를 노리고 괴물을 더 보낼 것이다. 괴물 토벌과 마왕 추적이 지금의 우리 임무인 만큼 너를 미끼로 쓰면 효율적으로 일을 진행할 수 있다."

효율적이라니. 도구 취급을 받는 기분이다. 마음에 들진 않는다. 하지만 이들의 상황이 이해되지 않는 것도 아니었다.

'마왕에 의해 세계가 멸망했다고 했지? 둘을 제외하고 전부 죽었고. 그렇다면 복수에 눈이 멀어 수단과 방법을 가릴 수가 없겠지. 그런데도 무작정 강요하지 않고 이렇게 설명해 주는 걸 보면 어느 정도는 문명인이네. 보자마자 날 죽이려고 했던 유리의 행동은 당시엔 그게 가장 '효율적'이고 '안전한' 방법이라고 판단해서였을 거야.'

이렇게 나 자신과 타협해 가며 낯선 세계에서 고독한 싸움을 하는 둘을 위해 장단에 맞춰주기로 마음을 먹었다. 하지만 그전에 나도 궁금한 것이 있다.

"좋아요. 저를 미끼로 쓰는 것까진 오케이. 하지만 너무 확신하는 거 아닌가요? 괴물이 절 찾아올 때까지 기다렸는데 만약 절 노리는 게 아니었다면 다른 어딘가에서 배회하고 있을 괴물을 놓치는 거잖아요. 그렇다면 별로 '효율적'인 방법이 아닐 텐데요."

"그거라면 걱정할 필요 없다. 내 마법은 사과를 먹은 괴물의 기척을 감지할 수 있다. 기척이 감지되면 근방에 덫을 놓아 유인하면 된다."

"덫이요? 공원이 무한히 넓어졌던 그 괴상한 공간 말하는 거예요?"

"그렇다. 그 공간에서 일어나는 일은 시행자인 내게 문제가 생기지 않는 한 실제 세계에는 영향을 미치지 않는다. 민간 피해를 걱정할 필요 없이 마음껏 작전을 수행해도 된다는 뜻이다. 어제의 너처럼 말려들지만 않는다면."

"놀랍네요."

"강력한 마법이지만 구현 범위가 좁다. 지속시간도 짧다."

"사실 그런 마법, 보고도 못 믿겠어요. 우리 세계에서 불가능하거든요."

벽에 기대어 듣고 있던 금돌이 내 말이 흡족한지 히죽 웃었다. 이야기하던 유리가 갑자기 눈빛이 바뀌더니 벌떡 일어섰다. 그리고 벽에 세워뒀던 검을 잡아 들었다.

"금돌!"

갑작스러운 상황에 어리둥절한 나와 달리 금돌은 바로 총을 감쌌던 천을 벗기며 현관을 나섰다. 유리가 그 뒤를 따르며 내게 말했다.

"우리 판단이 틀리지는 않았던 모양이다."

"예?"

"놈들의 기척이 느껴진다. 이쪽으로 곧장 오고 있다. 어제와 달리 여러 마리다."

"네에?"

벌떡 일어나 베란다로 달려갔다. 주변에 부유하는 '이상한 것들'이 불안하게 점멸하고 있었다. 어제 괴물이 나타났을 때와 같은 징조다. 현관에서 금돌과 함께 나를 기다리던 유리가 말했다.

"이토록 강력한 살의라니. 지혁. 이번에도 목소리가 들리나?"

귀를 기울이니 목소리들이 사부작댔다. 여러 개의 작은 목소리가 짚더미처럼 엉켜 서로 비벼대는 것 같다.

"네."

"말해 보아라. 뭐라 속삭이는지."

"죽음을… 피하지… 말라… 존재하지… 말았어야… 할… 존재여…. 잡음이 잔뜩 낀 것처럼 들려요."

"감지된 괴물은 다수다. 여러 마리로부터 동시에 목소리가 흘러나온다면 그리 들릴 것이다. 이것으로 확실해졌다. 의심할 여지 없이 괴물은 마왕의 의지에 따라 너를 죽이기 위해 움직이고 있다."

알 수 없는 존재가 나를 죽이고 싶어 한다고? 칼 든 미친 놈 하나가 쫓아와도 경기를 일으킬 판인데 상대는 한 세계를 짓밟은 마왕이라는 놈이다. 태어나서 처음 느껴보는 압박과 불안이 엄습했다. 박도환에게 시달릴 때도 이렇진 않았는데.

나도 모르게 눈동자가 흔들리고 있었나 보다. 유리가 내게 다가와 물었다.

"괜찮겠나? 지혁?"

"별로요."

"너무 염려치 마라. 놈이 널 해치지 않도록 우리가 도와주겠다."

"두 분이요? 한 세상의 군대도 놈을 못 막았다면서요."

정곡을 찔린 유리가 말을 잇지 못했다. 창밖으로 보이는 '이상한 것들'의 빛이 점멸하며 사그라들었다. 괴물들이 근접한 것이다.

유리는 고민하다가 사과 상자에서 사과 한 알을 가져와 내 앞에 내밀었다.

"챙겨라. 상황이 위급해지면 먹도록 해라."

"이걸 또 먹어도 돼요?"

"너라면 괜찮을 것이다. 만약 너를 괴물로 만들기 위해 이 사과가 왔다면 한 알로 족했다. 그러나 너는 변하지 않았고 마왕은 너를 적대한다. 섣부른 짐작일지 모르지만 어쩌면 너에게 사과를 보낸 자는 마왕과 적대할지도 모르겠다. 이렇게나 많은 사과를 보냈다는 뜻은 계속 이걸 먹으라는 뜻일지도."

"한 상자를 다요?"

"그럴 것이다."

"만약 다 먹고 난 뒤에 괴물로 변하면요?"

"그땐 내게 맡겨라."

유리가 비장한 얼굴로 손에 든 검을 치켜들었다. 괴물이 되면 날 검으로 처리하겠다는 뜻이다.

"조금 전엔 지켜주겠다고 했으면서! 칼은 왜 들어요?"

비록 다른 세계에서 왔어도 금돌은 정이 느껴지는데 유리는 도무지 모르겠다. 유리에게서 받은 사과의 향기가 후각을 자극했다. 내 의지와 상관없이 입안에 침이 고였다.

"아무리 그래도 괴물을 맨손으로 상대해야 한다니."

"너라면 충분히 할 수 있다. 사과의 힘으로 강한 신체를 얻었으니."

"네. 강해졌죠. 박도환 그놈이랑도 붙어볼 만하니까. 근데 그건 어디까지나 사람을 상대할 때의 얘기고 괴물을 무기도 없이 어떻게 상대해요?"

이렇게 말하며 현관에 서 있던 금돌을 무심히 쳐다보자 금돌은 총을 소중히 품에 끼며 고개를 젓는다.

"미안하네만 이건 빌려줄 수 없네. 가문에서 내려오는 귀한 무기라네."

"네. 저도 총에 대해선 잘 몰라요. 유리처럼 검을 쓰는 법도 모르고."

"그러면 프라이팬이라도 챙겨야 하지 않겠나?"

막상 상황이 임박하니 잘할 수 있을지 모르겠다. 모든 게 너무 갑작스럽다. 나더러 죽으라고 고사를 지내는 마왕, 유리가 말한 멸망의 징후, 사태의 원인처럼 보이는 이상한 사과. 저 사과를 먹지 않았다면 평범한 일상이 이어졌을까?

"할멈! 슬슬 나가야 하지 않겠소?"

금돌이 외쳤다. 유리의 눈매가 날카로워졌다.

"놈들이 코앞까지 왔다. 지혁. 더는 시간이 없다. 행동할 때다."

나도 안다. 주차장과 화단, 근방에 웅크리고 있던 녀석까지 빛이 죽어가고 있었으니. 아파트 주변에 몰려든 괴물들이 보이기 시작했다. 한두 마리가 아니다. 유리가 검을 감쌌던 천을 벗겼다.

"사냥터를 만들겠다. 네 집 앞을 더럽힐 순 없으니."

3화
다른 세계의 전사들

1

세상에서 가장 넓은 야외 주차장이 생겼다. 끝없이 펼쳐진 아스팔트와 끝없이 늘어선 자동차들. 유리의 마법이 구현되자 아파트들은 우주 반대편으로 밀려나고 무한히 반복되는 주차장이 이어졌다.

"저게 전부 몇 마리지?"

놈들이 떼로 몰려왔다. 나무뿌리를 뒤틀어서 만든 것처럼 생겼고 형태와 몸짓은 쥐를 연상시켰다. 지난번 봤던 괴물의 절반 크기에 불과했으나 수가 너무 많다.

"유리. 저 많은 것들이 어떻게 눈에 띄지 않고 여기까지 왔을까요?"

"틈새로 숨어서 왔을 것이다."

"틈새?"

"마왕의 사과를 먹고 괴물이 된 생물은 세상의 경계에 속한 존재가 된다. 그림자 아래에 숨어다니다가 마왕의 명에 따라 현실로 튀어나온다."

괴물들이 우리를 포위하기 시작하는데 금돌은 오히려 신

이 났다.

"오! 이렇게나 많이 몰려오다니! 썩 괜찮은 수확 아닌가!"

"베는 보람이 있겠다."

유리도 마찬가지. 문득 내게만 보이는 '이상한 것들'을 보았다. 녀석들도 유리가 만든 공간에 들어와 있다. 다만 무한히 펼쳐진 주차장인데도 녀석들의 수는 썩 많지 않았다. 실제로 주차장에 있던 녀석들만 들어왔나 보다. 그 이상한 것들이 괴물들에게 둘러싸인 나를 보며 발작하듯 빛을 깜빡인다. 대체 뭘 의미하는 거지?

"유리. 말할 게 있는데요. 실은…."

나에게만 보이는 그것들에 대해 얘기해야 할 것 같아 입을 열었건만 적절한 때가 아니었다. 나무뿌리 쥐 떼가 몰려들었다. 모조리 나를 노리고 있었다.

"지혁! 그 자리에 있어라! 우리가 처리해 주겠다!"

유리의 검이 번뜩이고 금돌의 총이 불을 뿜었다. 괴물들이 날 덮치기 전에 허공에서 썰리고 터져나갔다. 평생 총질과 칼질만 한 게 아닌가 싶을 정도로 실력이 뛰어났지만 내 머리가 같이 날아갈 것 같다는 공포감은 떨칠 수가 없다.

"크하핫! 복수의 시간이로다! 좋은 미끼 덕에 가문의 명예를 지키는구나!"

금돌이 껄껄 웃으며 나를 향해 총을 겨눴다. 나한테 바짝 달라붙은 놈을 노린 것이지만 내가 볼 땐 날 겨냥한 것처럼 보이는 딱 그런 위치다.

"잠깐만요! 지금 어딜 쏘려는 거예요?"

"움직이지 말거라! 내 사격은 정확하다!"

"미친! 제가 맞으면 어쩌려고요!"

"쾅!"

순식간에 내 주변에 나무 파편과 수액이 즐비해졌다.

이 난장판에서 나만 전투를 피할 순 없다. 마침 사납게 덮친 괴물 한 마리가 하필 금돌과 유리가 손대지 못할 사각이었다. 무의식적으로 주먹이 나갔다. 순간 괴물의 얼굴 절반이 함몰되었다. 주먹이 깨질 것 같다.

"쾅!"

고통스럽게 바닥을 구르는 괴물을 금돌의 총이 마무리 지었다.

"지혁!"

금돌이 뒤춤에서 뭔가를 꺼내 내게 던진다. 중요한 아이템인가 싶었는데 받아놓고 보니 프라이팬이다.

"이걸 왜…?"

"무기가 필요하다고 하지 않았나! 자네를 위해 잽싸게 챙겼네!"

윙크하며 씩 웃는 얼굴이 칭찬을 기대하는 것 같다. 억지 미소를 지으며 프라이팬을 들어 보이자 매우 흡족해한다. 이 외계 사람들과 공감대를 형성하려면 얼마나 걸릴까? 잡

생각이나 할 때가 아니다.
"쿠엑!"
온 힘을 다해 프라이팬으로 후려치자 괴물의 대가리가 납작해졌다.
'오, 생각보다 쓸 만한데?'
그러나 다시 프라이팬을 치켜들었을 땐 덜렁 자루만 남아 있다. 욕이 절로 나왔다.
"에이씨, 빌어먹을!"
한바탕 처리했으나 아직 놈들의 절반도 해치우지 못했다. 몰려오는 놈들을 보니 어림잡아 수십 마리. 금돌과 유리가 다시 자세를 잡았다. 나는 일말의 주저 없이 사과를 꺼내 물었다.
짙은 과육의 향기가 정신을 휘감고 빛이 발광한다. 내게만 보이는 그 이상한 것들이 눈부시게 빛을 뿜어낸다. 눈이 시릴 만큼 강렬하게.
"이… 이 힘은 대체"
모든 게 생생하다. 온몸에 흐르는 피, 근육의 수축과 강철처럼 견고해지는 뼈, 넘쳐흐르는 힘, 요동치는 심장, 그리고 오후 내내 날 괴롭혔던 복싱장에서의 기억.
괴물들이 나를 향해 몸을 날린다. 그 과정이 슬로우모션처럼 느리게 보인다.
'그렇게 처맞았으면 배운 게 있어야지!'

박도환처럼 어퍼컷을 날려 보았다. 내 주먹이 괴물의 턱 아래를 쑤시고 들어가 머리 뚜껑을 날렸다. 공중에 내용물이 솟구친다. 다음으로 레프트 훅. 괴물의 대가리와 눈알 파편이 흩날린다. 잽 한방으로 놈의 아가리부터 뒷구멍까지 꿰뚫었다.

한때 괴물이었던 것들의 잔해가 사방에 널브러졌다. 이 광경을 보며 유리와 금돌이 감탄을 금치 못했다.

"서두르죠. 어서 끝내고 쉬고 싶네요."

남은 몇 마리를 해치우는 건 여흥에 가까웠다. 쪽수가 줄어드니 놈들은 터무니없이 무력해졌다. 최후의 한 놈이 발악하며 땅에 뿌리를 내리고 놈의 대가리에서 꽃이 피려는 순간, 유리가 가차 없이 베어버렸다.

"끝났다."

유리가 손가락을 튕기자 주차장이 원래대로 돌아오며 괴물들의 잔해도 깨끗이 사라졌다. 나를 지켜보던 이상한 것들도 발작적인 발광을 멈추고 조용히 빛을 뿜는다.

"괴물 시체들은 다 어디 간 거죠?"

"그 공간에 버리고 왔다."

"편리하군요."

다만 꽃을 피우려던 마지막 괴물의 일부는 남아있었다. 유리는 잘린 꽃봉오리를 들고 유심히 관찰했다.

"그건 뭐예요?"

"보다시피 꽃이다. 놈들이 발화하기 시작하면 본격적인 '확산' 단계에 진입한다. 걷잡을 수 없이 심각해진다."

"큰일 날 뻔했네요."

"아니. 어차피 이놈은 덜 여문 상태였다. 죽을 위기가 닥치니 급하게 꽃을 피우려 한 것. 이 상태로 발화했어도 제 기능을 못 했을 것이다."

"그럼, 만약 오늘 해치운 놈들이 여기 오지 않고 숨어서 성장하다가 어딘가에서 발화했으면 어떻게 되는 거죠?"

"더 손 쓸 방도가 없었을 테니 마왕과의 싸움을 포기해야 했을 것이다. 지혁. 너를 만난 건 천운이다. 우리에게 네 존재는 축복이다. 너의 집을 거점으로 이 싸움을 이어갈 것이다. 네가 놈들을 더 많이 끌어들일수록 재앙은 멀어진다. 언젠가 마왕은 실패할 것이고 우린 놈을 잡아 죗값을 치르게 할 것이다."

죽은 꽃이 쪼그라들자 유리가 대충 화단에 버렸다. 금돌이 커다란 총을 어깨에 걸치고 쿵쿵 걸어와 내 어깨를 두드렸다.

"지혁! 무기가 필요하다는 건 엄살이었구먼! 크하핫! 대승이로다! 오늘 저녁은 내가 한 상 대접함세! 할멈, 더 감지되는 놈들은 없소?"

유리가 눈을 감더니 이내 고개를 저었다. 금돌이 쾌재를 불렀다.

"좋았어! 지혁! 자네 술 좀 하나?"
"저 아직 학생입니다만."
"그래! 그럼 맥주로 하지! 장이나 보러 가세!"
듣기 싫은 말은 안 듣는 타입인가 보다. 금돌이 마트를 향해 우리 등을 떠밀었다.
"아, 그 전에 총이랑 칼은 두고 가요."
유리의 장검과 금돌의 황동색 총은 실제 무기라기보단 영화 소품에 가까웠지만 쓸데없이 사람들의 시선을 끌 필요는 없다.
나를 만나기 전에 이 둘이 어떤 식으로 괴물을 잡으러 다녔는지 궁금하다. 어떤 방법으로 생활비를 버는지, 그들에겐 한없이 낯설 우리 세계의 첫인상은 어땠는지. 아니, 그전에 그들이 살던 세계는 어떤 곳이었는지, 그곳에서 어떤 삶을 살고 어떤 일을 했었는지 전부 알고 싶어졌다.

2

"지각이다. 한지혁."
"죄송합니다."
박도환 그놈이 비웃는다.
'젠장, 쪽팔려.'

하지만 수치심 따윈 잊어버릴 정도로 머리가 아팠다. 어젯밤 처음 마신 맥주 탓이다. 분위기에 휩쓸려 너무 많이 마셔 버렸다. 머리를 도끼로 쪼개는 것 같다. 이게 숙취라는 건가? 이런 끔찍한 걸 금돌은 뭐가 좋다고 마셔대지? 사과의 힘이 숙취에는 효력이 없나 보다.

수염에 거품을 덕지덕지 묻히고 껄껄대던 금돌의 웃음소리가 환청처럼 귓가를 맴돌았다. 얼큰하게 취한 뒤엔 눈물을 한 양동이 쏟아내며 펑펑 울었더랬다. 금돌은 웃음소리 이상으로 울음소리도 커서 민원이라도 들어올까 걱정했는데 다행히 그런 일은 일어나지 않았다. 유리는 술을 마셔도 취하지 않았다. 시종일관 심각한 얼굴만 기억에 남는다.

수업이 귀에 안 들어온다. 지금쯤 유리는 편의점 알바를, 금돌은 건설 현장에서 일하고 있을 것이다. 어제 이야기로는 둘 다 일자리를 얻는 건 어렵지 않았다고 한다. 하지만 금돌은 그렇다 쳐도 유리가 편의점 알바라니. 마법이란 걸 쓰면 돈벌이가 될 텐데 왜 안 쓰지? 다음에 기회가 되면 물어봐야겠다.

쉬는 시간. 고미가 말을 걸어온다.

"웬일로 지각했어? 박도환 일당이 괴롭혀도 꿋꿋하게 등교 시간은 지켰잖아."

"몸이 좀 안 좋아서."

"정말 안 좋은가 보네? 안색이 나빠. 보건실에 갈래?"

"아냐. 괜찮아. 좀 자면 나아질 것 같아."

빌어먹을 숙취 때문에 고미와의 대화도 힘이 든다. 자리에 엎드려 있는데 어떤 놈이 의자를 치고 지나갔다. 실수라 치기엔 감정이 실려있다. 박도환? 아니, 놈은 이딴 유치한 시비를 걸지 않는다.

"뭘 꼬나봐? 찐따 새끼야."

역시 김태양이다. 평소 컨디션이었으면 '돼지머리가 돌아다니네.'라고 시원하게 갈겨줬을 텐데. 신경 쓰고 싶지 않아 다시 엎드렸다. 그러자 이번엔 툭툭 책상을 친다.

"씹새야. 네가 뭔데 날 무시해? 도환이가 놀아주니까 뭐 좀 된 거 같아?"

"하… 씨…."

어떻게 해야 힘 조절을 잘해서 이 새끼를 죽이지 않고 손 봐줄 수 있을까. 고민하던 차에 박도환의 굵은 목소리가 교실을 갈랐다.

"야! 김태양! 내 샌드백 괴롭히지 말고 이리 와라."

"나?"

화색을 띠며 박도환 앞으로 쫄래쫄래 가는 김태양. 이제 좀 쉴 수 있을까 싶어 다시 엎드리니 박도환의 목소리가 날 도로 일으켰다.

"가서 포켓몬 빵이나 사와. 피카츄 들어있는 걸로."

이래서 습관이 무섭다고 하나 보다. 조건반사적으로 박도환을 쳐다보며 말했다.

"아직도 빵 타령…."

하지만 나한테 하는 말이 아니었다. 박도환 앞에 선 김태양이 자기 귀를 의심하며 내 쪽을 봤다. 그런 녀석을 향해 박도환이 버럭 소리를 질렀다.

"어딜 봐? 김태양! 빨리 안 뛰어? 쉬는 시간 끝난다."

아무리 머리가 아파도 볼 건 봐야겠다. 김태양의 표정이 썩 불만하다. 녀석은 얼굴이 새빨개진 채 거의 울면서 교실에서 나갔다. 녀석의 뒤에 대고 박도환이 외쳤다.

"잠만보 뽑아오면 돼진다!"

'저놈이 웬일이지?' 하는 마음으로 박도환을 쳐다보니 여전히 살기등등한 눈매로 날 노려본다.

"씹새꺄. 넌 방과 후에 아프다고 빼면 돼질 줄 알아."

그럼 그렇지. 박도환 이놈은 모두의 빌런이다.

오늘은 쉬는 시간마다 김태양이 빵을 사 오는 진풍경이 펼쳐졌다. 놀랍게도 번번이 잠만보가 나왔다. 저 녀석도 초능력이 있나? 그리고 마침내 방과 후. 당연한 듯 박도환이 앞장서며 말했다.

"가자."

역시, 그 복싱장으로 또 가는구나. 지금의 나라면 애써 놈의 말을 들을 필요 없지만 그렇다고 따라가지 않을 이유도 없다. 어쩌면 오늘이야말로 힘으로 놈을 꺾을 수 있을지도.

"고분고분 따라오는 걸 보니 이젠 맞는 게 즐거운가 보네."
"기껏 따라와 줬더니 주둥이나 나불댈래?"
"건방진 새끼."

박도환의 기세가 유독 거칠다. 그러나 어제 먹었던 사과의 효력 또한 쏠쏠했다. 놈의 주먹이 보인다. 풀파워로 주먹을 날려도 될까? 맨손으로 괴물의 대가리를 날렸던 힘이다. 하지만 아무리 미운 녀석이라도 죽일 순 없다.

"느려터졌구나. 씹지혁."
"힘 조절 중이야. 너 죽을까 봐."
"하하하! 미친!"

가드를 올리고 몸을 웅크려도 놈의 펀치에 뇌가 흔들렸다. 내 주먹은 여전히 닿지 않았다. 속도는 바로 힘. 힘을 조절한답시고 신경을 쓰니 느려질 수밖에. 살짝 꼭지가 돈다.

"흡!"

주먹이 닿기 직전에 힘을 뺄 생각을 하고 잽을 날렸다. 어제 괴물들을 연이어 터뜨릴 때 일어났던 현상이 다시 일어났다. 초인적인 집중력이 발동되며 주변 모든 게 느려지는 현상. 그러나 절묘한 차이로 나의 주먹보다 도환의 움직임이 빨랐다. 내 주먹이 가까스로 놈의 귀를 스친다.

"야! 방금 봤어? 겁나 빨라!"

링 밖에서 구경하던 사람들이 탄성을 질렀다.

"오호, 씹지혁이."

녀석 또한 만면에 미소를 띠며 탄복했다. 그러나 절대 친근해 보이진 않는 미소. 어째 놈은 웃으면 웃을수록 맹수 같은 관상이 드러난다.

"또 와봐!"

애초에 봐줄 필요가 없었다. 몸을 별로 움직인 것 같지도 않은데 종이 한 장 간격을 두고 내 주먹을 죄다 피한다. 기껏해야 놈의 머리카락을 스칠 뿐.

"이게 위빙이다. 빙신아. 무식하게 가드만 하다간 훅 간다고."

피하는 동작이 묘하다. 기계 같으면서도 뭔가 동물적이다. 그래. 사마귀! 놈은 마치 사마귀가 사냥감을 탐색하는 것처럼 몸을 움직였다. 연이어 들어오는 놈의 펀치. 사과의 힘으로 강철같은 몸을 얻었어도 같은 부위를 계속 맞으니 점심 먹은 것이 올라올 지경이었다.

사과를 두 개나 먹었는데도 놈을 건드리지도 못하다니. 진짜 괴물은 이놈이 아닌가. 그래도 오늘은 녀석이 땀을 비처럼 흘렸다. 그만큼 내가 녀석을 밀어붙였다는 거겠지. 승리한 것은 아니지만 이 정도면 나쁘진 않다.

"후, 이제 좀 할 맛이 나네. 근데 너…."

"왜?"

녀석이 미심쩍다는 눈빛으로 날 응시했다.

"아니다. 됐다. 오늘은 여기까지."

녀석이 뭔가 눈치챈 걸까? 하긴, 약골 찐따가 하루아침에 강해지면 누구라도 의심이 갈 것이다. 하지만 뭘 알고? 놈이 하려다 만 말 때문에 신경이 쓰인다. 집에 가는 길에 날 지켜보는 이상한 것들이 유독 밝게 빛났다.

3

그러고 보니 여태 얘기를 안 했다. 몇 번이나 말하려고 했지만 매번 적절한 순간을 놓쳐버렸다. 뭐에 관한 이야기냐고? 바로 그 이상한 것들. 사물을 구분하기 시작한 어린 시절부터 내 주변에 있었던 것들. 지금도 보이는 그것들. 오늘은 유리와 금돌에게 그 얘기부터 하자. 괴력과 마왕의 목소리 말고 내게 찾아온 또 다른 현상. 빛을 내기 시작하고 내게 뭔가를 말하려는 듯 마구 깜빡이는 그것들의 변화에 관하여.

"다녀왔습니다."

집에 돌아오니 오늘도 유리와 금돌이 먼저 와있다. 할머니는 금돌이 알려준 레시피대로 스튜를 끓이고 계셨고 유리는 한 손에 사과를 쥔 채 거실에서 명상에 잠겨있다. 금돌은 식탁 위에 두툼한 책을 펼치고 뭔가를 적는 중이다. 뭘 그리 열심히 적나 보니 낯선 문자다. 괴상한 생명체를 그린 그림도 있다. 새삼 그들이 다른 세계에서 왔다는 사실이 실감 난다.

"뭘 그렇게 열심히 해요?"

"흠, 왔군."

금돌이 힐끗 날 보더니 다시 책에 집중했다. 명상 중인 유리는 돌부처처럼 꿈쩍도 하지 않는다.

"바빠 보이네요."

그나저나 스튜 냄새가 좋다. 뭐랑 비슷한가 생각해 보니 부대찌개다. 부대찌개는 못 참지. 살면서 저녁 식사가 기대되는 날이 올 줄은 몰랐다.

이방인들과의 동거가 시작된 지 3일째. 워낙 말이 없으시긴 하지만 할머니도 불편한 기색을 보이지 않으시고 나도 되레 안심되기도 한다. 유리와 금돌이 있으면 할머니께 무슨 일이 생기더라도 도움이 되지 않을까?

"저, 유리?"

"쉿."

유리를 부르려는데 금돌이 말렸다. 베란다로 들어오는 붉은 햇살을 보니 곧 저녁이다. 어제 이 시간쯤 괴물들이 왔었다. 하지만 유리는 나갈 계획이 없어 보인다. '이상한 녀석들'의 빛도 그대로다. 괴물이 접근했다면 또 미친 듯이 점멸했을 것이다.

"괴물들은요?"

"할멈이 아무 말 없으니 움직이지 않아도 된다네."

금돌이 가까이 오라며 손짓했다.

"이 세계에 사는 토착 생물에는 뭐가 있는가? 가장 흔해 빠진 놈들 말일세. 개, 고양이, 쥐, 짹짹이들 말고 또 있나?"

"짹짹이?"

"새들. 큰 회색 놈들, 작은 갈색 놈들."

"아, 비둘기랑 참새요?"

"그래. 번식력, 수, 힘, 그리고 얼마만큼 통제가 쉬운가가 마왕이 숙주로 삼는 조건이라네. 아무 종을 상대로 파종하지는 않아. 놈한테도 사과는 귀하거든."

그러고는 부엌 한구석의 사과 상자를 눈짓으로 가리켰다.

"마왕도 저걸 보면 기절초풍할 걸세. 자네가 가진 사과가 마왕이 가진 것의 몇 배는 될지도 몰라. 우리 세계도 그리 많은 사과 때문에 멸망한 게 아니었네. 고작 몇 알. 하수도에 서식하는 쥐 떼 사이에 한 알만 던져놔도 도시가 쑥대밭이 되는 그런 물건이라네."

"근데 오늘은 왜 괴물이 안 오죠?"

"우리도 그 이유에 대해 조사 중이네. 자넬 만나기 전에 나와 할멈이 처치했던 것은 보통 고양이나 개 타입의 괴물이었네. 숙주로 삼기에 적합한 종류는 아니었지. 그땐 마왕도 이 세계의 생태계를 잘 몰랐던 걸세. 어제 왔던 쥐 떼는 확실히 위험했지. 만약 이리로 몰려오지 않았다면 이 도시는 금방 먹혀버렸을 게야."

"개미나 바퀴벌레는요? 그런 조건이라면 마왕이 숙주로

삼기에 딱 맞는데요?"

"가능성이 있네. 하지만 놈이 벌레들을 괴물로 만들었다면 오늘 삽시간에 몰려왔겠지. 하지만 조용하지 않은가."

"왜 그럴까요?"

"아무래도 마왕 그놈이 전략을 바꾼 것 같네. 괴물을 보내봤자 자넬 죽일 수 없으니 사과만 낭비한다고 생각했을지도."

마침 명상을 끝낸 유리가 사과를 만지작거리며 식탁으로 왔다.

"이 사과가 어디에서 왔는지 알아보려 했으나 전혀 보이지 않았다. 강력한 보안 마법이 걸려있다. 출처를 철저히 감추려는 의도다."

"정말 오늘은 괴물들이 안 올까요?"

"아마도. 놈들이 감지되지 않는다. 오늘 마왕은 괴물을 만들지 않은 모양이다. 지혁. 너는? 목소리가 들리지 않나?"

"전혀요."

"놈이 괴물을 보내기 전에 반드시 죽음의 저주를 속삭인다는 법은 없다만 어떤 징조도 없으니 일단은 한숨 돌려도 될 것 같다."

"그럼, 모처럼 여유로운 저녁이 되겠군요."

유리는 사과를 다시 상자에 넣고 싱크대에서 손을 깨끗이 씻었다. 그리고 식탁 앞에 앉아 금돌이 기록하는 내용을 물끄러미 바라봤다. 금돌은 뭔가를 더 적다가 배낭에서 가죽

꾸러미를 꺼내 오며 나를 불렀다.

"잠시 이리 와보게."

"왜요?"

"부탁 하나 함세."

금돌이 가죽 꾸러미를 펼치자 반짝이는 날붙이들과 바늘들이 나타났다. 그중 바늘 하나와 얇은 손잡이, 투명한 관을 꺼내 결합하자 주사기가 완성되었다.

"자네 피를 조금 뽑아야겠네."

"뭐라고요? 아, 네."

살짝 당혹스럽지만 뭔지 알겠다. 내 체질을 검사하려는 것이다. 내가 사과를 먹고도 변이를 일으키지 않는 원인을 밝혀내려면 필요한 일이었다.

"뭐, 많이 뽑아도 됩니다."

"고맙네. 그럼."

크고 거친 손으로 커다란 주삿바늘을 찌르는데 느낌조차 없다. 주사기를 채우고 바늘을 뽑은 뒤에야 살짝 따가웠을 뿐. 훌륭한 실력이다.

"잘 참는구먼."

"모기가 문 것보다도 안 아픈데요."

"하하하! 사내답구먼. 근데, 분석하려면 자네 피 말고 다른 사람 피도 필요하다네. 비교 대상이 없으면 자네가 왜 특별한지 알 길이 없지 않은가. 물론 내 피나 유리 할멈 피는 소용 없네. 종족이 다르니."

"그렇겠죠."

문득 부엌일을 하고 계신 할머니를 봤다. 금돌이 내 시선을 읽고 답했다.

"자네의 직계 가족이라 안 되네. 자네와 완전히 다른 형질을 가진 타인 중에 부탁할 사람 없나?"

"당장엔 생각나는 사람이 없네요."

"친구 중엔?"

"그러니까, 없어요. 친구가."

"허어, 저런."

금돌은 굵직한 손가락으로 눈썹을 긁다가 피가 담긴 주사기를 냉장고에 넣으며 말했다.

"일단 작은 포유동물의 피를 구해서 해결해 봄세. 같은 세계의 생물이니 몇 종류 구해서 비교해 보면 자네와 뭐가 다른지 알 수 있겠지."

"그런데 금돌. 고향 세계에서도 이런 일을 했었나요?"

"흠? 아, 그랬지. 왕의 탑에서 생물학을 연구했었네."

"왕의 탑?"

"유서 깊은 학문기관이었네. 혈족의 석학이 모인 지식의 결정체였다고나 할까."

"그랬군요. 그런 곳에 있었다니, 의외네요."

"그런가? 자네는 내가 뭘 하던 사람이라고 생각했나?"

"총 잘 쏘고 싸움 잘하니까, 전사나 사냥꾼?"
"크하핫! 전사는 내 형님과 아우님이었지. 나는…."
불현듯 금돌의 큼지막한 눈에 우수가 스치며 축축해진다.
"나는 말이지…."
금돌은 차마 말을 잇지 못했다. 그러다가 애써 미소를 지었다.
"이런, 벌써 저녁 시간이 다 되었군. 배고프지 않은가?"
금돌이 어질러놓았던 식탁을 정리하자 할머니가 뜨끈한 스튜를 내오셨다. 토마토와 감자, 두꺼운 베이컨이 듬뿍 있고 국물은 얼큰했다.
"크으! 이 맛이지!"
금돌이 국물을 삼키고 내뱉는 소리가 영락없는 국밥집 아저씨다. 유리는 어디 먼 곳에 생각이 가 있는지 숟가락만 들고 허공을 응시했다.
"유리."
"음?"
"무슨 생각해요?"
"마왕의 목적이 뭘까 생각하는 중이었다. 어째서 우리 세계에 이어 이 세계를 침공하는지 말이다."
글쎄. 그렇게 따지면 박도환 그놈이 죽일 듯이 나를 괴롭히는 이유가 뭔지도 알 필요가 있겠지. 이유가 있긴 할까? 강자가 약자를 잡아먹는 건 세상의 법칙 아닌가? 그게 아니라면 잡아먹힌 모든 짐승을 위해 추모비라도 세워줘야지. 잔인한 생각인가? 별로. 나 자신도 예외로 둔 적 없다. 내가 박도환에게 매일 털리는 이유도 내가 약해서다.

유리가 한 수저 뜨다가 내게 물었다.

"너야말로 무슨 생각을 하지?"

"별거 아녜요. 근데, 마왕이라는 놈은 어떤 놈이죠?"

"모른다."

"모른다고요? 어디 출신인지, 생김새는 어떤지, 이러는 이유가 뭔지, 아무것도요?"

"그렇다. 누구도 놈의 정확한 모습을 본 적 없다. 다만 세상의 경계 뒤쪽 어딘가에서 왔다고만 추측될 뿐이다."

"유리와 금돌의 세계도 아닌 또 다른 곳에서 왔다면, 거긴 어디죠?"

진즉 물어볼 걸 그랬다. 당연히 유리와 금돌의 세계에서 나타난 악당이라고만 생각했다. 놈이 세계와 세계를 오가며 이 짓을 하는 거라면 유리와 금돌의 세계에 나타나기 전에도 몇 개의 세계를 망가뜨려 놨을지 모른다.

"심연이라고 불리는 세계. 금돌의 혈족이 발명한 관측기로만 볼 수 있는 세상 뒤편의 밑바닥. 어둠으로 가득 찬 곳이다. 그저 어둠으로만 가득해서 우린 그 속에 뭐가 있는지 모른다. 고대로부터 전해져오는 우리 혈족의 전설에서만 그 세계에 관한 이야기가 일부 언급될 뿐. 정설은 아니지만 전해져 내려오는 말에 의하면 그 어둠에서 온 종족이 우리 혈족에게 마법을 전수했다고 한다."

"어둠에서 온 종족이라. 유리씨네 전설에서는 어떻게 묘사되고 있는데요?"

"심연의 혈족. 넝쿨을 몰고 오는 자들."

"넝쿨이요?"

"설화에 의하면 그자들은 심연에서 올라온 넝쿨 사이에서 검은 안개를 두르고 나타나는 것으로 묘사되어 있다. 그리고 열매를 이용해 괴물들을 만들어 낸다. 괴물들을 부려 세상을 멸망시킨다. 고대의 전설에서는 그런 침공을 몇 번 이겨냈다고 나오지만 이번에는 그러지 못하고 전설 속으로 가라앉아 버린 셈이지."

이야기를 듣던 금돌이 침울해져서 수저를 내려놓았다. 괜히 식사 시간에 이런 이야기를 꺼냈나 싶다. 그러다 문득 이야기해야 할 것이 생각났다. 내게만 보이는 그 이상한 것들에 대해. 남들에게 보이지 않는 것이 보인다면 어쩌면 내가 마왕을 보게 될지도 모를 일. 이야기를 꺼내려는데 유리가 먼저 말을 이었다.

"어제 두 번째 사과를 먹은 후 특별한 변화는 없나?"

"힘이 더 세진 것 말고는 없어요. 정신을 집중하면 일시적으로 주변이 느려지는 것 같기도 하고요."

"금돌이 네 혈액을 분석할 때까지 다음 사과는 먹지 않는

편이 좋겠다. 분명 의도적으로 배달된 물건이고 그 의도란 네가 저 사과를 전부 먹도록 하는 것일 것이다. 누가 보냈는지, 어떤 결과를 노린 것인지 파악하기 전엔 손을 대지 말도록 해라."

"그럴게요."

이제 진짜로 내 이야기를 할 때다. 유리도 알아야 한다. 내가 뭘 보고 있는지. 막 입을 떼려고 하는데 뜻밖의 인물이 내 말을 막았다.

"할머니? 왜 그러세요?"

할머니가 내 옆에 와서 빤히 날 쳐다보고 있었다. 이런 적은 없었는데? 무슨 말씀이라도 하시려나 기다렸지만 그저 까만 눈을 끔뻑할 뿐이다. 깊고 깊은 어둠 같은 까만 눈.

"할머니? 왜…요. 으윽!"

극심한 통증이 머리를 후벼팠다. 나는 균형을 잃고 의자와 함께 바닥에 쓰러졌다.

"지혁! 왜 그러느냐!"

유리가 놀라 일어서고 금돌이 다급히 나를 불렀다. 두 사람의 목소리가 멀어져간다. 흐릿한 시야로 차분히 부엌을 정리하는 할머니가 보인다.

4

"다녀오겠습니다."

금돌과 유리는 오늘도 일찍부터 나가고 없다. 어제 저녁을 먹었던가? 뭔가 맛있는 걸 먹었던 것 같은데 기억이 없다. 모처럼 괴물들도 안 와서 유리랑 금돌과 길게 이야기했던 거 같은데 언제 잠들었는지 가물가물하다. 그래도 푹 잤더니 오늘 아침은 유난히 개운하다. 기분이 좋다.

"어… 지혁아. 안녕?"

교실에 도착하자 웬일로 일찍 온 조현준이 인사를 한다. 녀석은 내가 괴롭힘에서 벗어나자 아슬아슬한 시간에 등교하기를 그만뒀다.

"어, 그래. 안녕. 현준아."

오랜만의 인사라 많이 어색하다. 학기 초만 해도 중학교 때처럼 가깝게 지냈는데 내가 박도환의 빵셔틀을 하는 바람에 멀어졌더랬지. 김태양이 그 역할을 이어받으니 다시 나와 가까워질 생각이 드나 보다. 인간이라면, 그중에서도 약자라면 자연스러운 행동이다. 조현준이 쭈뼛쭈뼛 뭔가를 말하고 싶은 눈치다.

"저기, 지혁아."

"왜?"

"아, 아니야. 헤헤."

사과하고 싶어 하는 표정인데 말이 잘 안 나오나 보다. 괜찮다. 녀석에게 사과받을 이유도 없고 있다고 해도 이미 얼굴에 다 드러나니 받은 셈 치면 된다.

비어 있던 자리에 아이들이 앉기 시작하고 김태양이 패거리들과 함께 거드름을 피우며 들어왔다. 그러다가 나와 눈이 마주치자 똥 씹은 얼굴로 고개를 돌린다. 그래. 알아서 피해라.

"안녕?"

고미가 내 옆을 지나며 가볍게 인사했다. 나도 답인사를 해야 하는데 그 애의 얼굴만 보다가 인사를 놓쳤다.

"푸핫! 뭐야? 내 얼굴에 뭐 묻었어?"

"아, 아니…."

내 얼굴을 보고 웃음을 터뜨리는 고미를 보니 내가 어떤 표정을 짓고 있었는지 알 법하다. 멍청하기 짝이 없는 표정이겠지. 그래도 괜찮다. 고미가 웃어주기만 한다면.

그리고 박도환. 어쩐 일인지 오늘은 녀석이 제일 늦게 교실에 들어왔다. 그러고는 에어팟을 낀 채 곧장 자리에 가서 앉아 창밖만 쳐다봤다. 평소대론가? 뭔가 분위기가 다르다. 내내 한 손으로 이마를 짚고 얼굴을 가리고 있다.

"도환아! 너 얼굴이 왜 그래?"

쉬는 시간. 박도환만 쳐다보던 권나라의 목소리가 이목을 끌었다.

"됐어. 저리가."

다른 아이들의, 특히 내 시선을 끄는 것이 싫은지 박도환은 조용히 권나라를 밀어냈다. 눈치도 없이 권나라가 호들갑을 떨었다.

"어머, 멍 좀 봐! 누가 이랬어?"

"꺼지라고!"

버럭 성을 내는 녀석을 얼핏 보니 눈언저리가 퍼렇다. 맞았다고? 저 녀석이? 대체 누구한테? 내겐 마왕이 쳐들어온다는 이야기보다 더 비현실적이다.

"존나 귀찮게 구네. 씨발."

여자아이에게, 그것도 자기를 좋아하는 애에게 욕을 하다니. 결국 권나라는 울먹이며 자리를 피했다.

종일 불편한 공기가 감돈다. 초 저기압 상태의 박도환은 폭군 노릇을 할 때보다 갑절은 더 불편했다. 늘 녀서 곁에서 애완견처럼 굴던 김태양 패거리는 따로 나가 노는지 아예 보이지 않는다.

마지막 교시가 끝났다. 박도환이 날 부르지도 않고 성큼성큼 교실을 나가려 한다. 나 참, 내가 놈을 잡아 세울 거라곤 상상도 못 했는데.

"박도환! 그냥 가?"

"학원 쨴 거 걸려서 꼰대한테 맞았잖아. 씨발 새꺄."

꼰대? 설마 자기 아버지를 말한 건가? 우수한 성적과 인성은 관계가 없나 보다.

"그래서, 그냥 가려고?"

"오늘 운 좋은 줄 알아라."

"누가 할 소리."

"꺼져."

매일 날 괴롭히던 놈인데 조금 불쌍하다. 아니, 불쌍하다는 건 말이 안 되고, 어쩐지 보기에 좋지 않다. 꼬리 내린 야수를 보는 것 같달까? 동정심은 절대 아니다. 박도환을 상대로 동정심이라니. 어쩌면 강자의 여유일지도 모르겠다. 힘을 얻은 이후 언제든 맘만 먹으면 누구든 상대할 수 있다는 자신감이 생겼기 때문이다. 복도에 서서 멀어져가는 박도환을 보고 있는데 고미가 왔다.

"무슨 일이야?"

고미가 보기에도 매일 잡아먹을 듯 날 괴롭히던 박도환이 혼자 터벅터벅 집에 가는 걸 보니 신기한가 보다.

"오늘은 날 상대로 스파링할 의욕이 안 나나 봐."

"별일이네? 그래서 집에 혼자 간대?"

"뭐 그렇겠지."

"아쉽네."

"음…. 내가 두들겨 맞지 않아서 아쉬워?"

"엥?"

나의 삐딱한 대답에 고미의 얼굴이 샐쭉해졌다. 왜 그딴 식으로 말했을까! 이게 다 박도환 패거리 때문이다. 놈들을 상대하며 단련된 입심이 아예 평소 말투로 굳어져 버렸다. 이 망할 주둥이를 저주하려던 차 고미가 웃음을 터뜨린다. 농담이라고 생각했나 보다. 다행이다.

"아니. 모처럼 혼자 집에 가는데 나랑 집이 반대 방향이라 아쉽다고."

"네가 왜…?"

"아쉬울 수도 있지. 반에서 가장 비밀스러운 애랑 얘기할 기회잖아."

"나 말하는 거야?"

고미가 의미심장하게 웃으며 말을 이었다.

"보고 있으면 신기하다니깐? 무슨 비밀이 있으려나…."

"아냐, 그런 거 없어."

무심하게 답했지만 심장이 북을 치기 시작했다.

고미가 나한테 관심을 주다니! 몬스터레드를 처음 먹었을 때보다 더 짜릿했다.

게다가 하굣길을 고미와 단둘이 걷는다는 건 하늘이 준 기회. 집 방향 따위는 문제가 되지 않는다. 바보같이 굴어선 안 된다. 말 잘해라. 한지혁!

"비밀 같은 건 없지만 나도 너랑 같이 걷고 싶어. 내가 데려다줘도 될까?"

"으! 급발진하지 마! 근데 괜찮겠어? 돌아갈 때 꽤 걸을 텐데."

 내게 되묻는 고미의 얼굴에 화색이 돈다. 웃음기 감도는 그 애의 눈을 보니 꽤 괜찮은 대답이었나 보다.

 "물론이지."

 "그거 알아? 너 요 며칠 사이에 많이 바뀐 거."

 "그래? 잘 모르겠는데."

 아주 많이 바뀌었지. 내가 가장 잘 알고 있지만 모르는 척했다. 강해진 걸 과시하고 싶진 않다.

 "바뀐 게 아니라면 원래 그랬나? 저번에 생각보다 약하지 않아서 놀랐어. 박도환과 맞먹을 정도면 꽤 강한 거잖아?"

 "그럴지…도?"

 "그래. 역시 그랬어. 보기보다 강한 아이였어. 하지만! 힘센 애들은 많이 봤어도 너처럼 말하는 애는 처음 봤어. 배짱도 있고."

 "말발과 배짱이라면 타고났지."

 "하긴, 확실히 그래."

 뭐가 재밌는지 고미가 말하고 나서 까르르 웃는다. 듣기 좋다. 이런저런 이야기를 하면서 걷다 보니 어느새 고미가 사는 동네다.

 "지혁아. 이 동네 처음 오지? 집에 잘 갈 수 있겠어?"

 "왔던 길로 되돌아가면 돼. 난 길을 잘 찾는 편이라."

 "그래, 담엔 내가 너희 동네까지 가줄게."

"그럼 난 우리 동네까지 온 너를 바래다주러 다시 여기까지 오면 되겠다."
"하하하. 그만해. 손발 다 오그라들겠어."
고미가 해맑게 웃는다. 이제 어떤 말을 하면 고미가 웃는지 알 것 같다. 아쉽지만 헤어질 시간. 어색하게 손을 흔들고 돌아서려는데 고미가 부른다.
"지혁아."
"응?"
"저기, 내일 뭐 해? 토요일인데."
"어?"
박도환의 주먹과는 비교도 안 될 만큼 묵직한 충격이 내 심장을 흔들었다. 이럴 땐 뭐라 답해야 하지? 고미와의 대화가 익숙해지려던 차였는데 말짱 도루묵이다. 긴장한 탓에 입술만 뻐끔대니 고미가 먼저 말했다.
"특별한 일 없으면 같이 놀러 갈래?"
"무… 뭐… 어디로?"
"스케이트 타러."
"스 스케이트? 어디서?"
"그야 롯데월드지."
"아, 거기."
문득 박도환이 고미에게 장난으로 했던 말이 생각났다. 같이 롯데월드나 가자고. 듣고 있던 권나라가 섭섭해했지.

"어때? 갈래? 아니면 스케이트 말고….″
"아니! 좋아! 가자."
"그래. 좋았어. 그럼 카톡 할게. 내일 봐."
 아직 겨울이 한창이지만 봄바람이 불어오는 것만 같다. 근데 스케이트? 한 번도 타본 적 없는데. 젠장, 멋 부리기는 글렀다.
 집에 가는 길. 나무와 길모퉁이에 웅크린 것들이 반짝반짝 빛난다. 내게만 보이는 그것들도 어쩐지 기분이 좋아 보였다. 그러고 보니 내가 유리에게 얘기했던가? 내가 뭘 보는지. 그것들이 빛을 내는 방식을 통해 나도 괴물의 존재를 감지할 수 있다는 이야기를. 맞다. 어제 그 얘기를 하려다가 잠이 들어버렸지? 왜 그랬을까?
 집에 거의 도착할 무렵, 누군가의 시선이 느껴지는 것 같아 뒤를 돌아보았다. 먼 곳에 있는 앙상한 나무에서 빛이 점멸하고 있다. 괴물이라도 등장한 것처럼. 하지만 괴물은 없고 어슴푸레한 안개 같은 것이 나무 주변을 맴돌았다.
'뭐지?'
 검은 안개 아니 흐릿한 인간의 형상 같은 그림자가 나무 뒤에서 일렁였다. 나무만큼 키가 크고 팔다리와 몸통은 나뭇가지처럼 앙상하다.
'안개 혹은 그림자 같은 자들.'
 어제저녁 유리가 했던 말이 기억난다. 나의 직감이 외친다. 저기 보이는 그림자의 정체는 다름 아닌 마왕이라고! 줄곧 마왕이 나를 지켜보고 있었다고!

'해치울까?'

정체도 모르는 미지의 존재를 눈앞에 두고 해치워야겠다는 생각이 들다니. 한 세계 아니 어쩌면 그보다 많은 세계를 멸망시킨 존재다. 나 혼자 놈을 상대할 수 있을 리 없다. 그러나 나의 피가 부르짖었다. 적이라고! 냉큼 달려가 목을 부러뜨리라고!

'죽이자. 지금 이 자리에서.'

적개심을 드러낸 순간 마왕의 그림자가 연기처럼 흩어졌다.

4화
싸움의 기술

1

"봤어요! 집에 오는 길에 봤다고요!"

집에 들어오자마자 냅다 소리를 질렀다. 그러나 유리와 금돌은 집에 없었다.

"유리랑 금돌은요?"

할머니 찬찬히 고개를 가로젓고는 묵묵히 스튜를 끓이셨다. 거실을 살피니 두 사람의 짐은 그대로 있는데 총과 검만 없다. 왔다가 나갔구나. 그들도 뭔가를 감지했나?

"잠깐 나갔다 올게요!"

가방을 던져놓고 집에서 나왔다. 뭘 어찌해야 하는지는 모르겠다. 그냥 일단 유리와 금돌을 만나야겠다는 생각뿐이었다. 두 사람의 세계를 멸망시키고 우리 세계까지 넘보는 존재가 내 앞에 나타났다가 사라졌다는 사실을 말해줘야 한다.

"유리! 금돌!"

아파트 단지 사이를 돌며 외쳤다. 근처에 있다면 들었을 것이다. 설령 먼 곳에 있더라도 내겐 그들을 찾을 방법이 있다. 나에게만 보이는 이상한 녀석들을 활용하면 된다. 어디

선가 녀석들의 빛이 점멸한다면 그곳에 괴물이 있다는 뜻이고, 괴물이 있다면 두 사람도 있을 테니. 그러나 지금 사방에 널려있는 이상한 녀석들은 숨을 쉬듯 차분히 빛을 뿜는다. 불안하게 깜빡이려는 기색이 없다.

"정작 필요할 땐 얌전하네."

두 번째 방법으로 투시력에 마음을 집중해 봤다. 진열대의 빵 안에 어떤 스티커가 들어있는지 볼 수 있는 능력을 아파트와 건물들 너머의 골목으로 시선을 넓혀본 것이다. 보일까? 사실 얇은 포장지보다 두꺼운 건 시도해 본 적도 없다.

"됐다!"

놀랍게도 아파트 너머가 보이기 시작했다. 잠만보 스티커만 뽑던 이 시시한 능력도 신체 능력과 함께 강화된 모양이다. 그러나 실망스럽게도 유리와 금돌은 없었다.

"이 사람들이 정말 어디 간 거지?"

처음 마왕의 기척이 느껴졌던 곳으로 가보았다. 나무에는 평소의 이상한 것들만 달라붙어서 날 빤히 쳐다보았다. 포근한 빛을 내고 있다.

"너희 뭐 본 거 없어?"

대답할 리 없는 이 이상한 녀석들을 향해 말을 걸다니. 침착하자. 생각해 보면 조급할 필요가 없다. 나를 만나기 전에도 괴물을 사냥하던 사람들이었으니 어딘가에서 그들의 일을 하고 있겠지. 일이 끝나면 돌아올 거다. 그럼 그때 마왕이야기를 하면 된다.

'돌아가서 기다리자.'

막상 허탕을 치고 집으로 돌아가려니 허무하다. 집에 가면 두 사람이 돌아와 있을까? 문득 언제쯤 돌아올지 불안해졌다. 그들이 우리 집에 머물기 시작한 지 고작 3일. 지금까지 느끼지 못했던 사실을 깨달았다. 나는 외로움을 타는 유형이었구나. 말 없는 할머니와 단둘이 지내는 저녁을 나는 썩 즐기고 있지 못했구나. 금돌의 자극적인 요리와 숙취를 부른 맥주가 갑자기 그리워졌다. 내일 만나기로 한 고미가 지금 당장 보고 싶었다.

"할머니?"

집 앞에 도착하니 할머니가 나와 계셨다. 어쩐지 낯설다. 할머니가 밖에 있는 걸 본 게 얼마 만인지 모르겠다. 어렸을 땐 가끔 할머니 손을 잡고 산책하러 나오기도 했지만 학교에 다니기 시작한 후로 줄곧 집에 계신 할머니만 보아왔다.

"왜 나와 계세요?"

대답이 없다. 늘 그랬지. 언제나 과묵하셨다. 그저 검은 눈으로 날 바라보며 말을 들어줄 뿐. 불현듯 나의 유년기는 쓸쓸함으로 가득 차 있었구나 싶었다. 그래도 나는 날 바라보는 할머니의 눈을 깊은 사랑이라고 느꼈다.

"저 왔어요. 이제 들어가요."

집에 들어가려는 날 할머니가 붙잡았다. 그러고는 내 손에 사과를 쥐여 주셨다. 부엌에 있던 몬스터레드 하나를 가지고 나온 것이다.

"이걸 왜요? 할머니. 이거 함부로 가지고 나오면 안 돼요. 사과처럼 보여도 사실은 아주 위험한 물건이라고요."

할머니는 대답 대신 내 어깨 너머를 손가락으로 가리키셨다. 그 방향을 보니 노을을 등진 세 사람의 그림자가 서 있다. 그들 주변으로 암흑이 번지고 빛을 뿜던 이상한 것들이 사그라져 갔다. 스산한 목소리가 들려왔다.

'죽… 어… 라… 불… 경… 한… 존… 재… 여….'

'놈이 왔구나.'

순간 숙취는 비교도 안 될 만큼 격한 통증이 머리를 후벼 팠다. 깊은 어둠 속에서 기어 올라온 존재가 내뿜는 강렬한 적개심이 느껴졌다. 집 앞에 나타난 자들은 인간처럼 보여도 인간이 아니다. 위험한 상황이다.

"할머니! 들어가세요!"

할머니가 사과를 쥔 내 손을 단단히 감싸 쥐셨다. 검은 눈으로 날 뚫어지도록 바라보며 먹으라 손짓하셨다. 세 번째 사과를 먹고 저놈들과 싸우라는 건가? 할머니가 왜 이러시지? 그때 유리의 말이 생각났다. 혈액 검사가 끝나기 전까지 세 번째를 먹는 것은 당분간 미루자던.

"알았으니까, 제발 들어가세요!"

내 성화에도 늙고 쪼글쪼글한 할머니는 꿈쩍도 하지 않으셨다. 박도환을 가뿐히 밀어냈던 내가 할머니는 움직일 수 없었다. 갑자기 할머니가 낯설다.

"할머니….."

할머니에게 온통 신경이 팔린 것이 실수였다. 세 명의 그림자가 내 뒤에 바짝 다가왔다.

"크헉!"

한 놈이 내 뒷덜미를 잡아 공중으로 던지고 남은 두 놈이 동시에 펀치를 날렸다. 공중에서 얻어맞고 십여 미터를 날아가 주차장 바닥을 굴렀다. 급히 일어나 집 쪽을 보니 할머니가 여전히 그 자리에 서 계신다. 다행히 놈들에게 할머니는 안중에 없었다. 놈들이 내게 더 집중하도록 도발했다.

"야! 쫄보 새끼들아! 마왕 대가리에서 나온 작전이 겨우 다구리냐? 박도환 그 새끼도 다구리는 안 치는데!"

내 말에 세 명의 적이 내게 다가섰다. 나는 할머니에게서 되도록 멀어지려고 서서히 뒷걸음쳐 놈들을 유인했다. 놈들을 제대로 보니 나무뿌리가 꿈틀대는 시커먼 인간형 괴물이다. 괴물 셋이 한 몸처럼 똑같이 움직인다.

'이걸 누가 보면 어쩌지?'

그러나 어찌 된 영문인지 아파트 단지에 사람이 한 명도 없다. 어쨌든 싸움을 피하기엔 늦었다. 유리와 금돌이 없으니 나 혼자 셋을 상대해야 한다.
 망설임 없이 세 번째 사과를 베어 물었다.

2

 '이게 위빙이다. 무식하게 가드만 하다간 훅 간다.'
 그래. 가드만 하다간! 훅 간다고! 박도환의 목소리인지, 내면의 내 목소리인지, 메아리처럼 울리는 목소리에 몸이 절로 움직였다. 박도환이 보여줬던 기계 같으면서도 동물적인 회피 동작이 기억났다. 아니, 기억나는 정도가 아니라 내가 봤던 놈의 동작을 그대로 구현할 수 있었다. 신체의 모든 감각이 면도날처럼 날카롭게 곤두섰다. 세 번째 사과가 준 힘이다.
 "퍼버벅!"
 세 놈이 나를 포위하고 동시에 주먹을 꽂았다. 그러나 허공에서 맞부딪힐 뿐이다. 세 번째 사과 덕에 나는 혼자서 세 마리의 적을 상대할 수 있었다. 몸을 웅크리고 한 놈에겐 보디블로를 먹이고, 다음 놈에겐 어퍼컷, 그다음 놈에겐 소나기 같은 잽을 날렸다.
 "쿠구궁!"
 세 놈이 연달아 쓰러졌다. 그러나 결정적인 타격감이 느껴지지 않았다. 뼈대 없는 허수아비를 때리는 기분이랄까. 예리해진 직감이 말한다. 놈들을 완전히 쓰러뜨리려면 평범한 방법으론 안 된다고.

놈들은 셋이 한 몸처럼 움직였다. 공격 패턴은 세 가지. 포위하고 세 방향에서 동시에 펀치를 날리거나, 대오를 짜서 정면에서 달려들거나, 아니면 한 줄로 날아오며 같은 동작으로 연이어 타격한다. 대응하긴 쉽다. 피하거나 막으면 그만. 하지만 방어만 해선 이길 수 없다. 어떻게 반격할까? 지금까지 여러 번 주먹을 날렸지만 효과는 시원치 않았다.

문득 아이디어 하나가 뇌리를 스쳤다. 세 놈이 한 몸처럼 움직이니 어쩌면 저 셋은 사실 하나라고. 놈들을 동시에 때리면 되지 않을까? 그렇다고 해도 세 놈을 어떻게 동시에 치지?

"퍼버벅!"

가능했다. 간격을 두고 차례대로 날아오는 놈들을 향해 잽을 꽂으니 놈들의 명치를 동시에 꿰뚫을 수 있었다. 뭐지? 이렇게 쉬운 상대였나?

관통당한 명치를 부여잡고 무릎을 꿇은 자세까지 세 놈이 똑같다. 그 꼴이 조금 우습다. 이젠 끝을 내야 한다. 이를 악물고 훅을 준비한다. 나란히 꿇어앉은 세 놈의 면상을 한 방에 쓸어버릴 생각이다.

"흐압!"

"콰드득!"

기합과 함께 온 힘을 실어 라이트 훅을 날렸다. 찐득한 수액과 파편이 오른팔에 덕지덕지 엉겨 붙었다. 놈들의 얼굴이 산산이 부서졌다. 이겼다! 유리와 금돌의 도움 없이 나 혼자서 해냈다. 승리감에 취해있을 때 문득 반대편에 서 계신 할머니와 눈이 마주쳤다. 마음이 빠르게 식는다.

"아, 이런…."

할머니에겐 이런 모습을 보여드리고 싶지 않았는데. 뭐라고 생각하실까? 아니 그 전에, 어떤 마음으로 사과를 가지고 나오신 거지?

'그나저나 이건 또 어떻게 치우나.'

처참하게 뻗어있는 인간형 괴물들을 보자 유리가 아쉽다. 그녀의 마법이 있었다면 깔끔하게 치워버릴 텐데. 그런데 혹시 이거….

'쥐로 만든 쥐 괴물, 개로 만든 개 괴물, 이건 인간형이니까 설마 진짜 인간인가?'

불현듯 사람을 죽였을지도 모른다는 끔찍한 생각에 두려움이 밀려왔다.

"쿠르륵!"

하지만 그런 고민은 적어도 지금은 할 필요가 없었다. 쓰러졌던 놈들의 파편이 꾸물꾸물 움직이더니 하나로 뭉쳐진 것이다. 그리고 끔찍한 나무 거한으로 성장했다. B급 괴수 영화의 한 장면 같다. 아직 끝난 게 아니었다.

할머니는 여전히 자리를 지키고 계셨다. 떠날 생각이 없으시다. 뭐라고 소리를 지르려다 말았다. 이기면 그만. 오로지 승리만 생각하련다.

"자, 괴물아. 나만 보고 따라오렴. 지옥으로 안내해 줄게."

게임으로 치면 보스전 두 번째 페이즈 시작이다. 박살 났던 세 놈이 뭉쳐져 하나의 거구로 재탄생한 살벌한 나무 거한이다.

'죽…어…라…불…경…한….'

또다시 들려오는 놈의 목소리.

"또 그 소리야? 마왕치고 어휘력이 너무 딸리는 거 아냐?"

말을 채 맺지도 않았는데 놈이 공격을 해왔다. 아까보다 한층 빠르고 강하게 내리찍는 주먹에 땅이 진동했다.

"큭!"

주먹을 피했는데도 충격파에 몸이 휘청인다. 놈의 주먹이 내 머리통만 하다. 평범한 난타전으론 놈을 상대할 수 없다. 짐승을 잡는다는 생각으로 놈의 다리 사이로 빠져나가 등 뒤에 올라탔다. 나무껍질같이 우툴두툴한 등짝을 순전히 악력으로 잡아 뜯었다.

"우드득!"

등껍질을 뜯어내자 놈이 비명을 질렀다. 정신이 무너질 정도로 시끄러운 비명이다. 계속해서 등껍질을 뜯어내자 단단한 껍질 아래에서 연한 육질이 드러났다. 피인지 수액인지 모를 붉고 끈끈한 액체가 튀어 오른다. 피비린내와 풀 냄새가 섞인 역한 내음에 속이 뒤집혔다.

"우욱!"

헛구역질을 참으며 양손이 붉게 물들도록 놈의 목덜미를 미친 듯이 뜯었다. 이윽고 나무 외피를 모두 떼어내자 혈관 같은 붉은 줄기들이 드러났다. 이 또한 가차 없이 비틀어 잡아 뜯었다.

"쿠어어억!"

결국 괴물의 육중한 몸이 쓰러졌다. 나는 놈과 간격을 벌리고 놈의 상태를 주시했다. 해치웠나? 아니. 놈이 비틀비틀 일어나려고 한다. 그러다 힘에 부치는지 도로 무릎을 꿇는다. 이어서 정수리부터 나무껍질이 떨어져 나가며 속살이 드러났다.

'또 변하는 건가?'

그렇다면 이제 보스전 세 번째 페이즈의 시작이다. 새로운 변이가 완성될 때까지 기다려 줄 생각은 없다. 속살을 드러내려고 하는 괴물을 향해 몸을 날렸다.

"제발 좀 뒈져라! 싸우기도 지겹다고!"

힘껏 발로 차자 저 멀리 놈이 날아간다. 틈을 주지 않고 한방 더 먹이려 돌진했다. 그러나 외피가 전부 떨어져 나간 세 번째 변이의 실체를 본 순간 멈추지 않을 수 없었다. 거구의 나무 갑옷이 벗겨지고 남은 것은 헐벗고 피 흘리는 평범한 인간이었다.

"으윽…."

몸 일부분에 남아있는 나무껍질만 빼면 틀림없는 인간이었다. 그자가 수액을 뒤집어쓰고 고통에 신음하고 있다.

"이… 인간? 내가 정말 인간을 상대로…."

의심이 현실이 되자 정신이 나갈 것만 같다. 혼란과 충격에 몸이 떨렸다.

"사 살려줘…."

괴물이었던 인간이 목숨을 구걸한다. 어디의 누구인지, 어쩌다가 마왕의 사과를 먹게 된 건지, 어떤 정신 상태로 나와 싸운 것인지… 온갖 연민과 상념이 머릿속을 어지럽혔다. 주먹에 힘이 들어갔다. 마왕이란 자가 현실로 와닿았다. 놈은 목적을 위해서라면 인간이든 뭐든 얼마든지 망가뜨릴 수 있는 자다. 필요하다면 인간뿐만 아니라 하나의 세계도.

"허억… 무 물을…."

눈앞에서 죽어가는 인간이 물을 찾았다. 머리가 백지장처럼 하얘졌다. 마음이 급하다. 화단에 수도가 있었던 것 같은데. 고개를 돌리며 발을 옮기는 순간 강렬한 살기가 뒤통수에서 느껴졌다. 다시 몸을 돌리자 죽창 같은 나무 가시가 날아왔다.

'주 죽는구나…!'

"퍽!"

갈빗대를 부수고 파고드는 죽창 소리. 뼈와 살이 갈라지는 파열음. 죽었다고 생각했다. 하지만 여전히 내 심장은 뛰고 있었다. 눈을 떠보니 내 앞에 뜻밖의 인물이 서 있다.

"할, 할머니?"

할머니가 나를 위해 자신의 몸을 방패 삼은 것이다. 우뚝 선 할머니의 가슴에 죽창 같은 가시가 박혀있다.

"할머니!"

단말마 같은 비명과 함께 쓰러지는 할머니를 받아 안았다. 하지만 그것으로 끝이 아니었다. 죽어가는 줄 알았던 놈의 팔에서 가시들이 연이어 날아왔다. 나는 비호처럼 몸을 날려 손등으로 가시들을 쳐내고 단걸음에 놈을 깔아뭉갰다.

"이 자식!"

양손으로 놈의 모가지를 움켜쥐자 놈의 얼굴이 거무칙칙하게 변해가고 눈알엔 핏발이 선다. 죽어가면서도 놈은 나를 비웃었다.

"크크크…."

"죽여버리겠어!"

"ㅎㅎㅎ…."

"개새끼가!"

생전 안 하던 욕이 튀어나왔다. 목을 쥔 손이 부들부들 떨린다. 놈이 쉰 목소리로 알 수 없는 말을 내뱉었다.

'이…런… 살…의…라…니…. 피…는… 못… 속…이…는…구…나…'

놈의 눈동자가 붉게 빛나고 머리에선 가지와 넝쿨이 서서히 돋아났다. 문득 목이 잘리고도 발악하던 괴물의 대가리가 생각나 놈의 목을 쥔 손에 힘을 더했다.

'크큭…. 비…정… 한… 자… 여….'

"닥쳐!"
우두둑!

'태어나지… 말았어야… 했느니라… 불…경…한… 자…여…'

드디어 놈의 몸이 축 늘어졌다. 그리고 잠시 후, 놈의 몸이 먼지처럼 흩어져 바람결에 사라졌다. 놈이 던졌던 가시들도. 이제 진짜 끝난 건가? 긴장을 떨치지 못하고 남은 적은 없는지 두리번거렸다. 아무도 없는 걸 확인한 후 할머니에게 달려갔다.
"할머니! … 다 끝났어요."
바닥에 누운 할머니는 미동조차 없다. 가시가 박혔던 자리는 뻥 뚫려있다.

"왜요… 집에 들어가시라고 했잖아요. 근데 왜 여기 계셔서…."

가슴이 먹먹하다. 이런 상황이 오면 목 놓아 울부짖을 줄 알았는데 그저 뭔가가 목구멍을 꽉 막은 기분이다. 차갑게 식어버린 할머니의 손과 꼭 감긴 눈. 그걸 보니 숨이 떨리며 눈물이 차오른다.

"안 돼요. 할머니…. 어서 집에 가요. 가서 쉬어야죠."

두 손으로 할머니를 안아 들었다. 몸이 너무 가볍다. 할머니의 머리가 바닥으로 쳐지는 것이 싫어 꼭 끌어안았다. 그때 한 줄기 바람이 불었다. 그 바람을 따라 할머니의 몸이 흙먼지가 되어 흩어지기 시작한다.

"어? 어…?"

할머니의 육신이 흙이 되어 무너져 내렸다. 그리고 이내 내 손에는 새를 닮은 작은 동물의 두개골만이 남겨졌다.

"이 이게 뭐야…?"

내가 알던 현실이 무너졌다. 흩어져 사라지는 흙먼지와 함께.

3

싸움이 끝나자 마법이 풀리듯 썰렁하던 아파트 단지에 인

기척이 들려왔다. 겨울새 지저귀는 소리와 차량의 소음도 다시 들린다. 마치 유리의 마법이 끝났을 때처럼 세상이 돌아왔다. 마왕의 마법도 같은 종류란 말인가?

내 손 위엔 작은 동물의 두개골, 할머니의 흔적이 남아있다. 유일한 혈육이라고 생각했던 할머니가 한순간에 정체 모를 뼛조각으로 변했다.

'이게 할머니라면… 그럼 난 뭐지?'

갑자기 온 세상이 낯설다. 주머니에 머리뼈를 집어넣고 눈물을 삼키며 집으로 들어가려다가 걸음을 멈췄다.

'맞다. 유리랑 금돌. 지금 어디 있는 거지? 만약 처음부터 둘이 도와줬더라면 할머니는….'

사실 세 번째 사과를 먹은 후 내 주변의 빛이 일렁이며 내 눈에만 보이는 이상한 것들이 구체적인 형상을 띠기 시작했다. 기괴한 모습이다. 까마귀를 닮은 녀석, 개와 고양이를 합친 것 같은 녀석, 대가리가 곤충 같은 놈. 걸어 다니기도 하고 날아다니기도 한다. 다들 길쭉한 팔다리를 달고 있는데 전혀 어울리지 않는다. 답답한 마음에 녀석들에게 물었다.

"너희들! 혹시 못 봤어? 유리와 금돌!"

빛을 내는 그 녀석들이 고개를 갸우뚱하며 날 쳐다본다. 좀 더 자세히 말해보라는 듯.

'어쩌면 나의 투시력은 현실 너머 공간도 꿰뚫어 볼 수 있지 않을까? 이 녀석들을 볼 수 있으니 현실 뒤에 감춰진 장

소도 볼 수 있을지 모른다. 그렇다면….'
"유리의 마법 공간! 그래! 거기야! 어디에도 안 보인다면 거기 말곤 없어. 그런데… 어떻게 찾지?"
집으로 들어와 정신을 집중해 빵 포장지를 투시하듯 현실 한 꺼풀 아래를 들여다봤다. 세 번째 사과를 먹은 힘에 나의 절실함이 보태져 투시력이 증폭하며 지금껏 보지 못했던 것들이 모습을 드러냈다. 허공 넘어 피부 아래에 잡힌 물집 같은 공간이 보였다.
"있다!"
유리가 괴물을 사냥하기 위해 만든 공간. 정신을 더 집중해 그 속을 들여다봤다. 아직도 괴물 사냥 중인가? 유리와 금돌 주변에 죽은 괴물의 파편이 흩어져 있다. 하지만 고작 서너 마리뿐이고 크기도 강아지만큼 작다. 아무리 살펴봐도 괴물은 더 없다. 유리와 금돌을 보니 당황한 얼굴이다.
"알겠다. 저건 마왕의 함정이야. 미끼용 괴물로 유인한 다음 저 둘을 가둔 거야. 나와 그들을 떨어트려 놓고 나를 죽이려 한 거야."
상황은 이해했는데 어떻게 구해야 할지 모르겠다. 지쳐가는 유리와 금돌을 보니 속이 탄다. 그때 내게만 보이는 이상한 녀석 몇 마리가 어슬렁거리며 다가와 나를 빤히 쳐다봤다.
"왜? 뭐? 너희들이 도울 수 있어?"
기다렸다는 듯 녀석들이 더욱 밝게 빛을 낸다. 원하는 것

싸움의 기술

을 어서 말하라고 재촉하는 것 같다.

"설마? 진짜야?"

늘 곁에 맴돌던 이 녀석들이 이제 나의 목소리와 감정에 반응하고 있다. 이 순간을 위해 존재했다고, 명령을 내리라고.

'해볼까?'

고양이처럼 생긴 두 녀석을 지목해 명령을 내렸다.

"저 공간 보여? 저 두 사람. 이리로 데려와. 부탁이야."

반신반의했는데 기적이 일어났다. 녀석들이 내가 보던 공간 속으로 잽싸게 넘어가 방황하던 유리와 금돌을 감싼 뒤 내 앞으로 데려왔다. 그들을 본 적 있냐고 물어봤을 땐 멀뚱히 눈만 껌뻑거리더니 명령을 내리니 바로 움직인다. 유리와 금돌에게는 여전히 두 녀석이 보이지 않는지 옮겨지는 내내 허우적대며 당황했다.

"유리! 금돌!"

그들이 눈앞에 나타나자 나는 눈물이 핑 돌았으나 두 사람의 반응은 나와는 정반대였다. 유리는 극도로 경계하며 내게 검을 겨누고 금돌은 나와 유리 사이에서 총을 들어야 할지 말아야 할지 망설였다.

"지혁? 방금 마법을 해제한 건 네 짓인가?"

"할멈! 무슨 일이오? 대관절 뭐가 어떻게…."

유리와 금돌을 데려온 녀석들은 임무가 끝나자 폴짝폴짝 뛰며 신기루처럼 사라졌고 나는 이 불가사의한 상황에 대해 제대로 설명할 수가 없다. 유리가 검을 더욱 가까이 들이밀며 다시 물었다.

"사과를 또 먹었나? 네게서 느껴지는 사과의 기운이 더 진해졌다. 말하라. 지혁. 마법을 해제하고 우리를 이곳으로 옮긴 게 너냐?"

"네, 근데 이게 어떻게 가능한지는 저도 잘…."

"대체 네가 어떻게 마법에 관여할 수 있는 거지? 말해라!"

"진정해요! 유리! 진정하고 검 치워요."

내 얼굴을 보는 유리의 눈동자가 흔들린다. 그녀가 검을 고쳐 쥐며 한 발짝 더 걸음을 좁혔다. 예리한 검 끝이 거의 목에 닿을 지경이다.

"유리. 이러다 진짜 찌르겠어요."

유리가 천천히 호흡을 가다듬었다. 그러나 여전히 검을 겨눈 채 말했다.

"설명하라. 어떻게 네가 이런 힘을 썼는가."

"저도 모르겠어요. 이게 다 무슨 일인지…"

주머니에서 머리뼈를 꺼냈다. 할머니 몸에서 나왔던 작은 동물의 머리뼈를 유리에게 보여주었다.

"오늘 일어난 일들… 저도 뭐가 뭔지 하나도 모르겠다고요. 우리 얘기 좀 해요. 나도 미치겠으니까."

유리가 의심 가득 찬 눈으로 머리뼈를 보며 물었.

"그건 뭐지?"

"할머니요."

"…."

유리가 내 손에 있던 머리뼈를 조심스럽게 가져갔다. 할머니에 대한 예의라기보단 마치 고대 유물을 분석하는 고고학자 같다. 그녀에게 말했다.

"할머니가 돌아가시고… 먼지가 되어 사라졌어요. 그리고 남은 건 그것뿐이에요."

머리뼈를 관찰하던 유리가 한참 만에 입을 열었다.

"이건 고대 마법이다. 죽은 생명체의 유골을 매개체로 삼는 지금은 사장된 아주 오래된 주술이다. 흙으로 가짜 육신을 만들어 죽음을 속이고 가짜 삶을 주고 삶의 대가로 노역의 의무를 진다."

"뭐라고요?"

"할머니의 몸이 먼지로 변한 이유는 마법이 풀렸기 때문이다. 그리고 마법이 풀린 이유는 이 머리뼈가 파손되었기 때문이다."

"그게 무슨…."

말문이 막혔다. 주술? 노역? 가짜라고? 할머니가?

숨이 막힐 듯이 놀라자 유리가 진정하라는 손짓을 하며 말을 이었다.

"이 주술로 삶을 이어간 자는 자유의지는 있지만 주술을 건 시행자의 명령에 복종해야 한다. 그렇지 않으면 죽음으로 되돌아간다. 즉 거의 자유의지는 없는 것과 같은 상태다. 영원히 명령에 복종해야 함에도 그만큼 생이 절실한 존재에게 거는 주술이다. 참고로 자율적으로 의견을 내지도 못한다. 말을 못 한다는 뜻이다."

"이해를 못 하겠어요. 천천히요. 제발…."

가슴이 답답하고 숨이 차올랐다. 유리가 식탁 위에 머리뼈를 내려놓았다. 그걸 보고 있자니 현기증이 일었다. 속이 울렁거린다.

"우웁!"

결국 바닥에 속을 게웠다. 옆에서 지켜보던 금돌이 놀라 물었다.

"괜찮은가?"

"하하하…. 그래서 말이 없으셨구나. 흙 인형이라서… 그래서… 하하하하!"

"지혁!"

금돌이 우악스럽게 내 어깨를 붙잡았다. 그리고 똑바로 내 눈을 쳐다보았다.

"할머니는! 누가 뭐라 해도 할머니라네. 어린 시절부터 자네를 돌봐주셨다고 하지 않았는가. 기억을 떠올려 보게. 뭐가 가장 기억에 남는가?"

"양배추 죽…."

"그리고?"

"어릴 적엔 가끔… 산책도….";

목소리가 나오질 않는다. 주변이 보이지도 않는다. 푹 젖은 금돌의 커다란 눈동자만이 날 주시한다. 그 눈에 비친 내 얼굴이 기묘하게 찌그러져 있다.

"지혁! 내 책임지고 자네 할머니의 장례를 치러드리겠네. 남은 것이 비록 저 작은 뼛조각뿐일지라도 혈족에서 내려오는 유구한 전통에 따라 예를 다하겠네! 그러니 마음을 잃지 말게!"

울어야 할 사람은 나인데 금돌의 두 눈에서 하염없는 눈물이 쏟아졌다.

"내 혈족과 형제 모두 멸망한 땅에 버려두고 왔네! 그 차디찬 죽음의 땅에 말일세. 내 목숨이 붙어있는 한 그 누구도 같은 비극을 겪게 하지 않을 걸세. 특히 자네라면 더더욱 슬픔의 바다에 홀로 빠지도록 내버려두지 않겠네!"

금돌의 눈빛이 비장하다. 쩌렁쩌렁 울리는 목소리가 머리를 휘저었다. 그 덕에 조금이나마 냉정을 되찾을 수 있었다. 우리의 대화를 지켜보던 유리가 다시 말을 이었다.

"아직 마음을 추슬러야 할 때지만 시간이 없다. 질문에 답해줘야 한다. 오직 너만이 답할 수 있다. 지혁."

"그게 뭐죠?"

"왜 내가 있던 세계에서도 볼 수 없었던 고대 마법이 마법의 개념조차 존재하지 않는 이 세계에서 발견되었냐는 것이다."

나를 보는 그녀의 눈빛이 혼돈으로 일렁였다.

"그리고 몬스터레드는 물론 이 모든 일이 왜 너를 중심으로 일어나고 있는지 근본적인 질문을 할 때가 온 것 같다. 너에게 다시 묻겠다. 지혁. 넌 누구냐?"

"저는…."

이름 한지혁. 평범한 고등학생. 아니, '평범'은 빼자. 어릴 적부터 할머니와 함께 살았고, 이것도 아니다. '할머니'가 아니라 흙으로 빚은 골렘이지. 강고미를 좋아하고 학교에서는 박도환과 유일하게 맞먹는다. 하지만 얼마 전까진 두들겨 맞기만 하는 빵셔틀이었다.

일주일 사이 너무 많은 게 변했다. 공간을 초월해 내 명령을 따르는 심부름꾼들도 생겼다. 나야말로 누구라도 붙잡고 묻고 싶다. 난 도대체 뭐냐고.

"모르겠다고요."

유리의 한숨이 깊다. 금돌은 팔짱을 끼고 부엌에 기대서서 우릴 지켜본다. 아직 그의 눈시울이 붉다.

"유리 눈에는 제가 무엇인 거 같나요?"

나의 물음에 그녀의 눈동자가 예리하게 빛났다. 그 눈빛 속에 분노가 섞여 있다.

그녀가 가볍게 한숨을 쉬며 식탁 위에 둔 머리뼈를 만지작거렸다.

"나 또한 모르겠다."
"아무것도요?"
"한 가지 추측은 할 수 있다."
"어떤 추측이요?"
적막이 흘렀다. 우리를 보던 금돌이 찬장에서 주전자와 찻잔을 꺼내 물을 끓이기 시작했다. 곧 마음을 진정시키는 은은한 향기가 퍼졌다.
"차라도 한잔하시게."
"고맙습니다."
차를 한 모금 마신 유리가 마침내 입을 열었다.
"어제의 일 기억 나나?"
"어제요?"
"저녁 식사 도중 넌 뭔가를 말하려다가 갑자기 의식을 잃었다."
생각난다. 내 눈에만 보이는 존재들에 대해 말하려다가 잠이 들어버렸다. 그리고 지금도 말하지 못하고 있다. 이야기하면 안 되는 것처럼 매번 상황이 말할 수 없게 만들었기 때문이다.
"그랬죠. 무슨 얘기를 하려고 했냐면⋯."
"지금은 하지 않아도 괜찮다. 중요한 건 네가 의식을 잃을 당시의 상황이다. 할머니의 시선을 받자 넌 의식을 잃었다. 분명한 건 할머니를 매개로 누군가가 네게 강력한 영향력을 행사한다는 것이다."

"그게 누구죠?"

"알 수 없다. 그러나 고대의 마법으로 너의 할머니를 만들고 너를 돌보게 하고 할머니의 눈을 통해 너를 지켜보다가 네가 뭔가를 말하려고 하자 널 기절시켜 입을 막은 존재다. 게다가 이번 싸움에서 할머니가 네게 사과를 가져다줬다고 했지? 그렇다면 십중팔구 몬스터레드 한 상자를 네게 보낸 존재다. 누구인지는 모르나 그 존재는 분명 너와 밀접한 관련이 있을 것이다. 이게 무엇을 뜻하는지 알겠나?"

"무엇을 뜻하는데요?"

"정확한 건 네 혈액을 분석한 결과가 나와야겠지만 지금까지의 정황만 봐도 확신할 수 있다."

"말해 주세요."

"네가 이 세계의 피조물이 아니라는 뜻이다."

"네? 제가… 이 세계 사람이 아니라고요?"

"그렇다."

"…"

그건 내 정체성을 송두리째 흔드는 말이었다. 혼란스럽다. 그래서 내게만 저 녀석들이 보였던 건가? 이제 더 미룰 순 없다. 이상한 존재에 대해 말해야만 한다.

"말할 게 있어요!"

"뭐지?"

이번에도 뭔가가 방해할까 봐 잠시 말을 멈추고 주변을 둘러보았다. 집 안을 어슬렁거리는 그것들이 물끄러미 나를 쳐다본다. 순하게 생긴 동그란 눈이 서늘하다.
"저한테만 보이는 것들이 있어요. 아주 오래전부터."
드디어 말했다! 그리고 아무 일도 안 일어났다.
"너에게만 보이는 것들?"
"네, 어렸을 때부터 늘 주변에 있었어요. 그런데 사과를 먹은 후부터 녀석들이 변하기 시작했어요. 빛을 내기 시작하고 구체적인 형태가 보이고 제 말이나 감정에 민감하게 반응하는 것 같기도 하고요. 마법 공간에 갇힌 두 분을 구한 걸 보면 마법도 가능한 것 같아요. 두 분을 구하라고 명령하니까 기다리고 있었다는 듯 바로 움직였어요. 늘 곁에 있지만 쓸모없는 것들인 줄 알았는데 사과를 먹고 난 후 확실히 저랑 연결된 존재처럼 느껴져요."
금돌이 수염을 쓰다듬으며 고개를 숙였다. 유리도 골똘히 생각에 잠겼다. 금돌이 먼저 입을 열었다.
"그것들이 어떻게 생겼는지 설명해 보게."
"보이는 대로 그려볼게요. 지금 이 집에도 몇 마리 있어요."
"뭣이라!"
금돌이 놀라 두리번거렸지만 그의 눈에 보일 리 없다.
노트와 펜을 가져와 식탁에서 녀석들을 그렸다. 부엌에 쪼그려 앉아 있는 녀석은 다람쥐같이 생겼는데 사슴뿔이 있

고, 베란다에 서서 이쪽을 보고 있는 녀석은 개처럼 긴 주둥이에 눈은 고양이 같다. 내가 그림을 그리니 흥미가 동하는지 죄다 내게 다가와 자신들을 그린 형상을 쳐다본다. 그러다가 곧 흥미를 잃고 자리를 떠난다. 완성된 그림을 본 금돌이 깜짝 놀라 말했다.

"이 이건!"

"왜요? 뭔지 알겠어요?"

"아니. 이런 괴상한 건 처음 본다. 내 도감에도 이런 녀석들은 없네. 너무 이상하게 생겨서 놀랐구먼."

유리도 미간에 힘을 주며 한참 그림을 보았지만 명쾌한 답을 내놓진 못했다.

"오래전에 비슷한 것들을 본 것 같다. 너무 오래전이라 기억이 희미하다. 깊은 명상을 해서 뭔지 알아낼 수도 있다."

피곤이 몰려왔다. 9시가 넘었다. 이 시간은 늘 할머니가 잠자리에 드는 시간인데. 이 생각을 하니 마음이 울컥한다. 내 눈시울이 붉어지자 유리가 말했다.

"할머니 때문인가? 그리 슬퍼하지 마라. 말했다시피 너의 할머니는…."

"쿵!"

금돌이 유리가 앉아 있던 의자를 발로 차며 코를 찡긋거렸다. 이를 본 유리가 입을 다물었다.

"힘내라. 지혁. 그분은 할머니 그 이상이셨다. 자넬 이리도 훌륭히 키워내지 않으셨는가."
 금돌이 두툼하고 큼지막한 손으로 내 어깨를 다독였다. 유리도 중요한 것을 깨달았다는 듯 말을 고쳤다.
 "내가 무심했다. 할머니 일은 유감이다."
 유리의 고요한 목소리에 기분이 조금 나아졌다. 우리는 금돌이 끓인 스튜를 먹고 식탁 앞에 앉아 시간을 보냈다. 잠자리에 들 시간이 가까워지자 폰에서 카톡 알림음이 울렸다. 확인하니 고미다.
 '지혁아. 내일 오전 10시. 잠실역에서 만나.'
 "무슨 일이냐? 표정이 심상치 않군."
 금돌이 내 얼굴과 폰을 보며 묻는다. 슬픈데도 기쁠 수 있나? 대체 내 표정이 어떻길래? 할머니께 죄를 짓는 기분이다. 내일 고미를 만나는 약속은 취소해야 할까?
 "내일… 약속이 있었거든요. 친구랑."
 "그럼 가야지."
 "예?"
 "약속 아니더냐."
 "하지만…."
 나의 망설임에 금돌이 대신 답했다.
 "필경 할머니 때문에 마음이 걸리겠지. 동이 트면 나와 함께 장례를 치르자꾸나. 그리고 넌 약속대로 친구를 만나러 가거라."

"하지만 금돌….”
"그래도 된다. 아니. 그래야 한다. 절망하고, 슬퍼하고, 좌절하는 것이야말로 마왕이 원하는 것이니까. 놈이 원하는 대로 되지 말거라. 친구를 만나서 잠시나마 상처 난 마음을 다독이도록 해라.”
"정말… 그래도 될까요? 할머니를 이렇게 두고….”
"염려 마라. 나와 할멈이 함께 애도할 테니 외롭지 않으실 게다. 부디 가서 친구와 지내며 슬픔을 조금이라도 털고 와라. 자네야말로 우리의 가장 중요한 전력이니 몸과 마음 그 무엇도 무너져선 안 된다.”
금돌이 손수건을 꺼내 머리뼈를 소중히 감싸 내게 쥐여 주었다. 그의 두툼한 손이 뜨겁다. 온기 그 이상으로.
나는 조용히 방으로 들어갔다. 그리고 태어나 처음으로 소리 내어 울었다.

4

"지혁아! 여기!”
인파 너머에서 고미의 목소리가 들렸다. 이 세상에 가장 빛나는 에너지가 존재한다면 그건 바로 고미의 미소일 것이다. 그런데 지금 고미가 그 미소를 거두며 걱정스레 말했다.

"왜 이렇게 기운이 없어? 무슨 일 있어?"

"아니…."

약속 장소로 오는 내내 그리고 고미를 보는 지금도 애써 웃으려고 노력하고 있지만 웃기가 힘들다.

"무슨 일 있구나. 이런 표정은 처음인데?"

"아니야. 정말 괜찮아."

"차라리 귀신을 속여. 박도환한테 시달릴 때도 오늘 같진 않았어."

포커페이스는 자신 있었는데 다 틀렸다. 빼빼 마른 찐따였던 내가 지금은 우울하고 재미없는 찐따가 되어 버렸다.

"기분 안 내키면 스케이트 안 타도 돼. 카페 갈까? 그냥 얘기하는 것도 좋아."

내 슬픔으로 고미의 기분마저 망치고 싶지 않다.

"아냐. 스케이트가 좋겠어. 아침부터 너무 긴장했나 봐. 사실… 지금도 너랑 단둘이 만난다는 게 실감이 안 나거든."

"평소 너답지 않게 왜 그래? 내가 무슨 아이돌도 아니고."

"아이돌이라니. 넌 그보다 훨씬…."

"그만! 더 들으면 손발이 없어질 거 같아. 어서 가자. 표부터 사야지."

고미가 들뜬 얼굴을 하고 매표소 앞으로 날 잡아끌었다.

'2만 1,000원.'

반쯤 부서진 중고 폰을 쓰며 이웃집 와이파이에 빌붙어서

인터넷만 겨우 쓰는 내 형편엔 비싼 입장료다. 지갑을 여는 데 나도 모르게 쭈뼛거렸다. 금돌이 빌려준 만 원짜리 다섯 장. 만나는 친구가 여자애라고 하니 흔쾌히 빌려줬지만 힘들게 노동해서 번 돈임을 알기에 선뜻 꺼내기가 망설여졌다. 금돌의 배려에 진심으로 감사하며 각오를 다지고 표를 샀다.

스케이트를 갈아 신고 빙판 위에 조심스럽게 발을 딛으며 아슬아슬 균형을 잡았다.

"지혁아, 이거 처음 타봐?"

"응."

고미는 몇 번 타본 솜씨다. 관성을 이용해 천천히 빙판 위를 움직였다. 나도 같은 방식으로 따라갔다. 남의 발을 붙이고 선 것처럼 어색하다. 그나저나 놀랍다. 이런 곳은 태어나서 처음이다. 천장까지 뻥 뚫린 아이스링크 위쪽으로 층층이 보이는 놀이동산. 화려한 실내 풍경이 눈부시다.

"지혁아. 뭘 그렇게 열심히 봐?"

"신기해서. 네가 오자고 하지 않았으면 나는 아마 죽을 때까지 올 일이 없었을 거야."

"푸핫! 그럴 리가."

빙판 위에 고미의 폭소가 울려 퍼졌다. 웃음소리가 데굴데굴 구른다. 그러다가 그만 고미가 균형을 잃고 휘청거렸다.

"어, 어, 어!"

허우적대는 그 애의 손을 얼른 잡았다. 나까지 넘어질 뻔했지만 균형을 잡고 잘 버텼다. 깔깔대며 웃는 얼굴이 보기 좋다. 타본 적도 없는 스케이트를 타러 가자고 하길 잘했다.
"재밌지?"
"그렇네."
"뭐야, 그 반응? 별로야?"
"아, 아니! 진짜 재밌어. 정말이야."
"흠. 진심이 안 담겼어. 좋아. 이러면 더 재밌어지려나?"
고미가 속도를 내며 먼저 앞으로 치고 나갔다.
"같이 가!"
고미를 따라가기 위해 어기적거리며 속도를 올렸다. 그럴수록 고미는 더 멀리 간다. 그 애를 쫓아가는데 나도 모르게 슬픔이 가셨다.
"슬슬 익숙해지는데? 넌 어때?"
"고미야."
"응?"
"고마워."
"뭐야. 갑자기? 생뚱맞게."
고개를 돌리는 고미의 얼굴에 웃음기가 비집고 나온다. 고미가 나를 힐끗 보더니 무심하게 말했다.
"지혁아."
"응?"

"너 잘생겼어."

"어?"

발이 꼬여서 넘어질 뻔했다. 내가 너무 어쩔 줄 몰라 하자 고미가 덧붙인다.

"진짜야. 특히 눈이. 깊은 뭔가가 있어."

"그런 말은 처음 들어봐."

"그럼 계속 모르는 척해."

"어?"

"자기 잘난 거 아는 애들 밥맛이야."

"하하하."

내 삶은 고미를 만나기 전과 후로 나뉜다. 고미가 있어 세상이 밝게 빛난다. 고미는 태양이다. 애쓰지 않아도 사는 게 즐거워졌다.

이때 문득 기척 하나가 느껴졌다. 뒤통수를 간질이는 어두운 기척이다. 고개를 돌리니 예상했던 바로 그놈이 보였다. 인파 사이에 우뚝 서 나를 주시하는 그림자. 검은 안개 같은 그것이 스멀스멀 형상을 이루었다.

사람들 사이를 쳐다보는 내게 고미가 물었다.

"어딜 봐? 누가 있어?"

"아, 아니."

고미를 보자 놈이 도발하듯 내 시야로 몸을 들이밀었다. 시커멓고 마른 몸, 허연 얼굴, 뻥 뚫린 두 눈. 마왕의 그림자다. 놈은 구천을 떠도는 유령처럼 내 주변을 맴돌다 연기처럼 흩어졌다.

'할머니의 원수…'

이른 아침 금돌과 유리가 할머니의 장례를 치러주지 않았다면 놈이 나타난 지금 마음을 다스리기 힘들었을 것이다.

'지혁. 삼라만상은 인과의 흐름을 따른다. 네가 마왕과 맞서게 된 것, 알 수 없는 존재들이 네 주변을 감싸는 것, 고대의 마법으로 만들어진 할머니가 몸을 던져서까지 널 지킨 것, 이 모든 것에는 이유가 있을 것이다. 넓은 시야로 네 주변을 보아라. 네가 이 세상 피조물이 아니라면 네 운명 또한 이 세상과는 다르게 흘러갈 것이다.'

장례를 마치고 유리가 했던 말이다. 아무리 마왕이 이 세상에 속한 존재가 아니더라도 언젠가는 놈과 독대할 날이 올 것이다. 그날이 온다면 내 손으로 놈을 끝장낼 것이다. 그렇게 생각하니 마음이 차분해졌다.

"지혁아, 그만 갈까? 안색이 안 좋아졌어."

마왕 때문에 이 소중한 순간을 망칠 순 없지.

"아냐. 나도 슬슬 몸에 익는데? 이번엔 네가 따라와 봐!"

스케이트에 박차를 가하는 순간 '콰당' 미끄러지고 말았다.

"으악!"

처참하게 자빠진 나를 보고 고미가 웃어야 할지 말아야 할지 망설였다.

"아프겠다! 괜찮아?"

빙판 위에 널브러진 내게 고미가 손을 내민다. 오늘은 고미의 손을 여러 번 잡게 되네. 따뜻하고 부드러운 그 손을 놓고 싶지 않다.

"하나도 안 아파. 박도환 주먹도 버티는 맷집이잖아."

"오~, 멋있는 척. 어맛!"

나를 일으켜 주려다 고미도 중심을 잃으며 내 위로 넘어졌다. 마주 본 얼굴이 가깝다. 서로의 코끝이 살짝 닿는다. 몬스터레드의 향 따위는 비교도 안 될 만큼 싱그러운 향기가 내 머릿속을 어지럽혔다. 온몸으로 느껴지는 고미의 체중. 이 아이에게 눌린 내 심장이 미친 듯이 뛰기 시작한다. 고미가 내 눈을 멍하게 들여다보다가 화들짝 놀라며 몸을 일으켰다.

"미안!"

"아니야."

그 후론 어색하게 스케이트만 탔다. 눈이 마주칠 때마다 멋쩍은 웃음이 나오고 서로의 손끝이 닿을 때마다 달팽이처럼 손을 움츠렸다. 하지만 나는 그 어색함이 싫지 않았다. 그렇게 스케이트를 좀 더 타다가 점심을 먹고 아이스크림을 먹었다. 스케이트장에서 나온 뒤엔 오락실에서 게임 몇 판을 하고 호수 주변 산책로를 걸었다.

"오늘 재밌었어. 지혁아."

"미투."

고미가 웃는다. 노을이 찬란하다. 이 순간만은 세상에 오직 고미와 나뿐이었다.

"고미야. 혹시…."

"응?"

"혹시 다음 주말에도 시간 되면…."

"좋아. 다음 주말에도 놀자. 어디서 놀지는 네가 정해."

심장에 날개가 달린 것만 같다.

"이만 갈게. 주말 잘 보내. 지혁아."

"그래. 너도."

버스를 타고 멀어져가는 고미를 오랫동안 보았다. 지갑도 깨끗이 비었고 여운도 즐길 겸 집으로 돌아가는 길은 느긋하게 걸어야겠다. 그런데….

"또 나타났군. 언제까지 쫓아올 작정이야?"

어느새 다시 나타난 마왕의 그림자가 나를 주시하고 있었다. 할머니의 원수가 스산한 웃음을 흘린다. 사방에 떠도는 것들이 빛을 점멸한다.

"언젠가 네 실체가 손에 잡히는 날이 오면, 반드시 죽여버릴 거야. 아주 천천히 고통스럽게. 절대 빨리 끝내지 않을 거야."

놈이 다시 연기처럼 흩어졌다. 속이 쓰리다.

"다녀왔습니다."

집에 돌아오니 유리는 거실에서 명상 중이고 금돌은 저녁 식사를 준비 중이었다. 금돌이 프라이팬에 두툼한 고기를 올리며 내게 물었다.

"어땠나? 얼굴에 아주 꽃이 폈구먼!"
"네. 덕분에요. 감사합니다."
"인사는 됐고, 뽀뽀는 했느냐?"
"네에? 그런 사이는 아닙니다만."
"껄껄! 글러 먹은 녀석. 빌려준 돈이 아깝구나!"
맑고 시원한 웃음이다. 나를 위해 더 크게 웃어주는 것 같다.
"할멈! 저녁 다 됐수!"
어찌나 깊은 명상에 잠겨있던지 미동조차 안 하는 유리. 그런 유리를 향해 금돌이 더 크게 소리쳤다.
"할멈! 그만하고 나오시우! 그러다 굶어 죽겠소!"
"근데 왜 자꾸 유리를 할멈이라고 불러요?"
"전에도 말했다시피 보기보다 나이가 많거든."
"얼마나 많은데요?"
"까마득히 많지."
명상을 마친 유리가 식탁 앞에 앉았다. 멍해 보이는 얼굴이 영겁의 시간을 표류하다 온 듯한 분위기다. 유리가 고기 한 점을 입에 넣으며 말했다.
"오래된 기억을 꺼내 보았다."
"얼마나 오래된 기억인데요?"

유리의 눈빛이 우주 반대편이라도 응시하듯 깊다.

"아주 오래. 금돌의 혈족이 문명을 이룬 지 얼마 안 되었을 무렵."

"…."

"우리 세계엔 야만의 시대가 있었다. 고대 마법이 잔재하고 피와 칼로 대화를 대신하던, 나의 초기 인격이 살던 잔혹한 시대. 어둠보다 암담했던 시기다."

최소 수백 어쩌면 수천 년 전이라 했다. 얼마나 오래전 이야기인지 감도 오지 않는다고 했다. 아니, 인간이 아니어도 그렇지. 어떻게 그렇게 오래 살 수 있지?

"지혁. 어제 네가 말한 네 주변을 어슬렁거린다는 것들. 기억 속에서 그것들을 찾아냈다."

"네에?"

놀라서 고기가 목에 걸릴 뻔. 나를 지긋이 쳐다보는 유리의 표정이 심상치 않다. 의심과 경계, 약간의 연민이 교차된 복잡한 얼굴이다.

"내가 봤던 것들은 네 그림과 똑같진 않았다. 그것들은 생김새가 제각각이다. 다만 공통된 특징이라면 현세의 토착 생물을 닮은 얼굴과 어색하게 긴 팔다리다."

"네. 맞아요."

"그것들은 생물의 정령이다. 자연스럽게 발생한 정령은 아니다. 강력한 힘을 지닌 주술사 주변에 몰려드는 '시종령'

의 일종이다."

"시종령이요?"

"주인의 명령에 절대복종하는 심부름꾼들이다. 원래는 영계로 돌려보내야 하지만 시종으로 부릴 목적으로 붙잡아 두면 시종령이 된다."

"귀신같은 건 아니었네요. 지금도 주변에 바글거려요. 제가 붙잡아 두려고 한 것도 아닌데 이 녀석들을 어쩌죠?"

"걱정하지 마라. 명령을 수행한 뒤에는 영계로 돌아간다. 그러다 보니 빨리 영계로 돌아가고 싶어서 명령을 내려달라고 주인을 보채기도 한다."

"그럼 제가 그 녀석들의 주인인 거예요?"

"그래. 잠재된 힘이 강할수록 많은 녀석이 모인다. 넌 그것들이 얼마나 많이 보인다고 했지?"

"수도 없이 많이요. 온 세상 가득."

내 말을 들은 금돌이 고기를 물고 중얼거렸다.

"맙소사. 선조들이시여…."

유리의 낯빛이 한층 더 어두워졌다.

"시종령은 우리 혈족 사이에선 맥이 끊긴 원시적인 마법이다. 쓰는 대가로 시행자의 영혼을 깎아 먹기 때문이다. 주변의 영을 불러 모아 시종으로 쓰기 위해 구속하는 과정만으로도 정신력이 소모된다. 하지만 너는 너의 의사와 관계없이 정령들을 불러 모은 것. 확실히 넌 이 세계와… 아니,

우리가 알던 그 어떤 것과도 거리가 멀다."

일리 있는 말이었다. 그렇다면 몬스터레드라는 사과는 정령들을 부릴 힘을 각성시킬 목적으로 배달된 것일까?

"유리. 유리는 그것들을 어디서 어떻게 봤어요?"

"오랜 옛날의 전장에서 봤다. 강력한 주술사가 현세에 불러들여 병사처럼 부렸다. 그것들의 손에 무수한 자들이 목숨을 잃었다."

그것들이 살인 무기로 쓰였다는 말을 들으니 말문이 막혔다. 유리가 무거운 목소리로 말을 이었다.

"그것들을 부린 자들의 말로는 비참했다. 정신이 나가서 자기가 누군지도 모를 정도로 망가져 버렸다. 그러나 그들은 한낱 평범한 인간. 너라면 다를 수도 있다. 하지만 위험을 감수할 필요도 없다. 시종령을 쓰는 것을 자제해라."

"그럴게요."

기분이 영 찝찝했다. 세상을 가득 채운 무수한 시종령이 내 명령을 기다리고 있다니. 심부름이라도 시켜서 빨리 영계로 보내야 하는 건 아닌지 모르겠다. 지금도 수달같이 생긴 놈이 내 주변을 기웃거린다. 이제 알겠다. 저 녀석들 줄곧 보채고 있던 거구나. 명령을 내려달라고.

'미안. 지금은 시킬 일이 없어.'

우리는 저녁 식사를 마치고 설거지를 나눠서 한 뒤 금돌이 내온 차를 마셨다. 차의 향을 음미하고 있을 때 유리가 말했다.

"금돌? 해야 할 이야기가 있지 않나?"

"흠. 그렇지."

금돌은 잠시 차를 홀짝이더니 뜸을 들이다가 천천히 말을 꺼냈다.

"자네가 나가 있는 동안 피 검사를 끝냈다네."

"그래요? 결과는요?"

"흐으음…."

금돌이 찻잔을 입에 댄 채 더욱 뜸을 들인다. 그리고 한참 만에 찻잔을 비운 뒤 복잡한 표정을 하고는 내게 말했다.

"지혁."

"네."

"자넨 여기 이 세계가 좋은가?"

그 질문에 고미의 모습이 눈앞을 스쳤다. 발갛게 상기된 얼굴, 싱그러운 미소, 청량한 웃음소리. 나는 고개를 끄덕였다.

"네, 마침 좋아지려던 참입니다."

"그렇구먼."

금돌이 씁쓸하게 웃다가 말했다.

"결론부터 얘기함세. 자네의 혈액 분석 결과 자네가 뭔지 도통 모르겠네."

"모른다고요?"

"그래. 도무지 모르겠네. 여러 세계의 생물을 연구해 온

나조차도 처음 보는 혈액 구조였네. 다만 확실한 건 자네의 피는 이 세상에 속한 생물의 것과는 전혀 닮지 않았다는 걸세. 어떠한 유사성도 없었네. 자네는 이 세계에서 태어난 존재가 아닐세."

몬스터레드를 3알이나 먹었는데도 괴물로 변하기는커녕 영양제처럼 힘만 쪽쪽 빨아들인 것으로 보아 짐작은 했다. 그저 혼자가 되었다는 기분이 더 짙어졌을 뿐이다. 하지만 이런 기분이라면 낯설지 않다. 살면서 늘 느끼던 기분이었으므로.

"그렇군요."

"유감이네. 이런 결과가 나와서."

"금돌이 미안해할 이유는 없죠. 오히려 감사합니다."

금돌과 유리는 묵묵히 식탁 위만 바라보았다. 나는 부엌의 사과 상자에 시선을 두었다.

'내가 어떤 존재인지 알게 되었을 때도 금돌과 유리는 여전히 나에게 아군일까?'

나를 보는 유리의 눈에도 같은 의심이 비친다. 그러나 마왕이 나를 적대하는 것이 사실인 만큼 지금 우리가 함께할 이유는 충분하다.

"오늘도 마왕을 봤어요."

나의 말에 금돌과 유리가 흠칫 놀랐다.

"사람들 사이에 서 있었어요. 아직 그림자에 불과했지만 지난번보다 더 구체적으로 보였어요. 얼굴까지 보일 정도로."
 "어떻게 생긴 놈이더냐!"
 금돌과 유리의 눈이 매섭게 변했다. 난 노트와 펜을 가져와 내가 본 것을 그렸다. 시커먼 안개 같은 몸, 창백한 얼굴, 깊은 구멍 같은 두 눈, 찢어지듯 웃고 있는 입. 머리카락은 산발이 되어 흩날리고 챙이 넓은 모자를 쓴 모습이다.
 "흉물스러운 모습이로다! 정말 이런 낯짝이렷다?"
 "실물에 비하면 그림은 귀여울 정도죠."
 유리가 그림을 유심히 들여다보며 물었다.
 "오늘도 놈의 목소리를 들었나?"
 "아뇨. 스토커처럼 멀리서 보기만 하던걸요."
 "얼마나 오랫동안?"
 "거의 종일요."
 "불길하군. 내일은 무슨 일이 일어날지도 모르겠다."
 "무슨 일이요?"
 "확신할 순 없지만 전장에서 적이 오랫동안 우릴 주시한다면 그건 전투가 임박했음을 의미한다. 그러니 푹 자도록 하라. 언제든 전투에 임할 수 있도록."
 "그런 무시무시한 말을 듣고 잠이 참 잘도 오겠습니다."
 "내가 도와주도록 하지."
 유리가 내 얼굴을 물끄러미 들여다보며 섬세한 손가락으로 나의 눈썹과 관자놀이 근처를 쓰다듬었다. 금세 잠들 것처럼 나른해졌다.

"마법… 인가요?"

"가벼운 암시다. 이제 자도록 해라. 나와 금돌은 만일을 대비할 것이다."

"저는요?"

"충분히 쉬어라. 일이 터지면 네 역할이 가장 클 것이다."

"네, 그럴게요…."

졸음이 쏟아졌다. 진다. 자리에 눕자 고미와 보냈던 하루가 눈앞에 아른거린다. 그 애와 함께했던 기억이 유리의 불길한 이야기를 머릿속에서 밀어냈다. 달콤한 꿈을 꿀 것 같다. 이상하게 마음이 편하다. 유리가 걸어준 암시의 힘일까? 암시와 마법은 뭐가 다른 걸까? 다음 주말에 고미를 만나면 어딜 가야 하나? 아, 월요일이 되면 다시 고미를 볼 수 있다. 월요일이 기다려지다니 믿기지 않는다.

그러나 평범한 월요일은 오지 않았다. 일요일에 재앙이 찾아왔다.

5

"일어나라. 지혁. 시작됐다."

어두컴컴한 새벽. 유리가 나를 깨웠다. 전등을 켜려고 하자 유리가 제지했다.

"불은 켜지 말고, 조용히."

거실로 나와 보니 어둠 속에서 시종령들이 알람을 알리듯 격하게 발광했다. 베란다 밖을 보며 총을 장전하던 금돌이 말했다.

"푹 잤나? 놈이 완전히 작정했네. 가진 사과를 전부 쏟아 부은 모양일세. 이번에야말로 끝을 보겠다는 게지."

금돌이 나지막이 중얼댔다. 상황을 보러 베란다 쪽으로 가려고 하자 유리가 나를 부엌의 사과 상자 앞으로 이끌었다. 어둠 속에서도 은은하게 빛나는 사과가 그녀의 얼굴을 붉게 비춘다. 그녀가 사과 한 알을 꺼내며 속삭였다.

"밤새 고민했다. 네가 이 사과들을 먹어야 할지 말아야 할지. 우리 세계에 격언 하나가 있다. 확실한 적의 계략보다 불확실한 아군의 지원이 더 위험하다고."

"지원만 기다리다가 위험에 빠질 수도 있다는 뜻인가요?"

"그런 뜻도 있지만… 잘 들어라. 내가 이 사과를 먹지 말라고 했던 이유는 마왕보다 더 위험한 제3의 존재를 염두에 두었기 때문이다. 마왕조차도 몬스터레드를 이만큼이나 재배할 능력은 없다. 그리고 너라는 존재. 너는 내가 만난 무수한 존재 중 가장 불길한 존재다. 너에겐 잠재된 위험이 넘친다."

"유쾌한 얘기는 아니네요."

장전을 마치고 창밖을 보던 금돌이 조용히 유리를 불렀다.

"할멈. 준비하시오."

유리는 고개를 끄덕여 알았다는 신호를 보내고는 말을 이었다.

"그러나 고민 끝에 나는 너에게 운명을 맡기기로 했다. 네가 어떤 존재이든 힘을 쓰지 않으면 이 세계 또한 마왕의 정원이 되어 버릴 것이다. 설령 너의 힘으로 마왕을 제압한 뒤 또 다른 불상사가 일어나더라도, 지금으로선⋯."

"말이 기네요. 그런 걱정은 마왕부터 잡고 하시죠."

유리의 말에 감정이 상한 터라 생각과 달리 말이 삐딱하게 나왔다. 유리가 눈썹을 치켜떴다가 희미한 미소를 지었다.

"네 말이 옳다. 필요한 만큼 사과를 먹어 힘을 깨워라. 마왕을 꺾고 재앙을 막을 힘을 보여다오."

"좋습니다. 아침에 먹는 사과는 금이잖아요."

"와삭!" 크게 한입 베어 물자 잠이 확 달아났다. 이 세상에서 경험할 수 있는 맛과 향기가 입안에 가득 번진다. 이 사과를 다 먹고 나면 그리워서 어쩌지? 평범한 사과로 만족할 수 있을까?

"으윽!"

그러나 사과를 다 먹고 나자 낯선 불쾌함이 치밀어 올랐다. 이런 느낌은 처음이다. 온몸에 힘이 차오르다 못해 폭발할 것 같다. 혈관, 신경, 근육, 눈알이 팽창하고 심장이 부풀어 오르는 기분. 뇌에 전기가 흐른다. 번개가 정수리를 타고 내려와 온몸을 지진다. 눈앞에 빛이, 오직 빛이 나의 모든 감각을 지배한다. 내 안의 뭔가가 눈을 떴다. 새로운 눈을 뜨기 위해 지금 뜨고 있던 눈을 감았다. 암흑 속으로 의식이 날아갔다. 얼마나 시간이 지났을까?

"지혁!"

유리의 목소리가 나를 깨웠다. 깨지고 박살 나는 소리로 넘쳐났다. 먼 곳에선 비명과 사이렌 소리도 들렸다.

"빌어먹을! 지혁은? 아직이오?"

금돌이 볼멘소리로 다그쳤다. 수액과 피로 범벅이 된 유리가 내 멱살을 잡고 흔들었다. 금돌의 목소리가 또 들렸다.

"참담하군! 이래서야 지난번 종말이랑 다를 게 뭐가 있나!"

해가 뜬 지 오래되었는지 창밖이 환했다. 금돌은 베란다로 들어오는 괴물들을 쏘고 때리고 으깨며 분투 중이었다. 청각이 또렷이 돌아오자 거리의 비명이 제대로 들렸다. 누워있는 날 내려다보는 유리의 얼굴이 보였다.

"정신이 드나?"

"어떻게 된 거죠?"

"네 번째 사과를 먹고 정신을 잃었다."

"얼마나 오래요?"

쓸데없는 질문. 집 안이 엉망진창이다. 벽지는 다 찢어지고 괴물들의 시체가 나뒹군다. 금돌과 유리가 바리케이드를 만드느라 얼마 안 되는 가구가 다 부쉈다. 그리고 비명. 사람들이 휘말렸다. 창가로 달려가니 거리가 난장판이다. 괴물에 쫓기는 사람들과 경찰, 구급차와 소방차가 도로를 질주하다 괴물을 들이받았다.

"유리! 마법 공간은요?"

"놈들의 규모가 너무 크다. 내 힘으론 감당할 수 없다."

"어떻게 이렇게 몰려올 수 있죠? '틈새'에 숨어서 오는 놈들 아니었나요?"

"그것은 수적 열세를 극복하기 위한 전략이다. 많다면 굳이 숨어서 올 필요가 없다."

온갖 괴물들이 거리를 날뛰었다. 네발짐승과 새는 물론 벌레처럼 생긴 것들까지 기민하게 기어다니며 사람들을 덮쳤다. 놈들이 난폭하게 우리 집을 향해 몰려오는 과정에서 거리의 기물들이 부서지고 사람들이 치여 길가에 나뒹굴었다.

"탕! 타앙!"

금돌이 창밖으로 총을 쏘았다. 경찰이나 군인의 것으로 추정되는 총소리도 멀리서도 들려온다.

"까득! 까드득!"

신경 써야 할 곳은 베란다뿐만이 아니었다. 현관문과 부엌 창문을 긁는 소리도 계속해서 들렸다. 곧 부엌 창문이 깨지며 괴물들이 발톱이 들이밀었다. 하지만 놈들이 들어오기엔 창문이 너무 협소하다.

"쿵!"

뭔가가 현관문을 들이받았다. 문이 들썩였지만 철문인데다 나의 시종령들이 모여 문을 지탱하고 있었으므로 당장 어떻게 될 것 같지는 않다.

그뿐만이 아니다. 부엌에 있던 시종령은 깨진 창문으로 들어오는 괴물들의 발톱을 쳐내고 있었다. 베란다에 엉성하게 쌓아 올린 바리케이드가 버티는 이유도 다 녀석들이 붙잡고 있었던 덕분이다.

"시종령들이 여길 지켜주고 있네요! 명령한 적도 없는데!"

그럼 바깥의 녀석들도? 투시력을 발휘해봤지만 시야가 열리지 않았다.

금돌과 유리가 검과 총을 휘두르고 시종령들이 몸으로 막고 있는데도 꾸역꾸역 괴물들이 집안으로 밀려 들어왔다. 들어오는 족족 맨주먹으로 놈들을 짓이겼지만 셋에서 상대하기엔 적의 머릿수가 너무나 많았다.

'죽음을 피하지 말라. 불경한 존재여.'

이 와중에도 놈의 목소리가 들린다. 더듬거리는 것처럼 들렸던 놈의 목소리가 이제는 똑똑하게 들린다. 네 번째 사과를 먹으니 놈과 더욱 가까워진 느낌이다.

"이렇게 하면서까지 날 죽이고 싶은 이유가 뭐냐? 한 세계를 멸망시키고 왔다면서 나 하나쯤은 무시할 수도 있잖아!"

'태어나지 말아야 했을 존재여. 불순하고 불경한 존재여. 너의 삶엔 가치가 없으나 죽음엔 한 세계에 버금가는 가치가 있느니라. 너를 죽이고 명예를 되찾으리라.'

드디어 새로운 대사다. 아니면 비로소 제대로 들리는 건가? 놈이 날뛰는 걸 놔둬선 안 된다. 베란다와 현관과 창문에서 괴물들을 막고 있는 시종령들이 고개를 돌려 나를 쳐다보았다. 그걸 보는 순간 깨달았다.
'그래, 이 사태를 끝낼 방법은 하나뿐이야.'
현관에서 나갈 준비를 하자 유리가 소리쳤다.
"지혁! 뭐 하려는 거지?"
"도와주세요! 옥상으로 갈 겁니다!"
유리는 당황스러워하면서도 군말 없이 내 말을 따랐다. 우릴 본 금돌이 소리쳤다.
"할멈! 제정신이오? 지금 상황에 밖으로 나간다고?"
"지혁에게 생각이 있을 것이다. 지금으로선 따르는 것이 최선이다."
"미치겠구먼!"
"사과 상자를 챙겨라."
금돌이 한쪽 어깨에 사과 상자를 턱 얹고 다른 한 손으론 총을 잡았다. 그러고는 준비됐다는 듯 비장한 눈빛으로 날 바라봤다.

"자, 엽니다!"

바리케이드를 무너뜨리고 문을 박차고 나섰다. 몰려들던 괴물들이 나가떨어지며 계단 아래로 데굴데굴 굴렀다. 괴물들은 모두 원형을 알아보기 힘들 만큼 변이가 진행된 상태다. 몇 마리가 다시 올라오려고 하자 금돌이 놈들의 대가리를 날려버린다.

"출발하거라! 뒤는 내가 맡으마!"

덜렁거리는 현관문을 나서며 집이 쑥대밭이 되어가는 현장을 보았다. 할머니와 살던 장소가 완전히 부서지고 있었다. 전력을 다해 계단을 뛰어올랐다. 사과를 네 개째 먹어서일까. 검의 달인인 유리조차도 간신히 내 뒤를 쫓을 만큼 몸이 가볍다.

"콰앙!"

잠겨있던 옥상 문을 박차고 나가니 탁 트인 하늘이 눈에 들어온다. 방송국 헬기와 구조헬기, 군용 헬기가 날짐승 같은 괴물들을 피해 날아다닌다. 계단 아래쪽에선 괴물들이 올라오는 발소리가 들린다. 나와 유리 그리고 마지막으로 금돌이 올라왔다. 금돌이 급히 옥상 문을 닫고 바위 같은 몸뚱이로 지탱했다.

'분투하는구나. 불경한 자여. 일찌감치 죽어야 했을 자여. 태어난 것마저 후회하리라. 얼굴도 모르는 어미를 원망하리라.'

또다시 들려오는 놈의 목소리. 나는 하늘을 향해 외쳤다.
"닥쳐!"
"지혁. 우리한테 하는 말이냐?"
엉뚱하게도 금돌이 대꾸한다. 웃을 상황이 아닌데 헛웃음이 터진다.
"조금만 참아주세요!"
유리가 사방을 경계하고 나는 옥상 끄트머리에 서서 엉망이 되어가는 도시 전경을 눈에 담았다. 온 세상이 시종령들이 내는 빛으로 찬란하다. 모두 나의 군대. 태어나서 지금까지 내 편이었고 앞으로도 쭉 그럴 것이다.
"이 난장판을 끝내겠습니다."
"설마 시종령을 쓸 생각인가?"
유리가 만류했다. 그녀가 말했었지. 시종령을 부린 자의 말로는 곱지 않다고.
"다른 방법이 없어요."
"적의 수가 너무 많다. 다 무찌르려면 그보다 많은 시종령이 필요할 것이다."
"걱정할 필요 없어요. 지천에 남아도니까."
"그걸 걱정하는 것이 아니다. 네 정신을 갉아먹을지도 모른다. 게다가 그 많은 수의 시종령을 한꺼번에 부린다면…."
"지금 이것저것 가릴 상황이 아니잖아요."
적의 수가 엄청나긴 했다. 마왕이 가지고 있던 사과를 전부 썼나? 사과를 전부 써버리면 다음엔 무슨 방법을 쓸 참이지? 사과 없이, 괴물 없이 날 해치울 방법이라도 찾았단 말인가?

놈의 계략 따위는 상관없다. 뭔 짓을 하든 내가 막는다. 내가 누군지도 상관없다. 인간이든 아니든 이 세계는 내 거다. 이제 막 사는 게 즐거워졌는데. 누구도 내 세계에 손대지 못하게 할 것이다.

"고미랑 데이트도 한 번밖에 못 했는데… 이건 아니지."

아무리 마왕의 괴물들이 많아도 내 귀염둥이들의 쪽수에는 한참 못 미쳤다. 녀석들을 향해 진심을 담아 나의 바람을 말했다.

"너희 모두 오래 기다렸지? 이제 자유롭게 해줄게. 자, 명령이다. 괴물들로부터 나의 세계를 지켜줘."

눈이 부시다. 시종령들이 뿜어내는 빛으로 온 세상이 충만하다. 시종령들이 괴물들을 향해 돌진했다. 녀석들이 빙의하듯 괴물들의 몸속으로 파고들자 괴물들이 몸을 떨며 부풀어 오르다가 풍선처럼 펑펑 터졌다. 터진 잔해는 꽃가루처럼 흩어져 괴물들은 흔적조차 남지 않았다. 놈들이 연이어 터지자 거리에서 들려오는 비명과 총성이 잦아들었다. 금돌이 막고 있던 문 너머에서도 움직임이 멈추었다.

"계속해. 전부 없애버려."

유리는 내 옆에서 이 모든 광경을 꿈꾸듯 바라보았다. 그녀의 눈동자가 흔들린다.

"지혁. 결국 실행에 옮겼구나."

"네. 이겼어요."

"정신은 괜찮은가?"

유리의 입에서 나를 걱정하는 말이 나오다니, 의외다.

"아무렇지도 않아요. 저 많은 괴물을 없앴는데 여전히 시종령이 남아도는걸요."

"네가… 마왕의 재앙을 막았다."

이어서 금돌이 터벅터벅 다가왔다.

"이것이… 꿈은 아니겠지? 지혁. 정말 해낸 건가?"

"아직 마왕을 잡은 건 아니지만…."

말이 끝나기도 전에 금돌이 나를 와락 끌어안았다. 그리고 굵은 눈물을 주룩 흘렸다.

"선조들이시여! 마침내 원수의 행보를 막았나이다! 형제들이여! 아버지! 이 낯선 세계에서 만난 의인이 혈족의 명예를 지켜주었나이다!"

무릎을 꿇고 그들의 언어로 기도하는 금돌, 소란이 사그라지는 도시를 지켜보는 유리. 두 사람과 함께 거리를 보던 중 중요한 한 가지가 뇌리에 스쳤다.

"고미!"

이 난리에 무사했을까? 투시력을 이용해 겹겹이 늘어선 건물과 벽을 뚫고 고미가 사는 동네를 응시했다. 고미가 보이지 않는다.
'어딨지?'
 근처 도로를 따라 시선을 옮겨 시야를 확장했다. 외곽 도로 중간에 한 무더기 차량이 연쇄추돌을 일으킨 채 멈춰있었다. 괴물들의 난입이 사고를 일으킨 것이다.
'설마 저긴 아니겠지?'
 앞뒤로 끼어서 우그러진 차량에서 연기가 피어올랐다. 금방이라도 불이 붙을 것만 같다. 운전석과 조수석의 중년 부부는 피투성이가 되어 미동조차 없다. 그런데 뒷좌석에….
"아…. 이건 아니야."
"무슨 일인가?"
"아…. 안 돼…."
 너무 멀다. 아니, 멀지 않다. 몬스터레드 4알을 먹은 힘이라면 가능할 수도. 도움닫기를 위해 뒷걸음질을 쳤다. 그리고 전력을 다해 내달렸다.
"지혁!"
 두 사람의 외침을 뒤로 하고 공중으로 몸을 날렸다. 세찬 바람이 뺨을 스친다. 수십 미터를 날아가 길 건너편 건물 위를 구르며 착지했다. 그리고 다시 일어나 달렸다. 몸이 바람 같다. 세상은 여전히 찬란하다. 나를 보좌하기 위해 몰려든 시종령들이 내 몸을 에워싸서 밀고 나갔다.
"제발! 더 빨리!"

단 몇 분 만에 도시 경계를 도는 외곽 도로에 도착했다. 그 순간 내가 봤던 그 찌그러진 차에 불이 붙기 시작한다.

"고미야!"

차 뒷좌석에 있던 사람은 고미였다. 하필 이런 일이 고미에게 일어나다니.

"퍼억!"

맨손으로 차창 유리를 깨고 문을 열어 고미를 끄집어냈다. 고미만은 살려야 한다.

"강고미! 정신 차려!"

불길이 걷잡을 수 없이 치솟았다. 도로 가장자리에 고미를 눕히고 앞좌석 차창도 깨부쉈다. 불길에 그을린 고미의 부모님을 꺼냈다. 하지만 숨을 쉬지 않는다. 이미 두 분은 돌아가셨다.

"고미야!"

다시 고미에게 돌아갔다. 머리와 얼굴이 피로 흥건하다. 호흡은 있지만 의식이 없다. 어떻게 해야 하지? 어떻게 해야….

'네가 존재하여 일어난 비극이니라. 어리석은 자여. 태어나지 말아야 했을 자여. 아직 늦지 않았느니라. 이 재앙을 일으킨 죗값을 목숨을 끊어 치르거라.'

놈의 목소리가 공기 중에 떠돈다. 분노로 머리가 돌아버릴 것 같다. 맨손으로 찢어 죽이고 싶다. 마왕이라는 놈을. 그리고 나 자신을.

'한지혁! 멍청한 새끼! 병신 같은 새끼! 조금만 더 일찍 정신이 들었다면! 조금만 더 빨리 행동했더라면!'

"아아아아악!"

분노가 갈피를 못 잡고 허공에 울려 퍼진다.

"이 재앙이 나 때문이라면 기꺼이 죗값을 치르겠다. 그러나 네놈을 죽이기 전엔 절대 못 죽어."

'발버둥 치면 칠수록 고통만 깊어지거늘….'

놈의 목소리가 멀어져간다.

곧 구급차와 소방차가 달려와 구조 작업이 진행되었다. 구급대원들과 소방관들이 위험하다며 날 밀어냈다.

내 힘과 시종령이라면 이런 사고 현장쯤은 금방 정리하겠지만 아직은 후폭풍을 감당할 자신이 없다. 결국 구급차에 실린 고미의 옆을 지키는 것뿐 가장 중요한 것은 구하지 못했다. 나의 세상은 구하지 못했다.

병원은 전쟁터를 방불케 했다. 다친 사람들과 분주한 간호사들로 복도와 병실이 미어터졌다. 고미는 가까스로 병실을 확보했다. 침상에 누워 의식이 없는 고미를 친척들 몇몇이 와서 보고는 안타까워했다.

밤이 깊어지자 고미와 나뿐이다. 뭘 해야 할지 모르겠다. 시종령 세 마리가 주변을 돌며 내 상태를 살폈다.

"가. 너희가 할 일은 없어."

녀석들은 이런 상황에서 무능하다. 나도 무능하다. 머리카락을 움켜쥐고 얼굴을 파묻었다.

"바보. 바보같이… 아무것도 못 했어. 난 아무짝에도 쓸모없는 놈이야."

"그런 말 하지 말게. 자네가 오늘 세상을 구했네."

금돌의 목소리에 고개를 들어보니 유리와 함께 병실 문 앞에 서 있다. '여기에 있는지 어떻게 알고 왔지?'라고 생각한 순간 금돌이 어깨를 으쓱이며 말했다.

"할멈이 찾아냈네. 고민 많이 했지. 자넬 혼자 두는 게 좋을지, 아니면…."

"금돌. 고미가…."

"무슨 말로 위로해야 할지 모르겠군. 미안하네."

"아네요. 왜 금돌이…."

아씨, 진짜 안 울려고 했는데. 고개를 들지 못하겠다. 유리가 다가와 고미의 이마에 손을 살포시 얹었다. 그리고 낯선 언어로 속삭였다.

"치료 마법인가요?"

"유감이지만 이런 상처는 마법으로 치료할 수 없다. 다만 좋은 꿈이라도 꾸도록 도와줬다."

고맙다고 말하고 싶었지만 고미의 상태를 보니 말이 나오지 않는다. 깨어나면 무슨 말부터 해줘야 할까. 금돌과 유리가 복도에서 그들의 언어로 대화하고 있었다. 대화는 상당히 심각해 보였다. 문 너머로 내가 슬쩍 쳐다보니 목소리를 낮춘다. 날 배려해 주는 거겠지만 무슨 내용인지 알고 싶다. 분명 그들의 임무와 마왕에 관한 이야기일 테고 마왕은 내가 죽여야 한다. 복도로 나가 그들의 대화에 끼어들었다.

"나만 빼고 무슨 말을 나누는 거예요?"

"아, 그게."

금돌이 난처해하며 뜸을 들였다. 유리가 대신 설명했다.

"마왕이 이대로 물러나진 않을 것이다. 머지않아 곧 돌아올 것이다."

"그렇겠죠. 저도 바라는 바입니다."

"하지만 빈손으로 돌아오진 않을 거다. 십중팔구 새로운 품종을 개발해서 나타날 것이다. 놈에겐 열매가 가장 강력한 무기니까 말이다."

"새로운 품종이요?"

"그렇다. 몬스터레드로 만든 괴물로는 널 꺾을 수 없다는 걸 알았을 테니 다른 방법을 찾을 것이다. 어쩌면 이미 새 품종을 완성했을지도 모른다. 오늘 일을 보면 수중의 몬스터레드를 전부 써버린 것 같으니."

"뭘 가지고 오든 제 손으로 놈을 죽일 겁니다."

"진정해라. 지혁. 피를 차갑게 식힌 자만이 복수를 거머쥘 수 있다."

맞는 말이다. 하지만 말처럼 쉽지 않다.

"하지만 고미를… 고미를 저렇게 만든 놈을…."

"지금 이런 얘기를 하는 건 무리인 듯하군. 날이 밝으면 다시…."

의사와 간호사들이 요란스럽게 복도를 달리는 통에 유리의 말이 끊겼다. 그들이 향한 곳에서 통곡 소리가 들려왔다. 죽어가는 사람들이 넘쳐난다. 고미의 얼굴을 보며 호흡을 깊이 가다듬었다.

"괜찮은가?"

"지금은 좌절도 사치인 것 같아요. 말해 주세요. 놈의 새로운 품종이란 게 뭔지."

"마왕이 어떤 품종을 가져올지는 예측 불가다. 그러나 확실한 것은 놈이 열매를 사용하면 현실에 이변이 일어난다는 것이다. 아무리 사소한 현상이라도 부자연스럽게 느껴진다면 의심해야 한다."

"막연하네요. 우리가 먼저 놈을 찾을 방법은 없어요? 놈이 다시 오길 기다려야만 하나요?"

"우리 세계는 아무것도 모른 채 놈에게 궤멸했다. 나와 금돌에게 놈은 미지의 적이었다. 하지만 너를 만난 후 전황이 변했다. 놈의 목표, 형태, 전술이 보이기 시작한다. 기다림이 길진 않을 것이다. 놈 또한 너를 잡고 싶어 안달 났을 것이다."

"저한텐 하루도 길어요."

"조바심 내지 마라. 끝을 보기 전까지 피할 수 없는 싸움이다. 싸움의 중심에 네가 있으니 원치 않아도 놈과 맞붙게 될 것이다. 하지만….'

유리가 말을 맺지 못하고 금돌과 시선을 주고받았다.

"하지만 뭐요?"

"더 큰 싸움과 더 큰 재앙, 더 큰 피해가 이곳을 휩쓸 것이다. 감당할 수 있겠나? 이 아이에게서 느끼는 것보다 더 큰 죄책감이 너를 짓누를지 모른다."

"…."

"서리가 내린 검처럼 냉철한 정신을 유지해야 한다. 불안과 슬픔에 잠식된 마음으론 놈을 이길 수 없다."

"유리."

무겁게 잠긴 목소리로 되물었다.

"그것보다 더 중요한 문제가 있다고 생각하지 않나요?"

유리와 금돌이 서로를 쳐다본다. 내가 뭘 물어보려는지 짐작한 눈치다.

"제 정체, 존재의 기원. 이렇게 모르고 넘어가도 됩니까? 단지 적의 적이라는 이유 하나로 제가 누군지도 모르면서 싸움터에서 등을 맡길 수 있겠어요?"

유리가 입을 다물었다. 불편한 침묵이 이어졌다.

'이들에게 나는 진짜 동료가 맞을까? 살아있는 무기 정도로 생각하는 건 아닌가?'

서운함이 올라오려고 할 때 금돌이 큰 소리로 말했다.
"모르긴!"
그의 부릅뜬 눈동자가 촉촉이 빛났다. 화를 내는 것이 아닌가 싶을 정도로 걸걸한 목소리가 온 병동에 울려 퍼졌다.
"고등학교 2학년! 이름은 한지혁! 골렘 할머니 밑에서 자랐고 몬스터레드 사과를 먹어도 괴물로 변하지 않고 힘이 세지. 지금 여기 누워있는 이 여자아이를 끔찍이도 여기지 않느냐? 자네가 그토록 마음을 쓰니 반드시 나을 거다! 자네는 나의 형님 다음으로 용맹하고 나의 아우님 다음으로 다정하네. 아버지께서 살아서 자넬 봤다면 기꺼이 의형제로 인정해 줬을 것이야. 나와 할멈이 의지하는 이 세계의 유일한 희망! 이 정도면 충분히 잘 알지 않느냐?"
금돌의 기세에 말문이 막혔다.
"어… 글쎄요."
"물론! 자네에 대해 모르는 부분도 많네! 하지만 아는 부분은 더 많네! 자네가 어떤 사람인지. 이 정도면 돼! 우리는 함께 싸울 수 있네! 혈족의 피에 맹세코 이 목숨이 다할 때까지 자네 옆에 있겠네. 어떤가? 이미 멸망한 세계의 두 패잔병과 함께 마왕에 맞서 주겠나?"
"그럼요. 당연하죠."
금돌의 기세에 휩쓸려 속마음을 말해버렸다. 금돌은 축축해진 눈으로 날 쳐다보다가 이내 내 어깨를 잡고 와락 끌어안았다. 몬스터레드를 네 개나 먹은 몸이건만 으스러질 것만 같다. 우릴 보던 유리가 살짝 미소 지은 것도 같다.

그렇다. 내가 누군지는 나도 모르겠다. 그러나 금돌이 맞다. 모르는 것보다 아는 것이 더 중요하다. 그런 거라면 그 어느 때보다도 잘 아는 것이 있다. 내가 진정 뭘 하고 싶은지. 지금 이 자리에서 맹세한다. 내 모든 걸 걸고 마왕의 멱을 따버리겠다. 놈의 해골을 고미의 부모님과 희생자들의 영전에 바치겠다.

5화
휴교령, 그리고 포탈

1

임시휴교령이 내려졌다. 금돌과 유리는 일을 나가지 않고 집을 수리했다. 벽지를 바르는 금돌이 이따금 흐느낀다.

"금돌. 왜 그래요?"

"어, 그래. 어휴 이거 참…. 부끄럽구먼. 흐흑. 고작 이런 일 가지고…."

그의 짐꾸러미가 죄다 망가졌기 때문이다. 괴물들이 밀고 들어왔을 때 그의 짐이 마구 짓밟히는 바람에 아끼던 찻잎이 못 쓰게 됐다. 고향 세계를 향한 향수를 달래주던 유일한 물건이었다고 한다. 마땅히 위로해 줄 방법이 생각나지 않는다.

지역 일대는 생물재해 구역으로 지정되었다. 방역복을 입은 사람들이 괴물들이 남긴 수액과 피해지역을 조사하고 다녔다. 집에 텔레비전이 없어서(있었다고 해도 어제 박살 났겠지만) 유튜브로 관련 뉴스를 보려 했으나 와이파이가 안 잡힌다. 그동안 와이파이를 빌붙던 옆집도 완전히 박살 났다. 다행히 옆집 사람들은 지방에 내려갔던 덕에 화를 면했다고 한다.

부서진 가구와 파편들을 치우고 벽지 바르기를 끝내고 나니 할 일이 없었다. 겸사겸사 바닥을 닦으며 텅 빈 집을 바라보는데 예전과 크게 다르지 않아 보인다. 가구라고 해봤자 식탁과 의자가 전부였으니.
"저, 잠깐 나갔다 올게요."
"그러거라. 문과 창문은 내가 해결하마."
"네. 감사합니다."
"감사는 무슨."
금돌 덕에 집을 금방 고쳤다. 든든하다.
"다녀오겠습니다."
나가기 전, 현관에 모셔둔 작은 나무 인형에 인사했다. 금돌이 직접 조각했는데 할머니의 생전 모습을 꼭 빼닮았다. 그 인형 안에 할머니의 몸에서 나왔던 뼛조각이 안치되어 있다. 금돌의 세계에선 그런 식으로 고인을 곁에 뒀다고 한다.
 병원으로 향하는 길에도 재앙이 할퀸 자리가 선명했다. 파손된 기물들과 혈흔. 괴물에게 쫓기던 사람들의 비명이 들리는 듯하다.
 고미는 병실 침상에서 잠만 잔다. 붕대가 칭칭 감긴 그 애의 얼굴을 보기 괴롭다. 하루빨리 깨어나기를 간절히 바라지만 막상 그때가 오면 무슨 말을 해줘야 할지 두렵기도 하다.
 오후 반나절을 고미의 병실에서 보내고 담당 간호사에게 고미가 정신이 들면 꼭 연락 달라고 신신당부를 한 뒤 집으로 돌아왔다.

"다녀왔습니다."

"어서 와라. 마침 저녁 식사가 다 되었다."

늘 그래왔듯 금돌의 요리 냄새가 허기를 자극한다. 집 안이 어둑어둑하다. 저녁인데도 전등을 켜지 않았다. 유리가 바닥에 양초 몇 개를 놓고 불을 붙였다.

"왜 촛불을?"

"분위기 있지 않은가? 잠시 비켜보시게."

커다란 냄비를 촛불 앞에 내려놓는 금돌의 큰 얼굴이 불그스름하게 빛났다. 스튜를 듬뿍 담은 그릇을 나눠주며 금돌이 씨익 웃는다.

"가끔은 촛불 앞에서 먹는 것도 운치가 있지."

아직 식탁을 장만하지 못해 바닥에 상을 차렸다. 새 벽지와 풀 냄새가 진동하고, 어둠이 짙어지고, 촛불이 더욱 밝아지자 마치 동굴에서 음식을 먹는 기분이다.

"나름 정겹네요. 이런 분위기."

"그렇지?"

"저…. 혹시, 전기 끊겼나요?"

"흠."

지금 보니 요리도 휴대용 가스버너로 한 것 같다. 금돌이 묵묵히 스튜를 먹다가 더듬거리며 말을 이었다.

"그… 고지서를 늦게 발견했네. 그동안 납부는 할머님께서 해 오신 듯하네만."

아, 할머니. 여태 어떤 식으로 생활비를 충당해 오셨을까? 할머니 생각을 하니 스튜가 넘어가질 않는다.

"하아…."

"어이쿠. 내가 괜한 얘기를 꺼냈군."

"한 번도 생각해 본 적 없어요. 할머니가 어디서 돈을 벌어 저를 키우셨을지."

"호오, 그런가? 아이가 생활비를 걱정하는 것만큼 불우한 상황은 없지. 자네를 부족함 없이 키우셨다는 뜻이로군. 정말이지 훌륭하신 분이야."

금돌이 얼굴 가득 푸근한 미소를 지으며 할머니를 칭송했다. 내가 하려던 말은 그게 아닌데. 하지만 금돌이 몰라서 이러는 건 아닐 것이다. 금돌만큼 내 마음을 헤아려주는 이도 없다.

"감사합니다. 만들어 주신 인형… 정말 할머니 같아요. 보고 있으면 전처럼 슬프지 않아요. 보고 싶긴 하지만요."

"그래. 나도 할머님이 그립구먼."

그리고 그 이상으로 고향이 그립겠지. 문득 궁금한 것이 생겼다. 금돌과 유리는 영영 고향 세계로 못 돌아가는 걸까? 그들의 힘으로 우리 세계에 왔다면 돌아가는 것도 가능하지 않을까?

"지금 물어보기엔 좀 늦은 감이 있지만, 저희 세계에 올

땐 어떻게 왔어요?"

"유리 할멈이 포탈을 열어서 왔네."

"포탈이요?"

"다른 세계로 통하는 문이라네. 달의 혈족처럼 마법의 힘으로 열거나 우리 바위의 혈족이 개발한 차원 개방기로 열 수 있지. 하지만 차원 개방기는 잘 쓰지 않네. 우리 기술력의 결정체지만 고위 마법사가 직접 구현한 것에 비해 정확도나 지속력이 떨어진다네."

금돌의 말에 유리가 무심히 덧붙였다.

"마법에 의지하지 않고 그런 기술을 개발했다는 것은 높이 평가할 업적이다. 너희 문명이 계속 발전할 기회를 박탈당했다는 것은 통탄할 일이다."

"허헛! 업적은 무슨. 할멈네 혈족과 협력을 맺은 뒤로 쓸모없는 고철이 되어버렸소만. 차원 개방기 기술자들을 전부 실업자로 만들어 놓고선…."

"유감이군."

"유감은 또 뭔 유감."

둘은 소소하게 웃더니 이내 침울해했다. 괜한 말을 꺼냈나 보다.

"그나저나 신기하네요. 다른 세계에 왔다 갔다 하는 마법이라니."

"그렇지? 게다가 달의 혈족이라고 해서 아무나 그런 능력이 있는 것도 아니네. 할멈은 자력으로 포탈을 여는 몇 안 되는 마법사 중 하나지. 알고 지낸 덕에 목숨을 건졌네."

"그럼 유리가 포탈을 열면 지금도 고향으로 돌아갈 수 있는 건가요?"

"물론! 근데 가서 뭐 하나? 돌아가 봤자 우리가 기억하는 거리, 사람들, 음식, 풍경은 볼 수 없는데."

말을 마친 금돌이 시무룩하다. 정말 괜히 말을 꺼냈다. 뭔 얘기로 말을 돌려야 하나.

"그런데 유리. 그런 대단한 능력이 있는데 왜 편의점 알바만 하죠? 잘만 하면 큰돈을 벌 수 있을 거 같은데요."

농담 삼아 던진 말에 이번엔 유리가 정색했다.

"고대로부터 내려오는 고결한 마법이다. 사사로이 재산을 불리기 위해 쓴다는 건 불경한 행위다. 그리고 편의점에서 일하면 이곳 문화를 연구할 수 있다. 사람들의 유형과 그들의 기호를 관찰하기에 적절한 곳이다."

"사사로운 일이 아니라면 괜찮지 않을까요? 돈을 버는 것도 다 마왕과 싸우기 위한 활동 자금을 위한 거잖아요."

유리가 잠시 고민하다가 고개를 저었다.

"아니. 혈족의 규율을 편리한 대로 해석해선 안 된다."

유리의 대답이 칼날처럼 단호하다. '좋은 음식은 좋은 대화로 끝난다.'라고 하던데 오늘 우리는 음식은 좋았으나 대화가 영 아니었다. 금돌이 보기에 안쓰러웠는지 화제를 돌렸다.

"네 친구는 어떠냐? 고미라는 아이 말이다."

"아직 의식이 없어요. 안 깨어날까 걱정이지만… 깨어난 후에도 걱정이에요."

아무래도 이 대화는 망했다고 생각하려던 차, 유리가 위안이 되는 말을 해주었다.

"그 아이의 정신은 육신에 온전히 붙어있었다. 준비된다면 깨어날 것이다."

"그래. 할멈이 그리 말한다면 그리될 것이네. 마왕을 완전히 무찌른다면 우리의 고향도 놈에게서 해방될 것이고. 그때가 되면 무슨 이야기든 즐겁겠지. 자, 다 먹었으면 차나 한잔 끓여옴세. 근처 마트에서 썩 괜찮은 찻잎을 샀거든. 고향에서 가져왔던 것에 비하면 한참 못 미치지만 말일세."

금돌이 웃으며 주전자를 불에 올렸다. 보글보글 물 끓는 소리가 듣기 좋다. 차 향기가 좁은 집을 가득 채운다. 텅 빈 집인 줄 알았는데 그렇지 않다. 불청객인 줄 알았던 두 사람이 지금은 새로운 가족이 되었다. 이 일상은 내게 선물이다.

2

학교는 임시 휴교 기간이고 여전히 방역복을 입은 사람들이 이곳저곳 조사 중이었지만 많은 상점이 문을 열었고 거리에 나오는 사람도 늘어났다.

거리에는 국화 꽃다발이 군데군데 놓여있다. 변을 당한 사람들을 추모하기 위한 것이다. 꽃을 두고 가는 슬픔에 잠긴 사람들을 보며 금돌이 탄식했다.

"비통한 풍경이로군. 그러나 나의 고향에 비하면 희망적이다. 적어도 이 세계엔 자네가 있으니 말일세."

장을 보고 돌아오는 길이었다. 괴물 사태 때 냉장고가 부서진 탓에 식자재는 매일 먹을 만큼만 사야 했다. 어차피 전기도 끊겼고.

"고기를 너무 많이 산 거 아녜요? 먹는 데 돈을 이렇게 쓰면 전기세는 영영 못 내겠는데요?"

"할멈 월급날이 되면 어떻게든 되겠지. 지금은 전기보다는 고기가 중요하지 않은가. 놈이 다시 나타날 때를 대비하려면 든든하게 먹어 둬야 하네."

"하긴 그렇네요. 어? 근데 쟨 또 뭐지?"

누군가가 경쾌한 걸음으로 거리를 활보하고 있었다. 춤을 추다시피 뛰어다닌다. 누군가 싶어 얼굴을 보니 같은 반 조현준이다. 녀석이 먼저 인사한다.

"지혁아! 오랜만이다! 이 근처 살았던가?"

"어? 어."

"잘 지내고 있지?"

"그럼."
 얼떨결에 인사를 받아주니 녀석이 즐겁게 떠든다.
 "이야 진짜. 이게 다 뭔 일이래? 너도 봤지? 그 괴물들! 이거 다 실화냐? 영화 아냐? 뉴스에 나온 전문가라는 사람들도 잘 모르는 것 같더라고. 환경오염이 만든 돌연변이가 말이 돼? 외계 괴물이라는 말이 더 설득력 있겠다. 안 그래?"
 "어? 그렇네."
 녀석이 이상하게 말이 많다. 뭣 때문에 이렇게 들떴지? 녀석이 말을 멈추지 않는다.
 "그나저나 네가 무사해서 참 다행이야. 네가 어떻게 됐을까 봐 걱정했거든. 다른 애들 소식은 모르니? 박도환이랑 걔네도 무사할까? 그런 놈들은 괴물한테 당해야 했는데. 그럼 학교에서 더 볼일도 없잖아. 안 그래?"
 "…."
 "어쨌거나 다음 주부터 정상 등교 맞지? 학교에 안 가니까 좀이 쑤시네! 걔네이야 학교에 오든 말든 빨리 다음 주가 왔으면 좋겠다. 그때까지 잘 있어!"
 멋대로 말을 마친 녀석이 휘파람까지 불며 발길을 옮겼다.
 '대체 뭐가 저렇게 신나는 거야? 제정신인가?'
 금돌이 멀어져가는 조현준을 보며 혀를 찼다.
 "딱하게도 정신이 완전히 나가버린 모양이군. 사람이 못 견디도록 슬픈 일을 겪고 나면 저리되기도 한다네. 학교에서 만나면 잘해주게나."

'정말 그런 걸까?' 집에 도착하니 유리는 바닥에 앉은 채 눈을 감고 있었다. 명상 중인지 조는 중인지는 모르겠다.

"할멈. 다녀왔소."

그러자 꾸벅 고개를 끄덕였는데 역시나 인사한 것인지 조는 것인지 모를 동작이다. 금돌이 장 봐온 물건들을 주방에 풀어놓으며 한마디 했다.

"거참, 잘 거면 자리 펴고 편하게 잘 것이지! 하여간 직업병이야. 직업병."

아, 조는 거였구나. 금돌의 걸걸한 목소리가 집안에 울리는데도 여전히 앉아서 졸고 있는 유리를 보니 물어보지 않을 수가 없다.

"직업병이라뇨? 유리가 어떤 일을 했는데요?"

"어떤 일이냐 하면, 그걸 이쪽 언어로 뭐라고 해야 하나? 그래. 탑의 파수꾼이라 하면 되겠군."

"파수꾼이요? 경찰 같은 건가요? 왠지 그럴 것 같았어요."

"아니. 경찰은 아니고, 탑을 지키는 역할이었네. 내가 전에 왕의 탑에서 일했다고 한 것 기억나나?"

"네. 무슨 생물을 연구했다고."

"그래. 정확히는 다른 세계의 생물 종을 연구하는 일이었는데 그러려면 다른 세계로 연결된 포탈이 필수였네. 내 연구용 포탈을 담당했던 마법사관이 바로 유리 할멈이었지.

포탈은 까다로운 물건이라 필요할 때만 할멈이 와서 열어줬네. 빈번하게 포탈을 열었다 닫으면, 뭐랄까, 공간이 약해진다고나 할까? 너무 많이 여닫아서 느슨해진 공간은 약간의 마력에도 열려버릴 때가 있어서 늘 감시가 필요했지. 탑이 중요한 연구 기관인 만큼 포탈 사고가 일어나지 않도록 말 일세. 잘못 열면 위험한 것들이 넘어올 수도 있거든. 포탈을 다룰 줄 아는 유리가 당연히 파수꾼 역할까지 했고 파수꾼은 늘 편안한 잠과는 거리가 멀었지."

"아, 네."

어째 설명이 길어질수록 더 모르겠다. 어느덧 식사 준비가 다 되었다. 음식 냄새를 맡은 유리가 자연스럽게 눈을 떴다.

"잘 잤소? 다음부턴 부디 누워서 주무시오. 보기 딱하니."

"먼 옛날의 꿈을 꿨다."

"호오, 얼마나 옛날이오?"

"아주 먼 옛날. 대 계몽시대 이전의 기억."

"맙소사. 그럼 신화시대의 일이라도 봤단 말이오?"

'대 계몽시대? 신화시대?'

호기심이 내 얼굴에 드러났는지 금돌이 설명한다.

"우리 혈족이 아주 오랜 옛날에는 야만족이었거든. 당시엔 달의 혈족과 자주 혈투를 벌였는데 그 결과 우리가 문명화되었네."

"싸웠는데 문명화가 되었다고요?"

"길고 긴 싸움이었네. 충돌 과정에서 문화의 교류도 일어나고 기술의 발전도 일어났지. 그래서 그때를 계몽시대라 부른다네. 그리고 신화시대는 우리가 전설로 취급하는 이야기들이 일어났을 때라네. 오직 달의 혈족만이 당시 일을 증언할 수 있네만."

금돌이 말을 멈추고 내게 바짝 다가와 속삭였다.

"사실 달의 혈족도 기억력이 썩 좋진 않거든. 뇌 용량은 우리와 크게 다르지 않네. 그런데 너무 오래 살다 보니 정신 건강 상 고대의 기억은 의식 아래에 묻어둔다나? 인격도 몇 백 년마다 바뀌고. 그래서 그 정도로 오래된 기억을 떠올리려면 깊은 명상으로 의식 밑바닥을 뒤지거나 지금처럼 꿈을 통해 보게 되는 거라네."

"그렇군요."

그들의 문화와 역사를 다 들으려면 얼마나 걸릴까. 유리가 구운 돼지 앞다리를 들고 말했다.

"신화시대의 일이었다. 전설로 치부되던 시절. 망각의 늪에서 사라져가던 기억의 잔해가 꿈에 나왔다. 흉몽이다."

"대체 뭔 기억이기에 그러시오?"

"달의 혈족이 처음으로 어둠에서 올라온 종족 '심연의 혈족'과 조우했을 때."

"심연의 혈족이라면… 할멈네 혈족에게 마법을 전수했다던 전설의 존재 말이오?"

"아니. 그건… 전설이 아니었다. 내가 첫 번째 인격으로 살던 시절의 기억… 우리 혈족 누구도 당시의 일까진 기억하지 못한다. 세월에 묻혀 소거될 만큼 오래된 기억이다. 그러나 그 기억이 되살아난 덕에 확실히 알았다. 그들은 실제로 존재하고 마왕 또한 그들 중 하나다."

"오오! 그렇다면 잘됐군! 할멈이 심연의 혈족에 대해 알고 있다면 마왕을 상대할 전략도 세울 수 있지 않겠소."

"그렇게 볼 수만은 없다. 심연의 혈족은 강력한 마법을 구사한다. 그들의 마법에 대항할 방법이 지금은 생각나지 않는다. 그리고 이만큼 오래된 기억이 의식 위로 떠올랐다면… 이는 계시라 봐도 무방하다. 빛의 어머니가 손수 끌어올려 준 기억일 것이다."

"계시요?"

"그렇다. 계시. 그러나 이는 오직 나를 위한 계시이다. 아니. 우리를 위한 것인가?"

"아이고! 수수께끼 같은 말 그만하고 냉큼 결론부터 말씀하시오! 뭔 말인지 기다리다가 음식 다 식겠구먼!"

유리의 눈빛이 꿈꾸듯 멍하다.

"시작과 끝은 하나로 통하는 법. 나의 첫 번째 인격이 꿈에 나왔다는 건 지금의 내 인격이 내 존재의 마지막임을 뜻한다. 즉 머잖아 나의 영생이 끝난다는 뜻이다."

'영생? 유리는 영생하는 존재였구나. 살아온 세월 이상으

로 살아갈 존재였구나.'

 내심 감탄하고 있을 때 금돌이 들고 있던 고기를 떨어뜨렸다. 이는 앉은 채로 기절한 것과 다름없다.

 "하 할멈이… 끝난다고? 대체 왜…?"

 "다른 이유가 있겠나?"

 유리의 냉소. 우린 그 의미를 안다. 바로 두 번째 침공을 예견하는 징후. 마왕이 돌아온다. 우리를 끝장내러.

 그러나 다음날, 우리 앞에 나타난 것은 마왕이 아니라 내 여동생이라고 주장하는 아이였다.

3

 "박도환. 네가 왜 여기 있어?"

 "왜긴? 내 병원이니까 있지. 몰랐냐?"

 이른 시간, 고미를 보고 집으로 돌아오는 길. 자꾸 그 장면이 생각난다. 병실에서 고미를 보고 있던 박도환. 꽤 진지해 보였던 놈의 얼굴. 헛웃음이 터진다.

 '하, 그랬었지. 그 새끼 어머니가 병원장이라고 했지. 그 병원이었구나.'

 녀석은 나를 보자 학교에서와는 달리 무심히 자리를 피했다. 괴롭힘을 당했을 때보다 훨씬 기분이 더러웠다.

'화도 안 나네. 차이가 나도 적당히 나야지. 이건 뭐, 비교도 안 되잖아.'

단순히 놈이 부자라서가 아니다. 고미의 병문안을 오다니. 놈도 고미에게 진심이었다니….

"하아…."

현실적으론 녀석이 해줄 수 있는 것이 더 많다. 반면 나는 뭘 해줄 수 있단 말인가. 공원을 지나 집으로 돌아오는 길이 우중충하다.

"어? 저거 권나라 아냐?"

공원에서 이상한 장면을 목격했다. 권나라가 홀로 벤치에 앉아 셀카를 찍고 있던 것. 이 각도 저 각도 계속 셀카를 찍으면서 흥얼거린다.

"아, 도환이 보고 싶다. 지금 어디서 뭘 하고 있을까? 빨리 학교 가서 보고 싶다. 히히."

그러다 나와 눈이 마주치자 도끼눈을 뜨고 쏘아붙였다.

"뭐야? 한지혁? 네가 여기 왜 있어? 아이씨! 눈 버렸네!"

"집에 가는 길인데?"

"꺼져줄래?"

대꾸할 가치도 없다. 쟤도 정신이 나갔나? 가던 길을 멈추고 돌아서서 권나라의 기이한 행동을 보고 있는데 이상한 것은 권나라만이 아니다. 시선이 닿는 방향 먼 곳에 낯선 아이가 보였다. 창백한 얼굴에 커다란 눈. 망토인지 원피스

인지 모를 새까만 옷을 걸친 작은 여자아이다. 그 애가 나를 빤히 본다.

'저 애는 또 뭐야?'

괴상하고 이질적인 느낌이 처음 괴물과 마주쳤을 때와 비슷하다. 하지만 주변의 시종령들이 얌전히 빛을 발하고 있다. 마왕의 그림자나 괴물이 나타났을 때의 반응과는 사뭇 다르다. 평범한 아이가 맞는지 확인하기 위해 손을 흔들어 봤다.

"안녕!"

아이는 반응하지 않고 나를 응시했다. 걸음을 옮기다 다시 돌아보니 아이는 내 뒤를 따라오다가 셀카를 찍는 권나라 앞에 멈춰 서서 유심히 본다. 그러다가 나를 주시한다.

'이 분위기는 뭐지? 설마 이변이라는 게 이런 건가?'

어제의 조현준, 오늘의 권나라, 나를 따라오는 아이도 이상하다. 유리의 말이 기억난다. 사소한 이변이라도 무심히 지나쳐선 안 된다고.

'전혀 사소하지 않아!'

집을 향한 걸음에 박차를 가했다.

"다녀왔습니다! 유리는요?"

앞치마를 두른 금돌이 마중 나오며 말했다.

"왔느냐. 근데 네 뒤에 꼬맹이는 누구냐?"

"네? 으아악!"

심장 떨어지는 줄 알았다. 공원에서 봤던 그 이상한 아이

휴교령, 그리고 포탈

가 내 바로 뒤에 서 있던 것이다.

"할멈은 아직 일터에서 안 돌아왔네. 슬슬 올 시간이니 기다려 보세."

금돌이 휴대용 버너로 차를 끓였다. 나를 쫓아온 아이는 당당하게 집까지 들어와 식탁도 없는 바닥에 앉았다. 돌려보내고 싶었지만 금돌이 아이에게 그래선 안 된다며 집으로 들였다.

"입에 맞을지 모르겠구나. 어디서 왔느냐?"

금돌이 내온 따끈한 찻잔을 건네받아 마신 아이의 눈썹이 올라갔다. 아이가 호록호록 차를 마시다가 나를 가리켰다.

"난 동생. 저건 오빠."

"으흠?"

뚱딴지같은 말에 금돌이 눈을 크게 떴다. 나도 마찬가지.

'이 황당한 애도 이변에 해당하나? 대체 왜?'

아이가 우리 심정도 모르고 멋대로 보챘다.

"배고파. 먹을 거 줘."

"그러마. 잠시 기다리려무나."

금돌이 주방으로 가면서 내게 슬쩍 속삭였다.

"아무래도 고아인 듯하네만. 불쌍하니 배 좀 채워주고 경찰서에 맡기세."

"잠깐만요."

나도 금돌을 쫓아가 목소리를 낮추고 말했다.

"어쩌면 유리가 말한 이변이 저 아이일지도 몰라요. 너무 이상하다고요."

"어허, 그건 아닐세. 딱 봐도 부모 잃은 아이가 아닌가? 얼마 전에 일어났던 일을 생각하면 이상하지도 않지."

금돌이 쌀과 설탕, 소금을 버무려 들기름에 튀겨내 과자 비슷한 것을 뚝딱 만들어 냈다. 또래 아이들이 먹는 과자와 비교하면 분명 맛이 없을 텐데 아이는 맛있게 먹는다.

"잘 먹어줘서 고맙구나. 집이 어디냐? 어디서부터 여기 이 오빠를 쫓아온 게냐? 사람이 좋아 보이던? 그래도 이걸 다 먹으면 경찰서에 가자. 우린 너와 놀아줄 수가 없어요."

금돌이 아이를 귀여워했다. 이번 재앙의 피해자라고 여겼는지 측은한 눈길로 바라봤다.

"쯧쯧."

"더 줘."

"그러마."

아이가 과자 두 접시를 거의 다 먹을 무렵 유리가 돌아왔다.

"다녀왔다. 공과금도 내고 왔다. 수도와 전기를 다시 쓸 수 있을 것이다."

"호오! 거참 반가운 소리군! 아, 여기 이 아이는…."

그런데 아이를 본 유리가 돌처럼 굳었다. 그리고 경악하며 외쳤다.

"그 애한테 떨어져! 적이다!"

다급한 외침에 나와 금돌 모두 뒤로 펄쩍 물러났다. 정황을 묻기도 전에 유리가 천으로 감쌌던 검을 뽑았다.
"이 기운은? 심연의 주인! 마왕의 혈족이다! 금돌!"
금돌이 반사적으로 총을 잡았으나 차마 겨누지 못했다. 유리가 재차 외쳤다.
"금돌! 쏴!"
"기다리시오! 그저 어린아이지 않소!"
"거짓된 모습이다! 빛의 어머니시여. 어둠을 걷어내 적의 얼굴을 비추소서."
유리가 주문을 외우자 검 끝이 빛을 뿜었다. 수천 년간 단련된 검술로 유리는 아이를 찌르려 했다. 하지만 아이 앞에 나타난 검은 뭉치가 검을 막았다.
독 같은 안개를 스멀스멀 흘리는 넝쿨의 뭉치. 그 뭉치가 유리의 검을 단단히 붙잡고 넝쿨을 뻗었다.
"으흑!"
넝쿨이 검의 손잡이까지 휘감으려 하자 유리가 주문을 외우며 두 손으로 원을 만들었다.
"빛의 어머니시여…. 커헉!"
넝쿨 뭉치가 잎사귀 몇 장을 날려 유리의 입과 코를 막은 것이다.
"유리!"
유리가 숨을 쉬지 못했다. 사태가 심각해지자 금돌이 총을 겨눴다. 이번엔 잎사귀들이 금돌의 총구를 틀어막았다. 아이가 또랑또랑한 눈으로 금돌을 쳐다봤다.
"그런 무기 소용없어. 넌 나한테 잘했지? 망치지 마."
"지혁! 도와주게!"
시종령들을 잔뜩 불러 아이를 제압했다. 팔다리를 붙들린 아이가 시종령들을 물끄러미 바라봤다.
'저 아이에게도 이것들이 보인다고?'
아이가 전혀 동요하지 않고 시종령들에게 일렀다.
"저리가. 난 네 주인의 적이 아니야."
훌훌 털어내자 시종령들이 허무하게 사라졌다.
'대체 뭐야? 이 아이!'
"오빠. 왜 시종령을 이렇게밖에 못써?"
"뭐?"
조금도 적의가 없는 목소리다. 깊이를 가늠할 수 없는 까만 눈동자가 나를 빤히 쳐다본다. 왠지 낯설지 않다. 줄곧 그런 눈을 보며 살아온 기분이다.
"으윽!"
유리가 고통스러워하며 바닥에 무릎을 꿇었다. 다급해진 마음에 아이를 다그쳤다.
"이제 그만해!"
"쟤가 먼저 했어."
아이가 쓰러진 유리를 가리키며 담담하게 말했다. 금돌이 끝내 총을 던지고 아이에게 애원했다.
"그만해라! 저 사람은 친구다! 먼저 공격한 거 대신 사과하마! 뭔가 잘못 알고 그랬을 게야! 괴로워하고 있으니 부디 그만두렴!"
"음…. 좋아. 알았어."
아이가 넝쿨 뭉치와 잎사귀들을 거두었다. 유리가 죽을 듯이 숨을 몰아쉬었다. 하마터면 정말로 그녀의 영생이 끝날 뻔했다.
'금돌의 말은 들어줘서 다행이네. 차와 과자가 유리를 살렸구나.'
아이에게 다시 물었다.
"너 대체 누구야?"
"말했잖아. 오빠 동생. 엄마가 보냈어."
한 치의 흔들림도 없는 대답.
'정말인가? 하긴, 아주 허무맹랑한 소리는 아니지. 내가 모르는 동생이 존재했다는 이야기가 평생을 같이 산 할머니가 흙 인형이었다는 사실보다는 현실적이잖아.'
"아, 씨… 말도 안 돼!"
머리를 흔들어 잡념을 털어냈다. 아이가 하도 당당하게 굴어서 헷갈릴 뻔했다.
"그래. 네가 내 동생이라고 치자. 그럼 우리 엄마는 누구지?"

"붉은 정원의 주인."

"뭐? 그게 뭐야? 지금 어디에 계시는데?"

"심연 저 너머. 군주의 옥좌에."

"뭐어어?"

황당하다. 아이의 말을 듣고 있던 유리의 눈빛이 점점 심하게 흔들렸다. 무슨 의미지? 머리가 지끈거린다. 정말 이상한 하루다. 만약 이 모든 게 마왕의 농간이라면 놈은 대체 뭔 짓을 꾸미고 있단 말인가.

4

"왜 이것밖에 안 먹었어?"

머리부터 발끝까지 새까맣고 얼굴만 하얀 아이가 사과 상자를 들춰보며 따지듯 말했다.

"지금쯤 절반은 먹었어야지. 엄마한테 혼나."

"설마 이걸 다 먹어야 하는 거야?"

"응. 그래야 오빠가 힘을 제대로 쓰지."

나는 시종령들에게 여차하면 행동할 수 있도록 아이의 주변을 둘러싸게 했다. 시종령들은 나의 부름에 따라 빙빙 돌며 빛의 소용돌이를 만들었다. 아이는 그것을 보고 고개를 저었다.

"소용없어. 오빠는 시종령을 다룰 줄 몰라. 나 보다도 못해."
 어이없지만 어딘지 귀엽다. 얼굴이 유난히 창백한 점만 빼면 보통의 아이와 다를 바 없었다. 내게 정말 동생이 있다면 딱 이 정도 나이일 거라는 느낌마저 들었다. 아이는 말하려다 말고 유리를 의식하더니 입을 꼭 다물었다.
 "왜 그래?"
 "쟤 싫어."
 "누구?"
 "쟤. 귀 긴 애."
 "쟤라고 하지 마. 보기보다 나이가 엄청 많아."
 "많아도 싫어. 우리 엄마가 더 많아. 쟤 우리 엄마 아니야."
 "어?"
 말에 앞뒤가 안 맞긴 하지만 대강 이런 뜻 같다. 엄마가 나이가 가장 많다. 엄마가 아니면 '쟤'라고 불러도 된다.
 "흐음…."
 유리나 금돌에게서 느꼈던 문화적 거리감과는 차원이 다르다. 말을 나눠볼수록 근본적인 사고 체계가 다른 느낌이다.
 "배고파. 아까 그거 더 줘."
 아이가 까만 눈을 깜빡이며 말하자 금돌이 난처해했다. 유리를 죽음의 문턱까지 몰아갔던 녀석이다. 그런데 이토록 태연하게 먹을 걸 달라니!
 유리가 아이의 요구를 들어주라는 듯 고개를 끄덕였다.

금돌이 애써 미소 지으며 주방으로 갔다.
"조금만 기다리렴."
아이의 식성을 보아하니 한두 접시론 안 될 것 같다. 금돌은 아예 냉장고를 탈탈 털어 엄청난 양을 만들었다. 고소하고 달착지근한 냄새가 집안 전체에 퍼졌다.
"자, 마음껏 먹거라."
금돌이 접시에 수북이 담아 내오자 아이는 당연하다는 듯 받아먹었다. 달리 할 일이 없는 우리 셋은 아이가 먹는 모습을 지켜보기만 했다. 접시를 싹 비운 아이의 표정이 만족스럽다. 그렇게 기분이 풀렸나 싶었는데….
"귀쟁이. 너 나가."
"어허! 얘야! 그럼 못쓴다!"
또다시 유리에게 무례하게 굴자 이번에는 금돌이 가만있지 않았다. 아이는 이해할 수 없다는 듯 고개를 기울이며 되물었다.
"왜? 주인은 종에게 뭐든 할 수 있어."
"바 방금 뭐라 했느냐?"
"너희 둘 다 나의 종이야. 털보 너는 내게 음식을 바쳤어. 귀쟁이는 내게 목숨이 빚졌어. 내가 죽일 수 있지만 죽이지 않았어. 저것의 목숨은 내가 줬어."
"뭐 뭐라고…."
금돌의 얼굴이 토마토처럼 빨개졌다. 화를 참아내느라 목구멍에서 부글부글 끓는 소리가 났다. 유리 또한 할 말이 많아 보이지만 자중하는 눈치다. 그들 대신 내가 아이를 혼냈다.
"둘 다 내 친구야. 무례하게 굴지 마!"
"칫."
말대꾸라도 할 줄 알았는데 나에겐 못마땅하다는 표정만 짓는다. 꾹 참는 것이 눈에 보였다. 내가 오빠가 맞긴 맞나 보다. 그렇다면 오빠로서 확실히 해두자.
"그리고 이 두 사람이 너보다 먼저 이 집에 왔어. 예의를 지켜."
아이의 입이 병아리 주둥이만큼 삐죽 나왔다. 내친김에 다짐을 받았다.
"저들이 네 종이라는 말. 하지 말라고. 알아들었어?"
"알았어."
"그럼 사과해."
"안 해."
"해! 사과할 줄 몰라?"
"저 둘에겐 안 해. 쟤들이 오빠의 종이라면 오빠에게 사과할게. 미안해. 오빠의 종을 멋대로 내 종으로 삼아서."
이 말을 들은 금돌은 까무러치기 직전이고 유리는 오히려 흥미롭게 아이의 언동을 살폈다.
"너 정말⋯."
말을 삼갔다. 말해서 통할 아이가 아니다. 유치원과 학교에서 최소한의 공중도덕만 교육받아도 이 정도는 아니었을 것이다. 어머니란 자는 대체 이 아이의 교육을 어떤 식으로 했담? 아니지. 교육한다고 인성이 좋아진다는 법은 없지. 그 예로 박도환이 있으니까. 아이가 입을 꾹 다물고 나를 노려보다가 울먹이기 시작했다. 커다란 검은 눈에 눈물이 고이려고 한다.

"엄마가 무조건 오빠 말 들어야 한다고 했는데. 오빠 편 들어주라고. 근데 오빠는 내 편도 안 들어주고. 오빠는…."

아이가 우물우물하다가 벌떡 일어났다.

"할 말이 있었는데 졸려졌어. 잘래. 너. 털북숭이. 잠자리를 마련해."

금돌이 고개를 절레절레 저으며 방에 적당히 이불을 깔아주었다. 아이가 터벅터벅 방으로 들어가고 곧 코 고는 소리가 들린다. 거실에 남은 우리 셋은 서로 얼굴을 쳐다보았다. 다들 뺨이라도 한 대씩 얻어맞은 표정이다.

"유리. 저 애가 정말 제 동생이면 어쩌죠?"

"그렇다면 너 또한 '심연의 주인'의 일원이라는 뜻이고 마왕과도 같은 혈족이라는 결론으로 이어진다. 우리의 적이 되는 것이다."

"말이 안 된다고 봐요. 유리는 저 애를 보자마자 심연의 주인임을 알았잖아요. 하지만 전 어땠죠? 처음 절 봤을 때 그런 걸 느꼈나요? 제가 사과를 먹은 것만 알았지 누군진 몰랐잖아요. 지금은 어떻죠? 제게서도 저 애와 같은 기운이 느껴지나요?"

"그렇지 않다. 하지만 그런 차이로 답을 내릴 순 없다. 저 아이와 너는 자라온 환경이 다르다. 몸에 두른 기운이 다를 수밖에 없다."

금돌이 복잡 미묘한 표정으로 나와 유리의 대화를 지켜보았다. 유리가 말을 덧붙였다.

"하지만 설령 네가 저 아이의 혈육이라 할지라도 우리는 자명한 현실에 따라 너를 대할 것이다. 마왕이 너를 적대한다는 사실. 적의 적은…."

"아군이라고요?"

"그렇다."

"그렇게 단순하게 판단할 일은 아닌 것 같아요. 저는 저 아이를 믿을 수 없어요. 제 동생이라는 것도, 제 편이라는 것도, 어딘가에 엄마가 있다는 것도. 저 애의 존재 자체가 마왕의 계략일 수도 있죠. 우린 아무것도 몰라요. 우리가 밝혀낼 수 있는 건 아무것도 없어요. 어쩌면 마왕은 고민하는 우릴 엿보며 비웃고 있을지도 모르죠."

말하다 보니 답도 없는 한탄뿐이다. 묵묵히 듣고 있던 금돌이 천천히 입을 열었다.

"몇 가지 있네! 자네 존재에 대한 수수께끼를 풀 방법 말일세."

"그래요? 뭔가요?"

"첫째, 저 아이의 혈액을 채취하는 것. 한 방울이라도 좋네. 자네 피와 같은 혈액 구조가 발견된다면 더 볼 것도 없지. 그런데 뭐라고 부탁해야 저 아이가 혈액 채취에 응할까? 둘째, 자네가 저 저주받을 사과를 다 먹어보는 거라네. 자네 몸에 무슨 일이 일어나는지 직접 확인해 보는 것이지."

"먹고 싶지 않아요. 지난번에 먹었을 때 정신을 잃었잖아요. 점점 몸이 거부하는 거 같아요."

"그런 것 같더군. 마지막으로 셋째, 이건 정말로 하고 싶지 않아서 차라리 첫 번째와 두 번째 방법을 어떻게든 밀어붙였으면 좋겠네만."

"뭔데요?"

"할멈이 포탈을 열어 자네와 함께 우리 세계에 가보는 것이네. 재앙으로 멸망한 우리 세계로."

금돌의 얼굴이 비장하다. 풍성한 수염 사이로 앙다문 입술이 보인다. 하지만 그 말을 듣자 평소 냉정했던 유리조차 눈빛이 이글거렸다. 그녀가 엄숙하고 노기 어린 목소리로 금돌에게 물었다.

"그 저주받은 땅으로 돌아가서 뭘 어쩌려는 것이냐. 금돌."

"확인해 볼 것이 있소. 지혁의 혈액 샘플을 채취했을 때부터 이리될 운명이었소. 학자로서 알아내야 할 것은 알아내야겠소."

금돌의 눈동자가 빛났다. 정제된 관찰자의 눈빛. 지적 욕구에서 비롯된 순수한 집착. 자칫 선을 넘는다면 광기로 변모할 눈빛. 유리는 그 눈빛을 경계하는 듯했다.

"야성을 이어받은 네 혈족의 피가 이번엔 어떤 명을 내리더냐. 신중해라. 황금 계곡의 후손이여. 무수히 많은 너의 선조가 집착으로 비참한 운명을 맞이했다. 너도 그들과 같은 길을 걸으려 하느냐. 가문의 탑은 이미 무너졌다."

"나도 좋아서 이러는 것이 아니오. 그러나 해야만 하오. 부디 힘을 써주시오. 그리고 용서하시오. 이 어리석은 필멸자의 호기심을. 나는 꼭 봐야겠소. 그 땅에서라면 확인할 수 있소. 지혁에게 어떤 피가 흐르고 있는지. 진실이 우리의 길을 밝힐 것이오."

6화

괴물의 실체

1

"포탈을 열 테니 떨어져 있거라. 휘말리지 않도록."

포탈을 열기 위해선 인적이 드문 충분한 면적의 공간이 필요했다. 깊은 밤. 주변의 시선도 닿지 않는 곳은 이곳밖에 없다. 귀신이라도 나올 것처럼 어둡고 허름한 지하 주차장.

"우리 세계에 올 땐 어디에서 포탈이 열렸죠?"

"도시 외곽의 산 중턱이었네. 물론 밤이었지."

나와 금돌이 이야기를 나누는데 유리가 경고한다.

"세계 사이를 이동하는 마법은 세계 신의 허락을 구하는 고위 마법이다. 두 세계를 왕복하려면 몇 달간 축적된 마력을 한꺼번에 쓰기 때문에 다른 마법을 쓸 여력이 없다. 저쪽 세계에서 위급한 상황이 벌어졌을 때 나는 도움이 되지 못한다는 뜻이다."

"유리는 마법이 없어도 검술의 달인이잖아요."

"호락호락하게 봐선 안 된다. 우리가 손도 쓰지 못했던 세계다."

금돌이 총을 꽉 움켜쥐었다. 평소와는 사뭇 다른 차림이다. 어깨와 팔뚝에 두꺼운 가죽으로 만든 보호구를 차고 허리엔 파우치가 달린 벨트를 맸다. 파우치엔 금돌이 만든 '비장의 약'이 들어있다.

"갔다 오는 사이에 저 아이가 깨어나진 않겠죠?"

"업어 가도 모를 정도로 깊게 잠들었더군. 그리고 그리 오래 있다가 오진 않을 걸세. 그렇지 않소, 할멈? 난 준비 됐소."

유리가 주문을 외우기 시작했다.

"빛의 어머니시여. 낯선 세계의 신이시여. 감히 간청하오니, 이 미천한 피조물들이 신들의 울타리를 넘나드는 것을 허락해 주소서."

공간이 소용돌이처럼 일렁였다. 공간의 물결 너머로 낯선 풍경이 비친다. 금돌과 유리의 고향. 마왕의 재앙이 시작된 곳. 심장이 쿵쾅거린다. 미지의 세계라니. 흥분되고 설렌다. 때에 맞지 않게 입가에 미소가 지어졌다.

"가자."

유리가 앞장섰다. 폐허의 풍경이 소용돌이치는 포탈 속으로. 물과 바람과 모래 입자가 뒤엉킨 것 같은 기묘한 촉감이 얼굴과 온몸을 휩쓴다. 거센 물살을 역류하는 압박감과 함께 눈앞의 풍경이 꿀렁였다.

이윽고 눅눅한 습기를 머금은 바람이 느껴지고 달콤한 향기와 부패한 냄새가 섞인 역한 냄새가 몰려왔다. 다른 세계의 공기다. 바스락거리는 소리, 뭔가를 씹는 소리, 후다닥 달아나는 발소리도 들렸다. 그리고 마침내 시각이 돌아왔다.
밤이다. 이곳에도 달이 있다. 어슴푸레한 달빛이 넝쿨의 숲을 비추고 있었다.
"여기가 바로….”
"그래, 나의 고향이라네. 이런 꼴이라서 유감이구먼.”
낯설고 괴이한 풍경에 시선이 팔려있는 사이 금돌이 말했다. 이어서 총을 장전하는 소리가 들린다. 유리가 검을 뽑는 서늘한 소리도.
사방에 보이는 것들이 시선을 빼앗았다. 어른 둘이 손을 맞잡아야 할 만큼 굵은 넝쿨들, 그런 거대한 넝쿨 사이로 굽이굽이 넘어가는 넝쿨 가지들, 넝쿨을 따라 흐드러지게 핀 꽃잎과 짙은 향기, 기민하게 기어다니는 커다란 벌레. 그러나 이곳은 정글이 아니다. 발 딛고 있는 땅은 단단한 벽돌 바닥.
"여긴… 원래 어떤 곳이었죠?”
"위대한 황금빛 도시의 중앙광장. 찬란한 문명의 심장부. 한때 나의 혈족들로 붐볐던 곳이라네.”
여기가? 돌바닥을 빼면 문명의 흔적이라곤 눈 씻고 찾아봐도 없다.
"전부… 넝쿨에 잡아먹혔단 말인가요? 어? 저기!”
커다란 갯강구 같은 벌레가 넝쿨에 난 꽃을 빨아먹었는데 이내 발작을 일으키며 몸이 터진다. 터진 몸에서 이끼와 꽃,

작은 촉수 같은 넝쿨이 자라기 시작했다.

"방금 저거 봤어요? 뭐죠? 벌레가 갑자기 왜?"

"여긴 먹고 먹히는 순환마저 망가져 버린 지옥이라네. 나의 혈족들이 아직 이곳에 있지. 괴물이 되어 죽어서도 죽지 못한 채 밤낮으로 마경을 배회하며."

먼 곳에서 신들린 괴성이 들렸다. 사람인지 괴물인지 모를 어떤 것이 포효한다. 귓등에 소름이 돋았다.

"한 마리. 딱 한 마리만 있으면 되는데 그날 마왕의 괴물이 몰려온 후에는 아무리 기다려도 괴물이 코빼기도 안 비치더군. 다시는 오고 싶진 않았지만 어쩌겠나. 지혁. 우리가 이곳에 발을 들인 순간부터 놈들은 우리가 온 것을 알아챘을 걸세. 한 마리만 죽이지 말고 산 채로 잡아주게. 그것이 자네가 할 일이라네. 지금의 자네라면 할 수 있네."

"잡아서 뭘 하려는 겁니까?"

"여기 내가 만든 약이 있거든. 자네의 혈액에서 추출한 혈청으로 만든 항체네. 그걸 살아있는 괴물에게 투약할 것이야. 그 결과가 말해줄 걸세. 자네가 어떤 존재인지를."

금돌이 허리에 찬 파우치를 툭툭 건드렸다. 유리는 그런 금돌을 가만히 보기만 한다. 넝쿨의 숲 너머에서 들려오는 포효가 가까워졌다. 지금 와서 깨달은 사실인데 이 세계엔 나의 시종령들이 없다.

"여긴 시종령이 하나도 없어요. 이거 순전히 힘으로만 해

괴물의 실체

결해야겠는데요?"

"슬슬 오는구먼."

사박사박 넝쿨 사이를 뚫고 오는 기척이 여럿이다. 어둠 속을 달려오는 적들을 상상하니 심장에 쥐가 날 것 같다.

"키야악!"

"쾅!"

괴성과 총성이 연이어 들리고 뭔가가 질퍽하게 터졌다. 어둠 속에서 유리가 검을 휘두르자 피와 고깃덩어리가 쏟아지는 소리가 들린다.

"사로잡으라면서요! 오는 족족 죽이면 어떡해요?"

"붙잡고 있기엔 너무 컸네! 큰 놈들이 먼저 오니 뒤에 놈들은 좀 더 작을 게야. 머릿수를 줄여놓아야 일도 쉬워지는 법! 적당한 놈이 오면 자네 쪽으로 보내겠네!"

금돌의 총이 쾅쾅 불을 뿜었다. 유리의 검에 양단된 괴물이 피를 한 양동이 쏟아냈다. 나는 박도환에게서 배웠던 복싱 자세를 잡고 놈들의 면상에 주먹을 꽂아 넣었다. 놈들의 덩치가 고릴라 같다. 다만 털 대신 잔가시가 온몸을 덮고 머리와 등줄기에 크고 작은 꽃을 피웠다. 얼굴은 원형을 알아볼 수 없을 만큼 일그러지고 뒤틀렸다.

"콰드득!"

달려드는 놈의 머리를 부수자 꽃향기와 피비린내가 진동했다. 주먹에 묻은 흥건하고 걸쭉한 액체가 그저 검게만 보였다. 어두워서 참으로 다행이다.

"으…."

"왜 그러나? 벌써 지치면 안 된다네."

"지칠 리가요."

지치지 않아서 문제지. 사과를 먹을수록 내 몸은 점점 인간의 능력과는 차이가 났다. 괴력, 지구력, 초인적 감각. 모든 면에서 그랬다. 남은 사과를 다 먹으면 어떻게 되는 걸까? 몸이 능력뿐만 아니라 본성마저도 인간과 멀어지는 건 아닐까?

"지혁! 그쪽으로 한 마리 가네! 어서 잡으시게!"

금돌의 말처럼 나와 덩치가 비슷한 놈이 나에게 달려들고 있었의 놈의 멱살을 잡았다.

"키에엑!"

놈이 몸부림치는 탓에 팔과 어깨가 흔들렸다. 목구멍에서는 풀뿌리 썩는 냄새가 올라왔다.

"잡았어요!"

"조금만 참게! 할멈! 잠시 부탁하오!"

금돌이 총을 어깨 뒤로 걸치고 파우치를 열며 내게 달려왔다. 유리 혼자서 우리 둘을 엄호해야 했다. 그녀의 검이 지나간 궤적이 커튼처럼 우리 둘을 감싸며 몰려오는 적들을 깨끗이 베어버린다. 유리의 검술은 마법을 초월하는 듯하다.

"잘 잡고 있거라. 지혁!"

바닥에 짓누른 놈의 목덜미에 금돌이 주사기를 꽂아놓았

다. 그러자 몸부림치던 놈이 경련하더니 이내 얌전해지며 사람과 비슷한 숨을 내쉬기 시작했다. 이어진 광경은 두 눈을 뜨고도 믿지 못하겠다. 놈의 몸을 뒤덮고 있던 가시들이 우수수 떨어져 나가며 사람의 형상으로 돌아온 것이다.

"뭘 주사한 거죠?"

"말했잖나. 자네 피로 만든 항체라고."

괴물의 허물을 벗은 그것은 어린 바위의 혈족이었다. 수액과 피로 떡이 진 머리카락, 혼란과 공포로 흔들리는 눈, 꺼지기 직전의 숨결. 저주에서 풀려나 본래의 모습을 되찾은 그 가엾은 자는 이제 평범한 죽음의 길을 가고 있었다. 이를 지켜보는 금돌이 앙다문 이 사이로 울분 섞인 숨을 뿜어냈다.

"편히 쉬게…. 어린 형제여…."

"금돌! 어떻게 이런 일이 있을 수 있죠? 원래 모습으로 돌아오다니!"

"변이를 막는 성질이 변이된 세포까지 되돌리는 거로군. 하지만…."

"죽어가고 있어요."

"그래. 너무 오랫동안 괴물이 되어있었어. 본연의 의식이 이미 죽은 탓이네. 죽음을 치료할 수 있는 약은 어디에도 없지. 어디에도…."

금돌이 말을 삼키며 새 주사기를 꺼냈다. 아무것도 담기지 않은 빈 주사기. 지금껏 말이 없던 유리가 그것을 보고는 벼락같은 기세로 외쳤다.

"그건 허락할 수 없다!"

"미안하게 됐소."

금돌이 막 숨이 끊어진 어린 자의 몸에 주사기를 꽂아 체액을 채취했다. 유리는 괴물들을 마저 베어버린 뒤 검을 금돌에게 겨눴다. 금돌은 예상했다는 듯 담담하다.

"그 피는 지혁의 세계로 가지고 돌아가선 안 된다. 버려라."

"싫소."

"이곳의 오염된 것들은 절대로 다른 세상으로 유출되어선 안 된다. 그게 얼마나 위험한지는 네가 가장 잘 알 것이다."

"알지. 그러나 그 모든 위험을 감수할 만큼 가치가 있는 재료요. 저주에서 벗어난 자의 피라고. 이 피만 연구하면…."

"처음부터 이럴 작정이었나?"

"아니었다곤 못 하겠군."

"내 불찰이다. 너희 혈족의 어리석음을 잊고 있었다."

"그런 말 마시오. 내심 이런 일을 바라면서 포탈을 열지 않았소?"

"함부로 말하지 마라!"

말싸움이 오가는 사이 또 다른 괴물들이 다시 몰려왔다.

"토론은 나중에 하시고 급한 불부터 끄시죠!"

괴물의 실체

하지만 둘은 서로 싸우느라 주변은 안중에도 없다. 이제 방어는 내가 맡을 수밖에.
놓친 괴물 두 마리가 두 사람을 향해 달려간다.
"조심하세요!"
유리는 시선을 주지도 않은 채 검을 휘두르고 금돌은 눈을 흘기며 총을 쏘았다. 괴물들이 바닥에 처박혔다. 그들은 다시 언쟁을 시작했다. 두고만 보자니 끝날 기색이 보이질 않아 결국 한마디 했다.
"볼일 다 끝났으면 돌아가죠! 언제까지 여기서 괴물만 상대할 순 없잖아요!"

'돌아갈 일은 없을 것이다. 존재해선 안 될 존재여.'

대답한 이는 우리 중 누구도 아니었다. 공기 중에 살기가 흐른다. 금돌과 유리가 싸움을 멈추고 낯선 목소리에 신경을 곤두세웠다.
"방금 누구 목소리지?"
두 사람은 처음 듣는 목소리겠지. 놈의 목소리가 밤하늘에 울려 퍼지자 몰려오던 괴물들이 혼비백산하여 뿔뿔이 흩어졌다.
"놈이에요. 마왕이요."
"마 마왕이라고?"

"네. 제 머릿속에서 들리던 목소리 그대로예요."
"쿠웅!"
지천이 흔들렸다. 달 언저리에 닿을 만큼 높고 앙상한 윤곽이 걸어온다. 넝쿨의 숲 위로 펼쳐진 어슴푸레한 밤하늘을 가로지르며.
"저 거인이! 저 저것이… 저것이…!"
금돌이 입술을 떨며 말을 맺지 못했다.
놈의 얼굴이 우리를 내려다보고 있었다. 달빛보다 창백한 낯빛, 깊고 시커먼 눈구멍 속에서 빛나는 탐욕스러운 안광, 지옥의 입구 같은 아가리. 놈의 목소리가 안개처럼 무겁게 깔렸다.

'제 발로 나의 뱃속으로 걸어왔구나. 이곳은 나의 정원. 여기서 너희가 할 수 있는 일은 없다. 내게 잡아먹히는 것 말고는.'

"닥쳐라! 이놈!"
금돌이 놈의 얼굴을 겨누고 방아쇠를 당겼다. 우레와 같은 총성이 밤하늘을 쪼갰다. 그러나 마왕의 음습한 웃음이 그 소리를 집어삼켰다.

'흐흐흐. 무의미한 저항을 하는구나. 멸망한 혈족의 마지막 핏줄이여.'

총알이 통하지 않는다. 유리가 포탈을 열기 위해 주문을 외웠다.
"낯선 세계의 신이시여. 빛의 어머니시여. 간청하오니…."
그러나 유리는 주문을 끝까지 외우지 못하고 맥없이 무릎을 꿇었다.
"유리! 왜 그래요?"
"마력이 바닥났다. 마법을 쓸 수 없다."
"어째서…."
높은 곳에서 웃고 있는 마왕의 얼굴. 낯짝을 절반으로 가른 길게 찢어진 입, 촘촘하게 박힌 무수한 이빨. 그 흉악한 입에서 독가스 같은 음성이 흘러나왔다.

'이곳은 나의 정원. 나의 뱃속. 너희의 모든 건 나에게 흡수된다. 힘, 육신, 영혼, 의지와 희망마저. 서서히 소멸하라. 불경한 존재여. 미력한 생존자들이여.'

"닥치지 못할까!"
금돌이 악을 쓰며 총을 연사했다. 그러나 소용없었다. 총알이 바닥나자 금돌은 주저앉았다. 유리는 필사적으로 두 손을 모으고 뭔가를 중얼대었다. 그러나 곧 허망함이 얼굴에 번진다. 두 사람 모두 기력과 희망을 잃고 좌절했다. 강인하던 그들이 겁먹은 짐승처럼 적 앞에 굴복했다. 놈이 종

말을 선언하듯 나를 향해 말했다.

"너는 태어나지 말아야 했느니라. 혈족의 실패작, 나약한 자, 쓸모없는 변종. 이 변두리 땅에서 초라하게 죽어라. 자신이 누구인지도 모르는 채, 얼굴도 모르는 어미를 저주하며. 너에게 어울리는 최후이니라."

2

'저게 놈의 실체였나?' 놈을 우습게 봤다. 괴물이나 만들어 보내고 그림자처럼 어슬렁대며 스토커 짓이나 하고 실체도 없는 허접한 놈이라 생각했는데. 하지만 이대로 질 순 없다.
"금돌! 일어나요."
"선조들이시여… 저게 마왕이라니… 저걸 무슨 수로…."
"유리! 여기 있다간 죽어요!"
"마 마력이…."
"유리!"
한 세계를 멸한 '마왕'이라 불리기에 손색없는 거대하고 압도적인 존재가 우릴 향해 다가온다. 죽음과 멸망이 다가온다. 놈이 우리의 머리 위로 거대한 발을 들어 올린다.
'이렇게 끝인가?'

절망감에 모든 걸 포기하려는 순간….

"여기서 뭐 해?"

여자아이의 목소리와 함께 허공에 넝쿨 뭉치가 나타나더니 순식간에 넓은 원반을 엮었다. 빈틈없이 촘촘히 엮인 원반은 머리 위를 덮치는 마왕의 발을 막는 방패가 되었다.

"그러니까 사과를 다 먹었어야지. 이 정도로 쩔쩔매면 안 돼."

넘실대는 검은 연기를 두르고 동생이라던 그 아이가 왔다! 아이의 뒤쪽으로 동굴처럼 시커먼 것이 일렁이고 그 너머로 거무칙칙하고 뒤틀린 집안의 풍경이 보인다.

"포탈? 너도 포탈 쓸 줄 알아?"

"포탈?"

"됐고. 자고 있던 거 아니었어? 우리가 여기에 있는지 어떻게 알고 왔어?"

"혈육이니까 알지. 오빠를 지키는 것도 내 일이야. 덜 자란 오빠야."

"덜 자란…."

황당해서 말이 안 나온다. 어쨌거나 아이가 엮은 넝쿨 방패는 대단했다. 방패 너머로 마왕이 발길질을 계속했지만 방패는 깨지지 않았다.

"이 넝쿨도 마법인가? 어떻게 마왕을…. 아니지. 금돌! 유리! 정신 차려요!"

마왕이 몸을 구부려 구름을 뚫고 내려와 얼굴을 들이밀었

괴물의 실체

다. 순간 행성이 추락하는 줄 알았다. 놈의 쩍 벌린 입이 대지마저 삼킬 기세다.

"이러다 먹히겠어!"

"똑바로 봐. 오빠. 다 가짜야."

아이의 손짓에 검은 연기가 내 얼굴을 휘감자 서늘한 기운과 함께 정신이 맑아졌다.

"뭐야? 마왕이… 아니잖아?"

우리를 짓누르려던 것은 온갖 괴물들이 엉켜 만들어 낸 거대한 허수아비. 마왕이 아니었다.

"허상이었어? 실체가 아니네! 유리! 금돌! 일어나요!"

"소용없어. 의지가 완전히 먹혀 버렸다고."

"우린 괜찮잖아!"

"그야 우리니까."

괴물 덩어리가 다시 넝쿨의 방패를 내리쳤다. 아무리 쳐도 충격을 주지 못하자 놈이 포효하며 양손을 깍지 끼고 높이 치켜들었다. 놈의 주먹이 새로 돋아나는 넝쿨과 가시로 뒤덮이며 두 배 이상 커졌다. 놈이 주먹을 내리꽂자 결국 방패가 "쩍!" 불안한 소리를 냈다.

"이러다 깨지는 거 아냐? 우리 세계로 돌아가야 해!"

"그러려던 참이야."

놈의 주먹이 다시 덮쳐오기 직전, 아이가 만든 검은 소용돌이가 우릴 휘감았다. 그러자 악몽 같던 세계가 사라지고 오직 놈의 목소리만 집요하게 뒤따른다.

'도망쳐도 소용없다. 나의 넝쿨이 너의 세계를 잠식하고, 내가 완전해질 때, 너는 종말을 맞이할 것이다.'

정신을 차려보니 유리와 금돌은 거실에 쓰러져 있고 아이는 부엌에 앉아 턱을 괴고 우릴 보고 있다.
"돌아온 거지?"
아이가 주변을 슬쩍 보더니 심드렁하게 고개를 끄덕인다.
"유리! 금돌! 집으로 돌아왔어요!"
마구 흔들어 대자 금돌이 경기를 일으키며 눈을 떴다. 악몽을 떨쳐내지 못한 듯 근육질의 거구가 사시나무 떨듯 떨며 공포 어린 눈으로 집 안을 살폈다.
"여, 여긴 어디냐!"
"집이요! 정신 차리세요!"
"돌아가야 한다! 혈족과 선조의 망령이 떠도는 구천으로! 죽은 자가 괴물이 되어 날뛰는 저주받은 내세로! 그곳에서 가문의 명예를 지키리라!"
"금돌!"
금돌의 커다란 얼굴을 철썩 후려쳤다. 한쪽 뺨이 벌겋게 부어오른 금돌이 허공을 이리저리 보다가 곧 내게 초점을 맞췄다.

"내가… 죽었느냐?"

"아뇨."

"선조에게 물려받은 붉은 수염과 머리가 온전하게 붙어있느냐? 눈은? 죽은 자의 공허와 저주받은 자의 광기가 어려 있지 않느냐?"

"하나도 빠짐없이 전부 그대로 붙어있어요. 제대로 살아 있다고요."

"오오! 위대한 바위의 선조들이시여!"

금돌이 무릎을 바닥에 쿵 찍으며 못 알아들을 언어로 기도를 올렸다. 한밤중에 민원이라도 들어올까 겁난다. 반면 의식이 돌아온 유리는 무덤덤하다.

"유리. 괜찮아요?"

"흐음."

그녀 또한 꿈에서 깬 얼굴이었으나 평소처럼 서늘한 눈빛을 하고 바르게 앉았다. 다만 조금 괴로워 보인다. 그러다가 긴 한숨을 내쉬며 마른세수를 했다.

"괜찮으세요?"

"아니."

대답에 힘이 없었다. 그녀가 아이에게 묻는다.

"네가 우리를 데리고 왔나?"

"응."

"이번에야말로 목숨을 빚졌다."

아이는 대답 대신 우리 셋을 따분한 듯 쳐다보았다. 유리가 자리에서 일어나 컵에 수돗물을 따라 마셨다. 그리고 젖은 목소리로 말했다.

"영생은 저주다."

그 말에 아이가 희미한 비웃음을 머금었다. 유리는 개의치 않고 계속해서 말을 이었다.

"나의 혈족이 육신의 죽음으로부터 해방되었을 때 우린 그것이 축복인 줄 알았다. 그러나 수십 세기를 살아오면서 정신이 수명만큼 영속되지 않음을 깨닫고는 죽음에 자비를 갈구했다. 그러나 죽음은 우리에게서 등을 돌렸고 빛의 어머니는 자멸을 허락하지 않았기에 우리는 영생을 사는 법을 터득해야만 했다."

'유리도 넋두리할 때가 있네.'

"여러 개의 인격으로 기나긴 세월을 버티는 법. 삶에 막중한 의무를 부여하여 권태를 이겨내는 법. 엄격한 규율과 질서를 지키며 세계의 수호자가 되는 것. 그것이야말로 끝없는 수명을 누리며 세계와 나란히 살아가는 자에게 걸맞은 의무다. 그러나 나는 오늘 그 의무를 저버렸다."

"내 얘기를 하는 것이오?"

어느새 제정신을 되찾은 금돌이 물었다. 유리의 분위기가 비장하다.

"금돌. 나는 너의 부탁을 들어준 것을 후회한다. 나는 네가 우리의 멸망한 고향에서 그 불경한 피조물의 피를 받아 오도록 방치하고 말았다. 너를 비난할 생각은 없다. 나의 안일함이 초래한 결과이다."

"비난이라니! 나의 연구가 승리를 가져다줄 것이오! 마왕을 격퇴하고 고향의 저주를 풀어줄 것이오! 헛된 희망이 아니오! 우리에겐 지혁이 있고! 저기! 저 아이가 있잖소. 나도 들었소. 저 아이가 우릴 그 악몽에서 구해줬다고. 그 어떤 재앙이 찾아와도 우리에겐 함께 맞설 동료가 생겼소!"

"단순하구나. 너는 늘 그랬다. 함께 먹고 함께 싸우기만 하면 무조건 동료라 했지."

"암요! 그보다 중한 게 있소?"

금돌의 우직한 말에 아이는 잠시 놀란 표정을 짓더니 이내 까르륵 웃음을 터뜨렸다. 유리가 무심히 아이를 쳐다보며 물었다.

"뭐가 그리 우습지?"

"웃기잖아. 왜 심각해? 고작 세계 하나가 걸린 일 가지고."

"고작?"

금돌과 유리의 얼굴에 노기가 차올랐다. 나도 마찬가지. '어머니'라는 자가 제대로 가르치지 않아서 이 모양이라면 내가 버릇을 고쳐줘야겠다.

"고작이라고? 저 둘은 모든 걸 잃었어. 그게 사소해?"

"사소하지. 중요한 건 집안 문제야. 휘말린 세계는 중요하지 않아."

"집안 문제?"

"응. 마왕이라고 부르는 것도 웃겨. 그자가 왜 마왕이야? 마왕 아니야."

"마왕이 아니면 뭔데?"

"배신자. 가문을 등진 배신자."

집안 문제? 가문? 배신자? 아이가 진정 내 동생이라면 내 집안은 대체 어떻게 생겨 먹은 거란 말인가.

"가문을 등진 배신자라니. 마왕이 너랑 친척이라도 되는 거야?"

"엉. 오빠랑도 혈육이고."

"뭐라고?"

우리 모두 할 말을 잃었다. 나도 물 한 잔 마셔야겠다. 아니. 두 잔. 벌컥벌컥 물을 마시고는 질문을 이어갔다.

"혈육이라면 정확히 어떤 관계라는 거야?"

"엄마 동생. 엄마를 싫어해. 엄마의 자식인 우리도."

때마침 까마귀 우는소리가 들렸다. 우리 동네에 까마귀가 있었나? 어느덧 푸르스름한 새벽이 밝아왔다. 날밤을 꼬박 새웠건만 아이가 줄줄이 쏟아낸 충격적인 말에 잠이 오지 않았다.

"그러니까, 그놈이 우리 외삼촌이라는 거지?"

"엉."

괴물의 실체

금돌과 유리의 얼굴을 못 보겠다. 날 뭐라고 생각할까?

"그럼 난 왜 아무것도 모르는 거지? 나는 내가 누구인지조차 모르고 있어."

"엄마가 그렇게 결정한 거야. 오빠가 완벽하게 이 세계에 적응하게 말이야."

"적응? 적응이라고 했어? 내가? 이 세계에? 하하하!"

실소가 터진다. 내가 적응한 것이라곤 오직 고독뿐이었다.

"적응? 적응이라니! 하하하하하하!"

난 언제나 외톨이였다. 오직 할머니만이 내 곁에 있었다. '어머니'라는 자가 누군지는 몰라도 한 가지는 확실하다. 어머니는 잔인한 사람이다. 내 속을 아는지 모르는지 아이가 말을 계속한다.

"오빠. 오빠가 배신자를 사냥해야 해. 엄마가 준 사과를 다 먹어. 그렇지 않으면 오빠가 사냥당해."

"네가 시키지 않아도 마왕은 내 손으로 죽여버릴 거야."

"마왕 아니라고. 엄마 동생. 마왕 아냐. 약해. 엄마가 가장 강해."

"알았어. 그럼 이제부터 배신자라고 부르지."

"가문을 등진 자."

"그래. 말이 나온 김에 물어볼 게 있어. 그놈이 자꾸 나더러 죽으라고 하더라. 한두 번도 아니고 볼 때마다. 왜 그런 거야?"

"그자는 오빠를 죽이기 위해 이 세계까지 온 거니까. 오빠는 아직 각성하지 않았지만 잠재된 힘이 있어. 쉽게 죽일 수 없지. 그래서 털보와 귀쟁이의 세계를 정원으로 만들어 버린 거야. 오빠를 죽이기 위한 힘을 비축하기 위해."

"방금 그게 무슨 말이지?"

금돌과 유리가 놀라 아이에게 달려들며 물었다.

"우리에게 먼저 말해줘야겠다. 지혁을 죽이기 위해 우리 세계를 침공했다는 말이 무슨 뜻이냐?"

"좀 기다리세요. 제가 물어볼게요."

나는 둘을 진정시키고 아이 앞으로 몸을 바짝 당겼다.

"네가 오기 전부터 우린 마왕을 해치울 생각이었어. 하지만 어떻게 상대해야 할지 막막했지. 네가 와서 다행이야. 최소한 놈이 '미지의 적'이 아니라는 것은 알게 되었으니까. 너의, 아니, 우리 가문에서 일어난 일을 전부 알려줘."

마왕이 내 외삼촌이라는 이야기까지 나온 마당에 더 놀랄 일은 없을 줄 알았다. 그러나 내가 틀렸다. 진짜로 넋을 빼놓는 이야기는 따로 있었다.

3

"내 눈을 봐. 오빠. 엄마가 해준 말을 보여줄게."

"보여줘? 들려주는 게 아니고?"
심연처럼 어두운 아이의 눈동자가 나를 응시했다. 아이의 눈 속 깊은 어둠 밑바닥에서 작은 빛이 반짝이고 바늘 같은 그 빛이 내 정신을 예리하게 파고들며 낯선 이미지를 찔러 넣었다.
"잘 봐."
"뭐지? 이게?"
어둠뿐인 세계가 펼쳐졌다. 그러나 그 어둠은 공허하지 않았다. 생명으로 가득하다. 발 디딜 틈 없이 빽빽한 어둠의 숲. 넘쳐흐르는 생명, 넘쳐흐르는 죽음. 생명과 죽음이 뒤엉킨 늪에 잠긴 기분이다.
"여긴 어디야?"
"고향."
다시 아이의 이야기로 끌려 들어갔다. 검은 숲과 늪지대를 지나 낯선 생명체들을 본다. 동물, 식물, 곤충, 어느 하나 독을 품지 않은 것이 없다. 이 세계에서 꽃향기를 맡는다면 폐가 썩을 것이고, 배가 고파 열매를 먹는다면 온몸에 뿌리가 내려 한낱 거름이 될 것이며, 목이 말라 물을 마신다면 먼지만큼 작은 기생충들이 내장을 파먹을 것이다. 이곳의 벌레 한 마리, 씨앗 하나라도 우리 세계로 넘어온다면 생태계에 악몽이 시작되리라.
악령 같은 괴생물체들이 서로를 갉아먹는 소리가 사방에

서 들리고 독초와 넝쿨이 뺨을 스치는 감각이 생생하게 내 정신을 지배할 때 목소리가 들려왔다. 고귀하고 강인한 여성의 목소리다.

— 우리는 포식자다.

그냥 알 수 있었다. 어머니의 목소리다. 귓가에서 속삭이는 것 같기도 하고 멀리서 메아리치는 것 같기도 하다. 나의 눈은 까마득한 어둠을 뚫고 먼 곳에 보이는 붉은빛을 쫓는다.

— 우리는 심연을 정복한 위대한 가시넝쿨의 후손이다.

붉은빛이 은하수처럼 펼쳐졌다. 빛 알갱이의 형태가 낯익다. 몬스터레드다! 우주에 펼쳐놓은 것 같은 장대한 과수원. 몬스터레드의 과수는 얼마나 억세고 독한지 이 세계의 생물조차 감히 얼씬 못했다.

— 선조 넝쿨은 태곳적에 늪을 정복했다. 늪을 정복한 뒤 숲을 정복했다. 숲을 정복한 뒤 음습한 대지를 정복했다. 그러나 대지로는 모자랐다. 검은 하늘을 올려다보며 넝쿨을 뻗어 올렸다. 심연 바깥의 또 다른 세계에 닿을 때까지.

엄마에 대한 내 상상은 전부 부질없는 것이었구나. 한 종족의 탄생기를 들려주는 목소리는 신성하기까지 했다. 문득 궁금한 점이 생겨 잠시 그곳에서 빠져나와 아이에게 물었다.
"왜 계속 '넝쿨'이라는 표현을 쓰는 거지?"
"우린 말 그대로 넝쿨의 후손이야."
"우리 조상이? 넝쿨이라고?"
더 물으려 했으나 머릿속으로 영상과 목소리가 다시 밀려들었다. 낯선 세계들이 붉은 열매를 맺는 넝쿨에 점령당하고 있었다.

— 장대한 혈족의 뿌리를 적시기에 유한한 세계는 너무나도 작았다. 우리의 강인한 넝쿨에는 그에 걸맞은 양분이 필요했다. 씨앗 하나가 대군주로 성장하기 위해서는 세계 하나의 생명력을 모조리 빨아들여야 했다. 우리는 그러고도 남았다. 포식의 정점에 도달한 사냥꾼이었으므로.

"대군주는 또 뭐야?"
"엄마 같은 사람. 한 세계에 완전히 뿌리를 내린 주인. 위대하고 강력하지만 자유롭게 여행할 순 없어. 우리 같은 씨앗은 얼마든지 방랑할 수 있지만."
"우리가 씨앗이라고? 무슨 의미지?"
어머니의 모습이 보였다. 해골처럼 창백한 얼굴, 앙상하고 긴 손가락, 새까맣고 거대한 드레스로 감싼 위엄 넘치는 풍모. 하나의 왕국, 한 세계의 군주에 어울리는 자태. 어머니가 혈족들에게 친히 몬스터레드를 나눠준다. 그녀의 신성한 과수원에서 재배한 강력한 무기. '심연의 주인'이라 불린 종족은 그 열매를 이용해 그들의 세계와 인접한 다른 세계들을 손아귀에 넣고 있었다.

— 우리는 번영했다. 하지만 너무 오래 생태계의 정점에 있었던 탓에 권태에 빠졌다. 그리고 권태는 나태로 이어졌다. 권능을 휘두르며 정복지의 생명력을 빨아들였으나 그 번영이 언제까지 이어질지 의문이 들었다. 연이은 정복의 끝에 무엇이 기다리고 있을까. 언젠가 모든 정복지의 생명력이 바닥나면 넝쿨은 말라버릴 터. 더 정복할 세계가 남지 않는다면 우리는 어떻게 존속할 것인가. 그리하여 나는 몬스터레드를 금지했다. 포식에 의존하는 안일함은 우리에겐 독이다. 혈족의 존속을 위해 새로운 방법이 필요하다. 그러나 기나긴 세월 오직 포식자로 살아온 우리로선 그 방법을 상상조차 못한다. 정복하고 잡아먹는 것 말고 어떤 방법이 있단 말인가? 그러나! 어떻게든 찾아야 한다. 세계를 고갈시키지 않고 살아갈 방법을.

이제 어머니는 나를 쳐다보고 있다. 그건 마치 영상이 아니라 지금 바로 내 앞에서 마주 보고 있는 것 같았다.

— 새로운 존속법을 찾아내는 일은 새로운 세대만이 할 수 있는 일. 나는 씨앗들을 만들었다. 그중 네가 가장 우수한 씨앗이었느니라. 나는 충직한 시종을 하나 만들어 너와 함께 그 세계로 보냈다. 아직 누구도 발견하지 못한 미지의 세계. 그곳에서 네가 우리 혈족의 한계를 극복하고 적응하고 성장하기를 기다렸다. 그러나 그 기다림이 완성되기도 전에 배신한 자가 나타났으니, 다름 아닌 내 동생이다. 그자가 나의 명을 어기고 몬스터레드를, 그것도 신성한 과수 한그루를 통째로 훔쳤다.

어머니가 환영을 만들어 그자의 모습을 보여주었다. 큰 키, 깡마른 몸, 허연 낯에 구멍이 뚫린 듯 퀭한 눈. 낯익은 체형과 얼굴이었다.

"마왕이네! 이 자가 엄마의 동생이라고? 그럼 네 말이 사실이란 말이야?"

"마왕 아니라고 몇 번이나 말해. 가문의 배신자라고. 엄마의 과수를 훔치지 않았다면 오빠보다도 약했어."

"알았어. 근데 이거 언제까지 보여줄 거야? 너한테 묻고 싶은 게 많다고."

"그냥 봐. 혈족의 대화법이야."

"아니. 난 말로 하는 대화가 익숙해. 그리고 금돌과 유리도 들어야 한다고."

"그 둘은 안돼. 감히 어딜 주인의 대화를."

"주인이니 뭐니 그런 말 하지 말라고 했지? 우린 한 팀이야. 우리가 아는 건 저들도 알아야 한다고. 그래야 우리가 이겨. 알겠어?"

"어휴, 오빠가 그렇게 말한다면야. 알았어."

아이의 대답이 영 석연치 않았지만 시각과 청각을 점령하던 영상과 어머니의 목소리가 사라졌다. 어느새 환한 아침 햇살이 거실을 비춘다. 나를 주시하는 금돌이 진짜배기 외계인이라도 본 듯 놀란 얼굴이다.

"대관절 내가 뭘 본 게냐? 할멈. 할멈이 먼저 듣고 나한테 알려주는 게 어떻겠소? 난 지혁의 이야기를 직접 들을 용기가 안 나는군."

그 와중에도 금돌은 주사기를 부적처럼 꼭 쥐고 있다. 그의 세계에서 채취한 혈액 샘플을.

"아저씨. 제가 어떤 존재인지 알아내는 데 그건 필요 없을 것 같아요."

금돌은 괴물의 혈액이 든 주사기를 단단한 상자에 담아 냉장고에 넣고 차를 끓이기 시작했다. 나는 아이에게 때늦은 질문을 던졌다.

"근데 넌 이름이 뭐야?"

"검은 늪 위대한 열한 번째 가시넝쿨의 다섯 번째 씨앗."

"검은 늪… 다섯 번째…? 매번 그렇게 부르기엔 좀 길지 않아? 좀 줄여서… 아니, 이 세계에서 부르는 식으로 이름을

괴물의 실체

짓는 건 어때?"

"그러던지."

"그럼… 가영이 어때? 너무 무난한가?"

"괜찮아."

"진짜 괜찮아?"

"그렇다니까."

까칠한 것 같더니만 이름은 넙죽 받아들이니 이 애의 성격을 알다가도 모르겠다. 금돌이 차와 다과를 가져왔다. 본격적으로 이야기를 시작할 시간이다.

"가영. 우리 조상이 넝쿨이라고 했지?"

"응."

"그 넝쿨이라는 게, 가문이나 혈통을 은유적으로 상징한 것이 아니라 진짜 넝쿨이라는 거지?"

"못 알아들어서 자꾸 물어보는 거야?"

"아니. 내가 들은 게 맞는지 확인해 보는 거야. 금돌의 세계에서 봤던 넝쿨이나 학교 갈 때 담벼락에서 흔히 보는 그 넝쿨이랑 의미상으로 같은 건지 말이야."

"맞다니까."

유리는 우리의 대화를 들으며 눈동자를 반짝였고 금돌은 그의 두툼한 노트를 가져와 대화를 기록하기 시작했다.

"그런데 가영아."

"응."

"넝쿨은 풀이잖아. 우린 사람이고. 풀이 어떻게 사람이 돼?"
"옛 줄기인 흉내쟁이 넝쿨의 업적이야. 아주 먼 옛날 아름다운 종족을 발견했어. 저 귀쟁이의 조상이지. 선조 넝쿨은 그 종족의 외모를 부러워해서 우리의 힘과 무한한 삶을 나눠주는 대신 아름다운 외모를 받아왔어. 흉내쟁이 넝쿨이 그 모습을 따라 우리 모습을 새로 빚었어."

흉내쟁이. 참으로 직관적인 이름이다. 듣고 있던 유리가 말했다.

"놀랍군. 우리 혈족에서 전승되는 이야기와 일치한다. 심연의 주인들에게 영생과 마법을 받은 이야기. 좀 더 정확하게 말하자면 우리의 '조상'이 겪은 일이 아니다. 우리가 직접 겪은 일이다."

금돌 또한 감탄을 금치 못했다. 가영의 톱니바퀴와 유리의 톱니바퀴가 맞물려 돌아가기 시작했다. 나는 어머니와 마왕, 아니, 외삼촌의 모습을 떠올리며 생각했다.

'흉내쟁이 넝쿨이라는 녀석, 솜씨가 썩 좋진 않았구나.'

"오빠가 이 세계의 사람들과 똑같은 모습을 갖춘 것도 흉내쟁이 넝쿨 덕이야. 우리 모두에겐 흉내쟁이 넝쿨의 능력이 있어. 혈족의 줄기에 흘러서 위대한 옛 줄기의 힘은 소멸하지 않고 우릴 타고난 사냥꾼으로 만들지."

"그렇군. 그럼 우리가 씨앗이라는 말은 무슨 뜻이야?"
"말 그대로 씨앗. 당연한 걸 왜 계속 물을까나?"

"나한텐 당연한 게 아니야. 네가 오기 전까지…. 아니. 유리와 금돌이 둘이 오기 전까지 나는 내가 인간인 줄 알았다고. 그게 불과 2주 전이야. 백번 양보해서 내가 뭔가 다른 종족이거나 외계인 비슷한 거겠거니 했는데, 네 말대로라면 동물의 범주에 속하지도 않잖아. 식물이라고. 머리도 있고 손발 멀쩡히 달려있는데 식물이라니. 나한텐 세계관을 처음부터 다시 써야 할 일이야. 알겠어?"

"아니. 잘 모르겠지만 하여튼 이해해 볼게."

"그래. 그럼 내 생각이 맞는지 봐봐. 우리는 씨앗이고 엄마는 대군주라고 했지? 우리는 민들레 씨처럼 이 세계 저 세계 자유롭게 여행할 수 있고 엄마는 거대한 고목 같은 거라서 뿌리를 내린 세계 밖으론 갈 수 없는 거야?"

"맞아. 다만 엄마도 분신을 이용해서 잠시 다른 세계에 방문할 순 있어."

"그렇군. 그럼 마왕. 아니. 삼촌은 뭐야?"

"걔는 작은 군주. 어설픈 정복자. 애초에 군주의 자질도 없는 실패한 씨앗이었어. 엄마의 과수를 훔쳐서 강해졌지. 하나의 세계를 완전히 정복해 버리면 정착해야 하니까 다 먹지 않고 정원으로만 만들어서 힘을 키운 뒤 또 다른 세계, 즉 여기로 건너왔어. 오빠를 죽이려고. 하지만 걱정 안 해도 돼. 아직 대군주가 아니니까 여기서 잡아 죽이면 끝장낼 수 있어."

어린애가 쓰는 표현이 살벌하다. 궁금한 게 수두룩했지만 일단 지금 생각난 것부터 먼저 물었다.

"그래. 그게 나도 그리고 유리와 금돌도 원하는 바야. 하나만 더 물어볼게. 그놈은 왜 날 죽이고 싶어 하는 거야?"

"놈은 엄마를 미워해. 부끄러워해. 엄마가 혈족의 방식을 따르지 않아서 가문의 명예를 떨어뜨렸다고 생각하지. 오빠를 통해 포식자의 삶에서 벗어나면 심연의 주인인 우리가 퇴락해 버린다고 믿고 있어. 놈은 오빠를 죽이고 이 세계에서 대군주가 되어 엄마와 대적할 생각이야. 그렇게 해서 가문의 명예를 되찾겠대. 그게 과연 명예인지는 모르겠지만."

4

낮잠을 자려고 누웠으나 눈이 감기지 않았다. 가영의 말을 정리해 보자면 어머니는 포식자들의 세상에서 유일하게 포식자로서의 삶을 반대하는 괴짜다. 육식 동물계의 비건 같은 건가? 따지고 보면 '육식 동물'이 아니라 '육식 식물'이지만.

'외삼촌이라고…. 그게.'

마왕. 가문의 배신자. 별종 짓을 하는 어머니를 가문의 수치라 여기고 어머니의 자식이자 조카인 나를 제거하려 한다. 어머니가 나를 낳은 이유가 포식자로서의 삶을 버리기 위함이었으니 나를 없애고 혈족의 '전통적인 방법'으로 이 세계를 독식하면 어머니를 부정하고 가문의 명예를 되찾게 된다고 생각한다. 놈은 내 목을 치기 위한 힘을 얻기 위해 엄마의 과수를 훔쳤다. 그리고 충분한 힘을 비축하기 위해 금돌과 유리의 세계를 먼저 정복했다.

'고작 그런 이유로 금돌과 유리의 세계를 멸망시켜야 했나? 심연의 주인이라는 족속은 세계와 생명을 뭐로 생각하는 거지? 먹잇감 이상도 이하도 아닌가?'

생각이 '선조 넝쿨'이라는 단어로 이어졌다. 우리 혈족의 본질이 넝쿨이라니. 그래서 가영이 넝쿨을 소환하고 몬스터레드를 먹은 생물이 식물과 융합된 형태의 괴물로 변했나 보다. 만약 괴물 하나하나가 식물의 뿌리 끝단과 같다면 괴물이 섭취한 양분이 모종의 과정을 통해 본체로 공급되는 구조인가? 그런 식으로 세계 하나를 통째로 빨아들이는 건가?

문득 '몬스터레드'에 대해 생각이 미치자 불쾌함이 치밀어 올랐다. 그 역하도록 달콤한 과육.

"오빠. 이거 먹어."

하필 이때 가영이 내 얼굴에 사과를 들이민다. 강렬한 향에 정신이 혼미하다.

"읍!"

"그러지 마. 엄마의 열매야. 아직 저기 한가득 있어."

"잠깐. 생각해 봤는데, 이 사과가 엄마의 열매고 우리가 씨앗이라면…."

"응."

"씨앗은 열매에서 나오는 거잖아. 그럼 저 사과들도 우리 형제 아냐?"

"아니야. 우리의 형제는 씨앗이야. 껍데기 열매가 아니라. 이것들은 씨앗이 없어. 영양분일 뿐. 우리도 어린 씨앗이었을 때는 똑같은 과육을 먹고 자랐어. 오빠는 아직 영양이 부족해. 그러니까 더 먹어."

"못 먹겠어. 아무래도 동족 포식 같아."

"아니야! 먹어야 해!"

가영과 사과를 가지고 실랑이를 벌이고 있을 때 낮잠을 자고 일어난 금돌이 입이 찢어지도록 하품하며 말했다.

"씨앗이 없으면 그저 영양분이라니. 유정란과 무정란의 차이와 같군. 농장에서도 병아리들에게 달걀노른자 정도는 먹인다네. 영양 보충용으로."

"그건 닭이고요. 저는 사람이라고요."

"그럼 이건 어떤가? 짐승이든 사람이든 어미의 모유를 먹고 자란다네. 모유란 어미의 몸에서 만들어지는 것인데. 그렇다면 모유를 먹는 행위도 동족 포식인가?"

"그건 아니죠."

"그렇다면 먹기를 거부할 이유도 없지 않은가?"

금돌이 아직 잠에서 덜 깼나 보다. 아무 말이나 막 한다.

괴물의 실체

유리는 어디 갔지? 맞다. 산책 갔지. 머리 좀 식히겠다며.

"장이나 좀 봐옴세. 쉬고 싶으면 집에 있게."

"네. 그런데 괜찮으세요?"

"무엇이 말인가?"

그토록 알고 싶어 하던 나의 정체와 고향 세계가 멸망한 이유를 들었는데 아무렇지도 않을 수 있을까? 내 마음을 읽은 듯 금돌이 껄껄 웃는다.

"지금 와서 뭘 어쩌겠나? 할 수 있는 일을 해야지. 잘 먹고 충분히 쉬고 전력을 다해 싸워보세나. 그럼 냉큼 다녀옴세."

"네. 다녀오세요."

가영과 단둘이 있게 되었다. 태어나서 처음으로 만난 나의 진짜 가족. 새하얀 얼굴에 까맣고 큰 눈으로 사람을 뚫어지도록 쳐다보는 버릇이 있는 아이. 한 손에 사과를… 엥? 지금 보니까 양손에 하나씩 들고 있다. 한 번에 두 개를 먹으라고?

"안 먹어."

"안 먹으면 놈한테 죽어."

"지금은 좀… 내키지 않아. 먹으면 죽을 것 같아."

"오빠는 너무 약해. 정상적으로 성장했다면 지금쯤 작은 군주 정도는 됐어야 해. 그러면 그 배신자 따윈 아무것도 아니라고."

"정상적? 어째서 난 '정상적'인 기준에 못 미치는 거지?"

"이곳의 환경 탓이야. 엄마가 미리 여길 와봤다면 알았을 텐데. 너무 건조하고 추워. 공기에서 쓴맛도 나고. 좀 더 성장해서 여기로 보내졌다면 지금보단 나았겠지만 그러면 엄마의 뜻에 맞지 않으니. 그래도 괜찮아. 열매를 전부 먹으면 해결될 거야. 자, 아 해. 어서 먹어."

"알았어. 나도 먹어야 한다는 건 알겠는데, 우욱! 몸이 말을 안 들어."

단내가 역하게 느껴졌다. 의지와 상관없이 몸이 거부반응을 보이자 가영도 포기한다.

"쳇, 오늘은 먹지 마. 다른 방법을 찾아볼게. 엄마는 오빠가 이 세계에 완벽히 적응하기를 바랐는데 너무 심하게 적응했네. 평범한 토착종 같아. 몸도 마음도."

가영이 사과 두 알을 도로 상자에 넣었다. 그리고 내게 타박타박 걸어왔다.

"곧 배신자 삼촌의 공격이 다시 시작될 거야."

"놈이 돌아올 거라고 생각은 했어. 놈의 정원이 된 세계로 넘어갔던 게 일을 부추긴 건가?"

"아니. 내가 여기 오기 전부터 준비는 이미 끝난 상태였어. 그동안 오빠 주변에 이상한 일들이 일어났을 텐데. 눈치챘어?"

"이상한 일들이라면…."

길에서 만났던 조현준과 권나라. 다른 사람이 된 것 같기

괴물의 실체 235

도 하고 뭔가에 홀린 것 같기도 했다.
"설마 걔들? 내 학교 친구들?"
"맞아. 놈은 오빠 주변 사람들에게 사과를 나눠줬을 거야."
"그럼 걔들도 괴물로 변해?"
"아니. 놈은 이제 몬스터레드를 쓰지 않아. 다 썼을 테고 다시 재배하고 싶지도 않을 거야. 놈이 개량한 새 품종을 쓸 거야. 엄마의 품종이 아닌 자신만의 품종으로 오빠를 이기고 싶어 하니까. 그래야 하나의 어엿한 군주로 인정받을 수 있을 테니까."
"새로운 품종이란 건 어떤 힘이 있지?"
"아직은 몰라. 지켜봐야지."
"두고 보자고? 당장에라도 사과를 다 먹어야 할 것처럼 급하게 굴어놓고선."
"급해. 하지만 사냥은 서둘러선 안 돼. 사냥감이 제 발로 찾아와 가시를 드러낼 때까지 기다려야지."
가영의 까만 눈이 반짝인다. 포식자의 피가 흐르는 타고난 사냥꾼이다.
"평소대로 행동해. 놈의 낌새를 모른척해. 나는 엄마의 열매를 오빠한테 먹일 방법을 찾아볼게. 놈은 덫이 완성되고 오빠가 덫에 걸렸다고 판단했을 때 나타날 거야. 덫을 부숴 버리고 놈의 목을 쳐. 분에 넘치는 사냥감을 노린 오만한 사냥꾼에게 죽음을 줘. 가문을 배신한 자, 엄마를 거역한 자의 최후를 보여줘."

5

 정상 등교가 시작된 첫날. 예전과는 다른 긴장감을 안고 학교를 향했다. 뭔가 일이 벌어질 것 같다. 조현준과 권나라에겐 분명 이변이 일어났다. 그 둘뿐일까? 이변이 일어난 녀석이 또 있을까?
 교실에 와보니 고미의 자리를 포함해 몇몇 아이들의 자리가 비어 있었다. 아마 고미의 자리는 계속 비어 있겠지.
 박도환은 예전처럼 에어팟을 꽂고 묵묵히 자리에 앉아 있었다. 놈이 시비를 안 걸어주니 영 허전하다. 녀석도 맥이 빠진 것 같다. 고미의 병실에서 마주쳤을 때도 비슷한 느낌이었다. 단순한 빌런이었다면 맘 놓고 패도 괜찮았을 텐데 쏩쏠 찝찝하다. 그때 누군가가 교실 문을 발로 차며 들어왔다.
 "씨이발. 이 반엔 뒈진 놈 없냐? 뭐 이리 많이 살아있어? 좆밥 새끼들이."
 김태양이 들어오며 거들먹거렸다. 박도환의 말투를 흉내내려 애쓴다.
 '여기 있었구나. 단순한 빌런. 선 넘네. 돼지 새끼가.'
 놈이 교실을 쓱 훑어보더니 더러운 웃음을 흘렸다.

괴물의 실체

"어? 씨발. 강고미 왜 없어? 괴물한테 잡아먹혔나? 아씨, 존나 아깝네. 이럴 줄 알았으면 진작 내가 먹는 건데. 괴물 똥이나 됐겠네?"

"김태양! 아가리 닥쳐. 쳐 죽여버리기 전에."

내 입에서 험한 말이 절로 나왔다. 고미를 욕보이는 말은 못 참는다. 박도환 녀석도 턱에 힘이 잔뜩 들어갔다. 내가 먼저 말하지 않았다면 녀석이 김태양의 주둥이를 박살 냈을지도 모른다. 그런데 김태양 이놈, 묘하게 분위기가 다르다. 나와 박도환이 노려보고 있는데도 여유를 부린다.

"지랄~ 씹지혁. 너는 이따가 손봐줄 테니 찌그러져 있어. 야. 박도환. 넌 왜 꾸역꾸역 살아서 돌아왔냐?"

'아, 이놈한테도 이변이 일어났구나.'

평소와 다른 행동을 하는 김태양을 보며 박도환이 실소를 터뜨렸다.

"하하! 뭐 이런…. 돼지 새끼가 정신이 나갔나? 머리 다쳤어? 진짜 어디 세게 부닥친 거 아냐? 어? 못 들은 걸로 해줄 테니 꺼져라."

"야, 이 씨발아. 나, 예전의 김태양이 아니야!"

조현준, 권나라에 이어 김태양이다. 왜지? 무슨 판을 벌이려고? 김태양이 으르렁대자 박도환이 활활 타오르는 눈빛으로 놈을 노려보다가 에어팟을 귀에 꽂으며 사형선고를 내렸다.

"알았다. 소원대로 해주마. 방과 후까지 기다려."

얼음장 같은 살기. 놈의 기세에 나까지 등줄기가 저릿하다. 왠지 그리웠달까. 놈에게 시달리던 날이 그립냐고? 아니, 놓쳤던 사냥감을 다시 마주했을 때의 감각이다.

'저 녀석이랑 언제 한번 또 붙어봐야 하는데.'

"얘들아! 잘 있었어? 보고 싶었어! 진짜!"

살벌한 교실 분위기를 깨며 조현준이 들어왔다. 심지어 춤까지 추며. 녀석이 살기등등한 박도환과 김태양을 보며 입꼬리를 비죽 올렸다.

"우와! 분위기 왜 이래? 도환이가 또 어흥 했어? 얘들아! 좀 웃자!"

그 말이 마법의 주문이라도 된 듯 다들 웃기 시작했다.

"그래! 웃으니까 좋지? 드디어 즐거운 한 주의 시작이야! 지혁아! 잘 있었지? 학교에서 보니까 더 반갑네!"

'나보다 더 박도환 눈치를 보던 녀석이 어떻게 된 거야? 애들은 또 왜 이래?'

녀석이 다른 아이들에게까지 영향을 미치고 있었다. 요란하게 손을 흔들자 반 전체가 녀석에게 환호한다. 김태양만 빼고. 맘에 안 든다는 듯 녀석에게 시비를 건다.

"뭐가 그리 신나냐? 조현준. 너도냐? 까불지 마라. 여기 나도 있다."

'너도냐, 라니? 자기들끼리 뭘 얘기하는 거지?'

괴물의 실체 239

뭔 일이 일어나는지 지켜보는데 조현준이 재빨리 말했다.
"헤헷. 그랬구나. 나도 모르게 너무 신나서 그만. 미안해."
넉살 좋게 사과하는 녀석의 눈동자에 한기가 돌았다. 흡사 영역 싸움을 하는 맹수의 눈빛 같다. 그럼 권나라는? 그 애는 아직 안 왔다. 권나라는 오면 뭘 할지.
"도환아! 박도환! 보고 싶었어! 우리 도환이!"
권나라가 교실로 들어오며 외쳤다. 그리고 곧장 박도환에게 달려가….
"귀여워! 귀여워! 귀여워! 넘넘 잘생겼어! 도환아! 너도 나 보고 싶었지?"
나는 고개를 돌리고 말았다. 암만 봐도 권나라가 제일 미친 거 같다.
"쪽! 쪽! 쪽! 쪽!"
"적당히 하지? 권나라."
"아잉! 왜 이래! 좋으면서! 종 칠 때까지만!"
다짜고짜 박도환을 끌어안고 축축한 입맞춤을 퍼부어 댔다. 급우들이 다 보고 있는데도 말이다! 박도환은 얼굴이 침으로 번들거리는데도 점잖게 권나라를 타이른다.
'천하의 박도환이? 빌어먹을 그 박도환이?'
"크크큭! 권나라도? 앞으로 볼만하겠네. 씨이발."
김태양은 낄낄대고 조현준은 얼굴을 가리며 몸을 뒤튼다. 이 촌극을 보고 있자니 정신이 혼미하다. 이게 다 마왕이 애들한테 새로운 품종이라는 것을 먹여서일 텐데 대체 어떤 의도인지 모르겠다. 게다가 이변이 일어난 애들은 이 셋이 전부인지, 아니면 앞으로 더 나타날지 알 수가 없다.

 수업이 시작되고 선생님이 교실에 들어오는데도 조현준은 계속 떠들었다.

 "얘들아! 내가 재밌는 이야기 해줄게! 선생님! 수업은 됐으니 쉬고 계세요!"

 학생이든 선생이든 홀리기라도 한 듯 헤벌쭉 웃으며 조현준의 농담을 듣고만 있다. 평소 수업만큼은 진지하게 듣던 박도환은 지겹다 못해 괴롭다는 표정이다. 쉬는 시간이 되자 김태양이 아이들을 향해 으르렁댔다.

 "씨이발 새끼들…. 포켓몬빵 사 와라. 인당 두 개씩."

 나, 조현준, 권나라를 제외한 교실의 모두가 줄을 지어 김태양에게 빵을 갖다 바쳤다. 심지어 박도환조차 투덜대며 빵을 사러 가려고 하자 권나라가 도환을 획 잡아 자기 자리로 끌고 갔다.

 "어딜 가! 도환이는 내 거야! 쪽! 쪽! 쪽! 넘 좋아!"

 "하, 씨. 나도 그 새끼한테 볼일 있거든? 방과 후엔 내 거다. 알았지?"

 김태양이 도환을 감싸는 권나라에게 으름장을 놓자 권나라가 혓바닥을 쭉 내밀었다.

 '돌아버리겠네. 이게 다 무슨 일이람?'

사바나를 휩쓰는 세 마리 사자. 녀석들이 교실의 왕이 됐다. 이걸 이 악물고 모르는 척하는 것도 웃기지 않나? 우두커니 자리에 앉아 녀석들의 언동을 지켜보자니….

"지혁아! 너도 좀 같이 웃자! 응? 모처럼 분위기 좋아졌는데!"

현준이 내 어깨를 툭 친다. 지치지도 않고 시시껄렁한 우스갯소리만 하는데 하나도 안 웃긴다. 녀석의 농담 따먹기에 질렸는지 김태양이 한마디 놓았다.

"적당히 깝쳐라. 조현준. 너도 빵 사 오기 싫으면."

"헤헷. 아무렴."

또다시 녀석들의 신경전. 나는 안중에도 없는 것 같다. 녀석들이 마왕의 신품종 사과를 먹어서 저렇게 된 거라면 어디까지 알고 있을까? 나를 처치하라는 지령이라도 받았을까? 녀석들이 아무것도 모를 수도 있다. 맨 처음 내가 몬스터레드를 먹었을 때처럼.

"야! 빡또환!"

종례가 끝나고 선생님이 교실에서 나가자마자 김태양이 된소리로 박도환을 불렀다. 아까 최면이라도 걸린 듯 김태양에게 바칠 빵을 사러 가려던 모습과는 달리 녀석의 눈이 번뜩인다.

"어딜 감히 내 이름을 그딴 식으로 불러?"

"따라와. 씨발아."

"따라오긴 뭘 따라와? 여기서 죽여주마."

"콰앙!"

 박도환이 김태양의 멱살을 잡고 그 뚱뚱한 거구를 교실 벽에 밀어붙였다. 다른 아이들은 썰물처럼 교실을 빠져나간다. 오직 조현준만이 재미난 구경거리가 생겼다는 듯 신났다. 권나라는 불안해하며 주변을 알짱거렸다. 박도환이 김태양의 멱살을 쥐어짜며 욕설을 퍼붓는다.

"개돼지 흙수저 새끼야. 씹지혁 저 찐따 새끼가 까부는 것까진 봐줘도 너 같은 씹돼지가 지랄하는 건 도저히 못 봐준다."

"좆같네. 씨발. 내가 씹지혁보다 못하다는 거냐?"

"아가리 싸물어."

 박도환의 보디블로가 김태양의 복부에 작렬했다. 그 어느 때보다도 맹렬히 주먹을 내리꽂았다. 위아래로 내장을 쏟아낼 위력이었지만 김태양은 피식 웃기만 한다.

"주먹 많이 약해졌다? 빡또환. 밥은 먹고 다니냐?"

 김태양이 살찐 주먹을 휘두르자 박도환의 몸이 붕 떴다. 그러고는 마치 격투 게임 기술이라도 쓰는 양 박도환이 바닥에 떨어지기 전에 공중에서 주먹을 연타했다.

"큭!"

 교실 바닥을 뒹구는 박도환. 그러나 녀석은 당황하는 대신 나와 김태양을 번갈아 가며 보더니 뭔가 알겠다는 듯 실실 웃었다.

'웃어? 이 상황에서?'

"씨발 새끼들. 뭔 요술이라도 부렸냐? 느낌이 비슷한데? 무슨 속임수인지는 몰라도 제대로 덤벼봐. 돼지 새꺄."

박도환이 복싱 자세를 잡았다. 그 모습을 보자 나도 모르게 헛웃음이 나왔다.

'이 말도 안 되는 상황에서 계속 싸우겠다고?'

내가 이럴 줄 몰랐는데 녀석을 응원하고 있다. 박도환. 타고난 맹수. 아무리 김태양이 속임수를 써서 박도환을 쓰러뜨려도 녀석은 몇 번이고 일어날 거다. 두려워하기는커녕 즐거워하며.

'김태양 같은 허접한 놈한테 굴복하면 안 돼. 너는 내 사냥감이니까.'

"오냐. 씹도환. 딱 돼지기 직전까지만 패줄게. 내일부턴 네가 빵셔틀 해라."

김태양이 통통한 주먹을 빙빙 휘두르며 우스꽝스러운 펀치를 날리려는 찰나, 권나라가 김태양 앞을 가로막았다.

"우리 도환이 괴롭히지 마!"

"야! 네가 왜 끼어들어!"

"그만하라고! 이 돼지 새끼야! 얜 내 거라고!"

"이 쌍년이! 미쳤나! 너만 즐기냐? 아까 방과 후엔 내 차지라고 했지?"

김태양이 주먹을 치켜올리며 윽박지르자 권나라가 눈을

질끈 감았다. 그러면서도 두 발을 바닥에 딱 붙이고 꼼짝도 안 했다. 보통 배짱이 아니다. 박도환을 향한 마음만은 진심인가? 그런데 나를 정말 놀라게 한 장면은 따로 있었다. 박도환이 앞으로 나서며 김태양의 주먹을 막은 것이다. 놈의 주먹을 꽉 움켜쥔 녀석의 손이 부들부들 떨렸다.

"야. 이 쓰레기 새끼야. 나도 여자는 안 패."

도환의 말을 들은 권나라의 눈에 감격의 눈물이 맺혔다. 하지만 이것이 과연 박도환의 의지일까? '권나라의 뜻에 따라 움직였다'에 한 표.

"후까시 잡지 마. 씨발 놈아."

김태양이 힘을 주니 박도환이 뒤로 쭉 밀렸다. 간신히 균형을 잡아 꼴사납게 자빠지진 않았지만 꼴이 말이 아니다. 녀석이 다시 싸울 자세를 잡는데 권나라가 녀석을 말린다.

"그만해. 도환아. 나랑 같이 집에 가자."

"흠, 그러지."

도환의 눈매가 무뎌지더니 가방을 걸쳐 메고 저벅저벅 교실 문을 나서고 나라가 총총총 녀석을 쫓아갔다. 김태양이 그 둘의 뒤에 대고 외쳤다.

"어딜 가! 이제 시작했는데!"

"갈 거야! 나도 도환이 데리고 하고 싶은 대로 할 수 있다고!"

"에이, 씨."

김태양도 흥이 깨졌는지, 아니면 그들만의 규칙이 있는 건지 투덜대며 교실을 나갔다.

"넌 내일 손봐주마. 씹지혁."

여태 눈을 반짝이며 싸움판을 구경하던 조현준이 주먹을 불끈 쥐고 난리를 떤다.

"우와아아! 개쩔어! 퍽! 퍽! 퍽! 크으으! 역시 싸움 구경이 최고지! 학교가 이렇게 재밌는 곳이었다니! 내일은 더 재밌겠다. 그치? 진즉에 이랬으면 우리도 중학교 때처럼 신나게 놀았을 텐데!"

"뭐, 그랬겠지."

"히히히! 재밌다! 재밌어! 먼저 갈게! 내일 보자!"

조현준도 후다닥 퇴장했다.

"하아…. 뭐야. 이거…."

뒤늦게 몸이 떨려왔다. 마왕의 마수가 교실까지 침범하다니. 집을 향해 숨도 쉬지 않고 달렸다. 유리, 금돌, 가영에게 알려야 한다. 일상이 망가지기 시작했다고.

7화
교실 습격전

1

"가영!"

가영은 부엌에서 큰 사발에 뭔가를 열심히 으깨는 중이다. 상큼하고 달콤한 향기가 휘몰아쳤다.

"너! 그거 설마?"

"몬스터레드야. 오빠가 먹기 쉽게 주스로 만들고 있어."

어떻게든 그 끔찍한 과일을 내게 먹일 셈이구나. 갸륵해라. 가영이 소매에서 손가락만큼 작은 병을 꺼내 병 속의 가루를 솔솔 뿌렸다.

"그건 또 뭐야? 뭘 넣었어?"

"기절하지 않는 약."

가영이 완성된 주스 사발을 내게 내밀었다.

"먹어."

죽처럼 걸쭉하다. 마셔도 될까? 입가에 가져가며 주변에 모여있는 시종령들을 보았다. 신변에 위협이 닥칠 때마다 발작하듯 점멸하는 녀석들이 지금은 얌전하다.

"아니. 이럴 때가 아니지. 가영. 오늘 학교에서….'

"알아. 먹고 얘기해."

"안다고?"

"그 정도로 강한 '뒤틀림'이라면 여기서도 느껴져. 급해. 이것부터 마셔."

"후우…. 그래."

 잠시 망설이다가 단숨에 들이켰다. 당장 확실한 대책은 이걸 먹는 것뿐이니까. 목 넘김이 껄끄럽다. 짙은 향기가 콧구멍으로 넘쳐흐른다.

"우욱!"

"토하지 마!"

 올라오려는 것을 꿀꺽 눌러 삼켰다. 신물과 단내가 섞인 몹쓸 냄새가 난다.

"으…. 구역질 안 나오는 약은 없어?"

"없어."

"사과 한 알치곤 양이 많네."

"응 두 알이야."

"두 개를 한꺼번에?"

 살짝 현기증이 난다. 사과 상자를 열어 보다가 속이 울렁거려 상자를 도로 닫았다.

"아휴…. 죽겠네. 아니. 내친김에 더 먹자. 다 먹어버리자. 미적거릴 때가 아냐. 전부 주스로 만들어줘."

"안돼."

"벌써 시작됐다고! 이변이 일어났어! 이기려면 저걸 다 먹어야 한다며?"

"조급해하지 마. 몸이 거부하는 상태에서 저걸 한 번에 먹으면 죽어."

"주 죽어?"

"필멸자의 죽음과는 달라. 쇼크로 영혼이 빠져나가. 오빠의 시종령들은 주인의 몸이 죽으면 안 되니까 오빠 몸에 꾸역꾸역 들어갈 거고. 오빠가 사과 때문에 죽으면 정말로 골치 아파져."

"무슨 그런…. 근데 내가 죽으면 골치 아파진다는 말은 무슨 뜻이야? 시종령들이 내 몸을 차지한다고?"

"차지하는 게 아니야. 빈집을 지키는 거야. 주인의 영혼이 돌아올 때까지. 사과를 한 번에 다 먹으면 육신의 능력은 각성할 텐데 쇼크로 영혼은 빠져나가 버리면 어떻게 되겠어. 그래서 각성한 몸을 시종령들이 맡는 거야. 그런데 그러면 큰일 나."

"어떻게 큰일이 나?"

"나도 몰라."

"다 안다는 듯 얘기해 놓고선!"

"몰라. 오빠의 각성한 힘이 어떤 것인지 아직 모르니까."

"각성이라…. 너도 각성이라는 걸 해?"

"난 이미 했어. 여섯 살 때. 내 힘은 넝쿨 방패야. 내 방패가 못 막는 건 없어."

"여섯 살 때? 너 무슨 천재 같은 거야?"

"그런 거 아니야. 너무 어릴 때 각성해도 좋진 않아. 더 성장을 못 해."

주변을 어슬렁거리는 시종령들이 순한 눈으로 나를 쳐다보았다. 가영의 얘기를 듣고 보니 죽어가는 먹이를 기다리는 까마귀들 같다.

'꿍꿍이가 있었구나? 너희들.'

"어때? 오빠? 뭔가 변화가 있어?"

몸의 감각에 집중해 봤다. 불쾌한 포만감뿐이다.

"별 느낌 없는데."

"내성이 생겨서 그래. 적절한 상황이 오면 강화된 힘을 발견할 수 있을 거야. 오늘 자기 전에 두 개 더 갈아 줄게."

"다 먹으면 죽는 과일을 잘도 먹으라고 하네."

"나눠서 먹어야지. 내가 양을 조절할 거야."

마침 금돌이 유리와 함께 돌아왔다.

"다녀왔네. 둘이 사이가 좋아 보이는군."

"금돌! 유리! 할 얘기가 있어요. 오늘 학교에서…."

"주변을 조사하고 왔다."

유리가 말을 끊었다. 나도 내 말을 미룰 순 없다.

"저도 오늘 일에 대해 급히 드릴 말씀이 있습니다만."

"그런가? 그럼 네 이야기를 먼저 듣도록 하지."

학교에서 일어난 이상한 일들을 이야기했다. 수업을 엉망으로 만들어 박도환을 괴롭게 한 조현준, 박도환을 힘으로 압도하는 김태양, 권나라의 불가항력적 매력에 휘둘리는 도환. 서로에게 일어난 이변을 인지하는 듯한 그들의 행동. 상식을 벗어난 그들의 이야기를 할수록 모두의 얼굴에 그늘이 졌다. 유리가 무겁게 입을 열었다.
"이변이 확실하다."
"역시. 제 주변 애들한테 이변이 일어난 걸 보면 작정하고 절 노리고 있는 거겠죠? 게다가 셋 다 박도환을 대상으로 영향력을 발휘하는 것 같아요. 서로 박도환을 못 잡아먹어서 안달이었거든요. 대체 뭔 짓을 하려고 그런 상황을 만든 걸까요?"
"박도환을 대하는 그들의 태도가 제각각이라고 했나?"
"네. 무서워하는 녀석, 패고 싶어 하는 녀석, 좋아 죽는 녀석."
"흠…."
유리가 생각을 곱씹다가 입을 열었다.
"내가 하려던 이야기도 그 상황과 관련된 것일지도 모르겠다. 현실 공간 일부를 무한한 공간처럼 왜곡시키는 마법 기억나나?"
"그럼요. 유리가 괴물 잡을 때 쓰는 거잖아요."
"그 마법을 쓸 때 지켜야 할 수칙이 있다. 두 마법사가 각자 동시에 마법 공간을 만들어야 하는 경우 근접한 공간에서 구현하면 안 된다는 것이다. 마법으로 왜곡된 두 공간이 중첩되면 현실에 균열이 생기기 때문이다. 한번 생긴 균열은 없애기도 힘들지만 다른 세계의 것들이 넘어올 위험도 있다. 나는 수칙을 지키기 위해 현실의 왜곡을 감지하는 법을 배웠다. 그런데 오늘 이 지역을 조사한 결과….″

″감지하셨군요. 그 왜곡이라는 걸. 설마 그 왜곡이라는 게… 어쩌면 세 녀석이 원하는 현실이 제각각이라…. 그 녀석끼리 충돌이 일어나서….″

사과주스의 영향 때문인지 머리가 제멋대로 돌아가 되는 대로 입으로 나왔다. 내 말을 듣던 유리는 놀라움으로 눈이 커지며 계속해 보라는 눈치를 줬다. 하지만 사과주스에 취해 말한다는 느낌이 들어 일단은 자중했다.

″억측인 것 같지만… 제 생각엔 그 왜곡이란 게 그 세 녀석 때문인 것 같아서요.″

″억측이 아니다. 현재 일어나는 모든 이상 현상의 원인은 하나로 연결된다.″

″그 녀석들 마왕의 신종 사과를 먹었겠죠?″

″그렇다. 내가 오늘 감지한 왜곡은 위험이라기엔 아직 규모가 작았다. 하지만….″

유리와 말하던 중 정신 깊은 곳에서 뭔가가 번뜩였다. 직감이라고 해야 하나? 전에 없던 확신과 자신감. 움직여야 한다.

"지금 이럴 때가 아녜요. 뭔가 일이 터질 것 같아요."
내가 자리에서 벌떡 일어나자 금돌과 유리가 놀라 쳐다봤다.
"무슨 일이지?"
설명할 시간이 없다. 급히 신발을 신었다.
"다음으로 마왕의 사과를 받을 녀석이 누군지 알겠어요! 오늘 그 세 명한테 지겹도록 시달렸으니 당연히 그 녀석일 거예요!"
어두운 거리를 달리고 달렸다. 녀석을 찾아야 한다. 박도환! 달리면서 시종령들에게 녀석을 찾아달라 했다.
"너희들 박도환 알지? 맨날 나 괴롭히던 그 녀석이 어디에 있는지 찾아봐!"
캄캄한 거리 상공 너머에서 시종령들이 모여들기 시작했다. 시종령들의 빛이 모인 곳을 투시하니 그곳에 박도환이 있었다. 번화가와 이어진 학원가. 늦은 시간 공부를 마친 녀석이 학원에서 나오는 중이다. 전력으로 내달려야 하는데 사람들 때문에 맘껏 달릴 수가 없다. 잡아야 한다. 마왕이 녀석에게 접촉하기 전에!
"이러다 늦겠어!"
멀리서 박도환의 위치를 알려주던 시종령들이 발작하듯 점멸했다. 그러다 하나둘 빛을 잃었다.
'마왕이 나타났다! 결국 박도환에게도 줄 셈인가? 그런 수상쩍은 놈이 주는 물건을 도환이 순순히 받을까?'

"박도환!"

마침내 인적이 뜸한 골목을 홀로 걷고 있는 녀석을 발견했다. 뒤돌아보는 녀석이 반쯤 홀린 얼굴을 하고 사과처럼 보이는 열매를 우물우물 씹고 있었다.

'늦었다! 벌써 반이나 먹었어!'

"뭐냐? 씹지혁? 네가 여긴 웬일이냐?"

"지금 먹고 있는 거, 뱉어."

"어?"

"뱉으라고!"

"이 새끼가 뭐라는 거야?"

"그거 주고 간 놈 누군지나 알아? 그런 수상한 물건을 아무 의심 없이 먹어?"

"기껏 사과 가지고 뭘 그래? 안 그래도 출출했는데 잘됐지."

"그만 먹어!"

녀석이 남은 절반마저 입에 욱여넣었다. 입가에 흐르는 과즙을 닦아내며 게걸스럽게 씹는 녀석의 눈동자에 수상쩍은 붉은빛이 반짝였다가 사라졌다.

"지금이라도 먹었던 거 다 토해! 그거 독이라고!"

"뭐어? 하하하! 씨이발! 야. 씹지혁. 너 미쳤냐? 하하하하! 씨발. 독 사과? 이 새끼가 사람 웃길 줄도 아네? 내가 무슨! 크크큭! 잠자는 숲속의 공주냐?"

"백설 공주지! 이 멍청아!"

"어. 백설 공주. 씨발. 크크크! 귀찮게 굴지 말고 꺼져라. 웃겼으니까 봐줬다."

녀석이 멀어져갔다.

"기다려! 박도환!"

"하, 존나 귀찮게 구네. 뒈질래?"

"너 오늘 학교에서 있었던 일 기억하지?"

"누굴 병신으로 아나."

"이상하다고 생각되는 거 없어?"

"개소리 말고 꺼져."

큰길로 들어선 녀석이 사람들 사이에 섞여 사라졌다. 녀석을 쫓으려다 생각을 고쳤다. 유리와 금돌, 가영의 기척이 내 뒤로 느껴졌다. 유리의 목소리가 나를 불렀다.

"지혁! 대체 무슨 일이냐?"

"빨리 왔네요. 뛰어서 온 건 아닐 테고."

그들의 뒤로 어슴푸레하게 소용돌이가 일렁였다. 유리가 포탈을 쓴 것이다.

"포탈을 쓰면 마력이 빨리 바닥난다면서 겨우 여기 오는데 썼어요?"

물음에 답은 하지 않고 유리가 설명을 재촉했다.

"상황을 얘기해다오."

"박도환이 방금 마왕의 사과를 먹었어요. 신품종이겠죠. 내일 학교에 가면 볼만하겠는걸요? 나 참, 녀석도 이젠 호락

호락 당하진 않을 텐데 뭔 일이 일어나려나."

내 말에 금돌의 심기가 언짢았나 보다.

"강 건너 불구경이라도 하듯 말하는구나. 그게 그리 태연하게 말할 일이더냐?"

"제가… 그랬나요?"

어쩐지 내 감정이 들쭉날쭉한 것도 같다. 박도환을 봤을 때 화가 치밀었는데 내일 일어날 일을 생각하니 기대가 되기도 한다. 지금은 심각한 상황인데 말이다.

'내가 왜 이러지?'

금돌이 답답한 듯 주먹으로 자기 가슴을 쳤다.

"아이고, 그리고 그걸 알면서도 녀석을 그냥 보냈단 말이냐!"

"어쩔 수 없었어요. 근처에 사람들도 있는데 억지로 잡았다가 난동이라도 부리면 골치 아프잖아요."

"난동? 이 판국에 그런 게 대수란 말이냐?"

'당연히 아니죠. 눈치 좀 챙기세요. 제발.'

다행히 유리가 내 의중을 읽었는지 금돌을 진정시켰다.

"지혁이 어쩔 수 없었다면 어쩔 수 없던 것이다. 돌아가자. 시간이 늦었다."

"아무리 그래도…."

인적이 끊긴 틈을 타 유리가 골목 한구석에 포탈을 열었다. 모두가 잽싸게 포탈을 건넜다. 집에 도착하는 즉시 금돌에게 상황을 설명했다.

"마왕의 그림자가 그 골목에 있었어요. 저희를 엿보고 있었겠죠. 그래서 박도환을 보내줬어요. 놈의 계획대로 일이 돌아가고 있는 것처럼 보이려고요."

"호오, 그런 거였군! 그럼 우리도 계획이 있느냐?"

"이제부터 생각해 봐야죠."

부엌에 있는 상자에서 사과 두 알을 꺼내 가영에게 주었다. 내가 자발적으로 사과에 손을 대자 가영이 더욱 의욕적으로 주스를 만들기 시작했다.

"유리. 오늘 현실의 왜곡이라는 걸 감지했다고 했죠? 마왕의 새 사과는 원하는 방향으로 현실을 조작하는 힘을 주는 것 같아요. 어떻게 가능한지는 모르겠지만 내일은 뭔가 일이 터질 겁니다. 조현준, 권나라, 김태양 그 셋은 오늘처럼 박도환을 두고 자기들 뜻대로 하려 들 테고, 박도환 또한 사과를 먹었으니 녀석들과 충돌을 일으키겠죠. 조현준은 박도환이 만든 살벌한 교실 분위기를 바꾸고 싶어 하고 김태양은 박도환을 이기고 싶어 해요. 권나라는 박도환을 차지하고 싶어 하죠. 전부 박도환이 원하는 것과 반대예요. 오늘 감지한 왜곡이 그 녀석들 때문에 일그러진 현실이라면 내일은 왜곡이 비교도 안 되게 심해질 겁니다. 그래도 절망적인 상황은 아녜요. 왜냐하면…."

말을 줄줄 뱉고 나니 속이 뻥 뚫리는 기분이다. 그러나 유리가 내 말을 끊고 되물었다.

"왜냐하면?"

"왜냐하면…."

'내가 무슨 말을 하려고 했지? 그래. 절망적인 상황은 아니야. 왜냐하면 사과를 더 먹고 더 강해진다면 내 힘으로 뭐든 해결할 수 있을 테니.'

막상 이 말을 입 밖으로 내려니 민망하다. 멋쩍게 웃으며 말을 망설이자 유리가 내 속을 읽기라도 한 듯 냉랭한 시선으로 나를 빤히 보았다.

"말에 거침이 없군. 게다가 꽤 들떠 보이는데. 즐겁나?"

"네?"

금돌 또한 나를 보는 눈빛이 심각하다. 평소의 나 같지 않다는 듯 고개를 젓는다. 유리가 이어서 말했다.

"혹시 몬스터레드를 먹었나?"

"네. 두 개 먹었는데요."

"그랬군. 박도환을 찾으러 나설 때의 빠른 판단과 행동, 충동적인 언행, 방금의 추론, 그리고 과할 정도의 자신감…."

유리가 나를 똑바로 보며 물었다.

"지혁. 지금 뭘 가장 하고 싶지?"

"그야 당장 녀석들을…."

나는 이어지려던 말을 삼키고 말꼬리를 흐렸다. 내 입에서 나올 법한 말이 아니었다. 내가 어떤 얼굴을 하고 있는지도 알 것 같다. 내 주변에서 말썽을 일으키는 녀석들을 모조리 잡아버리고 싶었다. 맹수가 사냥감의 목을 물어 죽이듯 단숨에.

'마왕이 뭔 꿍꿍이인지 몰라도 놈의 장기 말을 싹 쓸어버리면 그만이잖아.'

잔인한 생각을 하는데도 머릿속이 시원하다. 주스를 만들던 가영이 내게 눈길을 주며 만족스럽다는 듯 싱긋 웃었다.

'새롭게 열린 힘이 이거였나? 거침없는 직관과 충동. 사냥을 위한 본능. 이게 정말 내 본성인가? 그럴 리가!'

내 얼굴에서 웃음기가 가시자 유리가 안심했다는 듯 고개를 끄덕였다.

"이제 몬스터레드는 너의 정신에도 영향을 미치는 듯하다. 네 내면의 인간성을 직시해라. 그 열매에 먹히는 일이 일어나지 않도록 해야 한다."

가영이 유리의 말을 듣고 코웃음을 쳤다. 대놓고 비아냥대는 기색이었으나 유리는 개의치 않고 말을 이었다.

"네 말대로 내일 그 아이들의 충돌로 인해 왜곡이 심해진다면 그것이 가져올 결과는 오직 하나다. 바로 균열."

"균열?"

"왜곡에 의한 현실 공간의 균열이다. 네 친구들이 만들어 낸 왜곡이 겹친다면 균열이 일어날 가능성이 열린다. 문제는 균열을 만들어 내기에 아직은 왜곡의 규모가 작다는 것. 또한 균열이 생긴다면 그 균열이 어디로 이어져 있을지도 확실치 않다."

"그야 뻔하죠. 유리와 금돌의 세계겠죠. 우리 모두 봤잖아요. 거기서 어슬렁대는 놈의 본체가 균열을 통해 우리 세계로 넘어오려는 거요."

이 말을 들은 가영이 끼어들었다.

"정확히 말하자면 놈이 오는 게 아니라 놈의 정원을 끌어오려는 거야. 여기선 놈의 힘이 약하니까. 힘의 원천인 정원을 끌어와서 오빠와 대적하려고."

"정원이라면… 금돌과 유리의 세계 전체가 이쪽으로 온다고? 그런 게 가능해?"

가영의 말을 들은 금돌과 유리의 얼굴이 얼음 속에서 파낸 시체처럼 변했다. 금돌이 입술을 떨며 말했다.

"그렇다면 그때의 악몽이 또 일어난단 말이냐? 놈을 무슨 수로 대적하란 말이냐!"

마침 가영이 완성된 주스를 가져왔고 나는 주스가 든 잔을 든 채 읊조렸다.

"뭐라도 방법이 생기겠죠."

사과가 정신에도 영향을 미친다니 마시기가 망설여졌다. 유리를 보니 그녀 역시 같은 걱정을 하는 듯하다. 주스를 바로 마시기가 껄끄러워 이야기를 계속했다.

"만약 박도환까지 합세한다면 균열을 일으킬 만큼 왜곡이 강해질까요?"

"내 예상대로라면 그 정도는 아니다. 여전히 부족하다."

"하지만 최종 목적은 균열을 일으키는 것일 테죠?"

유리와 가영이 동시에 고개를 끄덕였다.

"균열을 일으킬 정도라면 대체 어느 정도로 강력한 왜곡이 일어나야 하죠?"

"오늘 문제를 일으킨 세 명, 그리고 박도환의 왜곡을 다 합친 규모를 압도할 만큼 큰 왜곡이 한 번에 발생해야 한다. 하지만 나로선 어떤 인간이 그 정도의 왜곡을 일으킬 만큼 현실을 거부하는지 짐작이 가질 않는다."

"현실을 거부한다…."

"결국 왜곡이라는 것은 받아들이고 싶지 않은 현실을 비틀면서 발생하는 것이다."

오가는 대화가 슬슬 도돌이표를 반복하고 있다. 당장 내가 할 수 있는 건 하나뿐. 단숨에 주스를 들이켜자 두개골에서 샛별이 반짝인다. 현기증이 핑 도는 시야로 가영의 씩 웃는 얼굴이 보였다. 그 아이가 기다렸다는 듯 말을 꺼냈다.

"오빠. 내가 감히 제안해 볼까 하는데."

"응?"

가영의 하얀 얼굴 위로 새까만 미소가 번진다. 마치 독을 품은 듯한 포식자의 미소. 위험해 보이면서도 어딘지 친숙해 보인다고 생각할 때 가영이 말했다.

"균열이 일어나도록 방치해. 그 배신자, 그 멍청한 사냥감이 신나서 쳐들어오게 내버려둬. 놈을 여기로 끌어들여. 이 세계를 덫으로 쓰는 거야. 오빠가 완전히 각성한다면 그 방법이 딱 좋아."

가영의 말에 금돌과 유리가 당황한 듯 서로 쳐다보았다. 금돌이 묵직한 목소리로 말했다.

"그런 짓을 했다간 이 세계가 난장판이 될 게야. 희생자도 엄청나게 나올 걸세. 그런 대재앙이 일어나는 건 우리 세계로 끝나야 하네."

그러나 내 생각은 달랐다.

'괜찮겠는데? 균열을 내버려서 놈이 이쪽으로 건너오면 단숨에….'

예전의 나라면 상상도 하지 못했을 충동이 스멀스멀 올라오는 가운데 그러면 안 된다는 의식이 이를 겨우 붙잡았다.

"아냐, 그건 아니지."

"쳇."

가영이 아쉽다는 듯 혀를 찼다. 순간 가영의 말을 들을 뻔했다. 방금 마신 사과주스 탓이다. 가영은 이 세계의 안위에는 전혀 관심이 없다. 나는 머리를 흔들어 충동을 떨쳐내고 금돌과 유리를 보며 헛기침을 했다.

"크흠! 일단 균열이 일어나는 건 어떻게든 막아볼게요. 유리. 혹시 아까 박도환에게서도 왜곡을 느꼈나요?"

"왜곡은 없었다. 왜곡이 발생하려면 발동의 계기가 있어야 한다. 그 아이가 나머지 셋과 충돌한다면 비로소 발생할 것이다."

"그럼 박도환 다음에 누군가가 사과를 먹어도 왜곡을 감지하는 식으로 미리 찾아낼 순 없겠네요?"

"그렇다."

"알겠어요. 이제 우리가 할 일이 정해졌네요. 내일 새벽 다 같이 학교에 가는 겁니다. 여러분은 학교 주변에 있다가 박도환이 오면 잡아주세요. 저는 또 누가 사과를 먹고 올지 교실에서 지켜볼게요."

"누가 될지 짐작은 가나?"

"아뇨. 하지만 정황상 우리 교실에서 나오지 않을까요? 박도환이 가만히 있어도 김태양이 폭군 역할을 대신하고 있으니까 불만 가진 애들은 넘쳐나요. 누구라도 이상징후를 보이면 제가 끌고 나갈게요. 사과 먹은 애들끼리 마주치지만 않으면 균열을 막을 수 있겠죠?"

자신 있게 말했지만 마음 한구석엔 불안이 엄습했다. 부엌 한쪽에 놓인 사과 상자를 보며 다시 목소리에 힘을 실었다.

"틈나는 대로 남은 사과도 먹을게요. 제가 저걸 다 먹기만 하면 마왕이 이쪽으로 넘어와도 어떻게든 승산이 생길 테니까요."

이제 남은 사과는 14알이다.

2

"지혁아! 어서 와! 기다리고 있었어!"

교실에 오자 조현준이 제일 먼저 반겼다. 전혀 반갑지 않다. 이른 아침부터 교문 근처에 죽치고 있었지만 박도환은 오지 않았다. 다음으로 김태양이 나를 보며 이를 갈았다. 나를 노려보며 엄지손가락으로 자신의 목을 쓱 긋는다. 권나라는? 오매불망 박도환만 기다린다.

"도환이. 우리 잘생긴 도환이. 아직도 안 왔어. 힝."

박도환의 자리는 1교시가 시작된 후에도 여전히 비어 있었다. 유리 일행이 교문에서 잡았을까? 아니. 도환을 잡으면 가영이 '혈족의 대화법'이라고 부르는 텔레파시로 알려주겠다고 했다.

'이 녀석, 왜 안 와?'

조현준의 농담이 범람하는 수업 시간. 마음속으로 시종령들에게 박도환을 찾아달라고 부탁했다. 그러나 한참이 지나도 소식이 없다. 어디에 있는지 모르니 투시력도 소용없었다. 박도환 다음으로 누가 사과를 먹었는지도 모르겠다. 이 교실에서 세 명 말고 이상징후를 보이는 아이는 더 없다. 다른 교실 아이인가? 아니면 학생이 아닌가? 모두의 왜곡을 압도할 만큼 거대한 왜곡이 발생해야 균열이 일어난다고 했다. 대체 그런 사람이 누구란 말인가?

"지혁아. 매점 가자. 내가 쏠게. 할 얘기도 있고."

1교시가 끝나자 조현준이 날 잡아끌었다. 쭉 친하게 지내온 것처럼 자연스럽고 거침없다. 무슨 꿍꿍이인가 따라가 보니 포켓몬 빵 진열대 앞으로 날 데려갔다.

"맘껏 골라! 대신 이상한 거 뽑으면 안 돼."

"이상한 거 뭐? 잠만보?"

"하하핫! 잠만보도 괜찮아!"

경계해야 마땅한데 녀석의 천연덕스러운 웃음에 긴장이 풀린다. 그리고 습관이라는 것이 무섭다는 걸 다시금 깨닫는다. 나도 모르게 피카츄를 찾고 있었다.

"사실 뭐가 나와도 상관없어. 너랑 빵 먹으러 왔으니까."

아무거나 집자 정말로 녀석이 계산했다. 녀석의 장단에 맞춰 함께 빵을 먹었다.

"할 얘기라는 게 뭐야?"

"흐흐. 글쎄."

"글쎄?"

"뭐랄까, 늘 맘에 걸렸거든. 항상 미안했어. 어려운 처지에 놓인 친구를 못 본척했던 내가 부끄러워. 이제 걱정하지 마. 넌 혼자가 아냐. 박도환이든 김태양이든 괴롭히는 놈이 있으면 내가 도와줄게."

"날 괴롭힐 수 있는 놈은 없는데."

"헤헤. 그렇지. 하긴 너도 많이 바뀌었으니까. 그래도, 지금부터라도."

문득 분위기가 이상해서 주변을 둘러보니 아이들이 우릴 빤히 보고 있다. 나를 보는 수십 개의 한결같은 시선들. 그 시선들을 하나하나 돌아보고 조현준을 보자 녀석이 씨익 웃는다.

"우리 다시 친하게 지내자."

조현준이 내 손을 잡자 주변 아이들이 축하하듯 손뼉을 쳤다.

'이거 뭐야? 무슨 청춘드라마를 찍는 것도 아니고. 조현준. 이런 오그라드는 장면을 연출하고 싶었던 거야?'

교실로 돌아오자 2교시 수업이 시작되었다.

"선생님! 어느 날 비행기가 추락하고 있었는데요. 다 탈출하고 어린애, 할아버지, 정치인만 남았었대요. 낙하산이 딱 두 개 남았는데…."

또 시작이다. 조현준. 심지어 말이 되는 이야기도 아니다. 추락하는 비행기에서 무슨 수로 탈출해? 녀석이 나불대니 선생님과 아이들이 눈을 반짝인다.

"정치인이 낙하산 하나를 잽싸게 낚아채고 말했대요. 나는 국가의 중요한 인물이니 꼭 살아야겠다고. 정치인이 탈출하고 남은 낙하산 하나를 보며 할아버지가 애한테 말했어요. 자기는 살 만큼 살았으니까 네가 낙하산을 가져라. 그랬더니 애가 뭐라고 했게요?"

제발 그만. 비행기는 벌써 추락하고도 남았겠다. 조현준이 이야기를 마무리한다.

"여기 낙하산 하나 더 있어요. 정치인 아저씨가 제 배낭 메고 뛰어내렸거든요."

깔깔대는 아이들과 선생님. 조현준은 신이 났다.

"이번엔 배가 침몰했는데요. 살아남은 사람들이 외딴섬에 도착했는데 하필 식인종들이 있었대요. 식인종 추장이 딱 한 명만 살려주겠다면서 내기를 걸었는데…."

쓸데없는 소리를 쉬지도 않고 한다. 쉬는 시간에도 멈추지 않았다. 녀석의 농담 대잔치에 아이들이 자지러졌다.

김태양은 덩치 큰 아이들을 거느리고 우두머리 행세를 했다. 녀석이 어슬렁대면 근처에 있던 아이들은 웃음을 멈추고 눈치를 살폈다. 그럴 때마다 조현준의 안광이 서늘하게 빛났다. 권나라는 박도환의 자리에 앉아 책상에 얼굴을 대고 쓸쓸함을 달랬다.

'박도환 이 녀석, 아예 학교에 올 생각이 없나?'

마침내 이 촌극에서 벗어날 수 있는 점심시간이 왔다. 학교 앞에서 유리 일행을 만나기로 했다. 유리와 금돌, 가영이 교문 앞에서 날 기다리고 있었다. 가영이 내게 텀블러를 건

넀다.

"오빠. 먹어. 3알 분량이야."

"박도환은? 아직 안 왔어요?"

유리와 금돌이 고개를 저었다.

"후우… 뭐지? 왜 아직도 안 오지?"

텀블러를 받아 단숨에 들이켰다. 구역질을 각오했으나 거부반응이 거의 없다. 뱃속에서 뜨끈한 열기가 올라올 뿐.

"후, 괜찮은데? 더 먹어도 되겠어."

"육신의 감각이 무뎌져서 그래. 점점 필멸자의 몸에서 멀어지고 있다는 뜻이야. 그렇다고 나머지를 단숨에 먹었다간 죽어."

"알았어. 사실 좀 급해졌거든."

초조함에 마음이 달떴다. 내가 불안한 기색을 보이니 유리가 신경을 곤두세우고 내게 물었다.

"교실은 어떻지? 이상징후는 없나?"

"전혀 없어요. 그 세 녀석 빼고는 전부 평소랑 똑같아요."

"아직 마왕이 다음 사과를 먹이지 않았을 수도 있다."

"그럴 수도 있겠네요. 그런데 시종령들이 박도환을 못 찾고 있어요. 녀석을 찾아야 교실에 못 오게 할 텐데. 녀석 다음에 누가 사과를 먹을지는 짐작도 안 되고…."

"시종령들이 못 찾는다면 마왕의 가호를 받고 있을지도 모른다."

"가호요?"

"내가 빛의 어머니의 가호를 받는 것처럼 말이다."

'그 잘난 마왕께서 가호까지 내리셨다고? 박도환 그놈은 선생들에게 대접받는 것도 모자라 마왕에게까지 특별대우를 받는구나. 썩을 금수저 자식.'

짜증이 치밀었다. 마왕이 짜고 있는 판을 박살 내고 싶어 몸이 근질거렸다.

"가호든 나발이든 수단 방법을 안 가리고 균열을 막아야 겠어요. 박도환이 없다면 나머지 셋을 잡아 격리하던가 포탈 너머 어딘가로 보내버리면 되잖아요? 늦기 전에 당장 들어가죠. 유리가 포탈을 만들면 제가 녀석들을 잡아서 처넣어 버릴게요. 따라오세요."

"지혁! 멈춰라!"

학교로 돌아가려는 나를 유리가 잡아 세웠다. 사과주스로 인한 뱃속의 열기 때문인지 울컥 반발심이 생겼다.

"왜요? 절 처음 봤을 땐 바로 베어버리려고 했으면서. 대의를 위해 애들 한둘 정도는 희생해도 되잖아요."

"지혁! 무슨 말을 그렇게 하느냐! 정녕 네 뜻이 맞느냐!"

금돌이 걸걸한 목소리로 나를 꾸짖었다. 유리가 그를 진정시키며 내게 말했다.

"내 과거 행동을 변명하진 않겠다. 그러나 이런 식으로 개입하면 혼란만 가중할 뿐이다. 그 아이들을 제거한다 해도 나아지는 것은 없다. 지금은 마왕의 계획을 예상이나마 할 수 있지만 놈의 계획이 틀어지면 또 어떤 흉계를 꾸밀지 모른다."

나를 보는 유리와 금돌의 얼굴에 수심이 가득했다. 오직 가영만 들떠서 비집고 나오는 웃음을 참느라 입을 씰룩였다. 그런 가영의 모습을 보자 머리가 차게 식었다.

'아, 또 내게서 혈족의 본성이 튀어나오려 했구나.'

나답지 못했다. 조금 전 먹은 사과 3알 분량의 주스 탓에 포식자의 과격한 기질이 드러났던 것이다. 숨을 깊이 고르며 마음을 다스렸다.

"…그렇네요. 저도 모르게 흥분했어요. 그 애들을 어디로 보낸다고 마왕이 이 짓을 그만둘 리도 없고."

유리가 내 어깨에 손을 얹고 차분히 말했다.

"박도환이 오면 우리가 반드시 그 아이를 붙잡아 두겠다. 너는 교실의 상황을 주시해라. 설령 균열이 일어난다 해도 어떻게든 네가 사과를 먹을 시간은 벌어주겠다. 그러니 불안을 떨치고 인내하며 기다려라."

"네. 알겠어요"

무심코 교정 쪽으로 고개를 돌리자 현실의 왜곡이라는 게 어떤 건지 눈에 보였다. 세 개의 파장이 학교를 감싸고 있던 것이다. 조현준, 김태양, 권나라. 두 개의 파장은 활발하게 파동을 일으키고 있었으나 나머지 하나는 영 힘이 없다. 박도환이 오지 않아 기운이 빠져있을 테니 분명 권나라의 파장이다.
"유리가 감지한 현실의 왜곡이라는 게 뭔지 알 것 같아요."
"무슨 말이지?"
"방금 먹은 주스 덕인가 봐요. 파장 같은 것이 보여요."
"난 그 감각을 단련하기까지 수십 년이 걸렸다. 그런데 넌 그걸 바로 깨우쳤다는 말인가."
유리가 다소 허탈해하자 가영이 자랑스럽게 말했다.
"초월적인 감각이야. 혈족의 힘. 사냥꾼으로서의 자질."
그런 가영에게 물었다.
"놈의 사과가 어떤 원리로 작용하는지 알 수 있어?"
"대충은. 늘 새로운 품종을 개발하겠다는 말을 입에 달고 살았거든."
"미안. 잠깐만."
점심을 먹고 교정을 거닐던 아이들이 점점 더 많이 우리 주변을 기웃거렸다. 하긴. 〈웬즈데이〉에 나올 법한 옷차림의 가영, 거대한 체구에 바이킹처럼 붉은 수염이 풍성한 금돌, 영화배우 같은 외모의 유리. 다들 너무 눈에 띈다.
"전 이만 들어가야겠어요. 가영아. 박도환을 보면 바로 얘기해줘. 여기로."
손가락으로 내 머리를 톡톡 두드렸다. 아직은 어색하지만 멀리 있어도 텔레파시로 대화할 수 있다니 혈족의 대화법이란 건 참 편리하다.

'응. 바로 알려줄게.'

가영이 내가 적응할 수 있도록 일부러 혈족의 대화법으로 답했다.

상황을 더 지켜보기로 하고 교실로 돌아왔다. 점심시간이 끝나갈 무렵, 수업 종이 치기 전 선생님이 들어오셨다.

"애들아. 기쁜 소식이다."

아이들이 주목하자 선생님이 말을 이었다.

"입원해 있던 고미가 드디어 의식이 돌아왔다고 한다. 하지만 아직 안정을 취해야 해서 병문안은 하루에 세 명만 할 수 있다는구나. 가고 싶은 친구 있으면 상의해서 정하고 고미에게 무리가 되지 않도록…."

'뭐, 고미가?'

날벼락 같은 희소식. 순간 머릿속이 기쁨과 혼란으로 뒤엉켰다.

'내가 병문안 갔을 때 깼다면 더 좋았을 텐데. 오늘 병문안은 당연히 내가 가야지!'

그때 선생님이 전화를 받았다.

"네에? 고미가요? 벌써 완쾌했다고요? 네. 네. 그렇군요. 알겠습니다. 아, 지금 와 계신다고요? 들여보내도 괜찮습니다. 고미 어머니."

'방금 뭐라고… 내가 잘못 들었나? 아닌데. 그럴 리 없는데'

고미 어머니라니. 고미 어머니라니? 어떻게 된 거지? 양친 모두 괴물 출몰 사건에 휘말려서 돌아가셨는데….

손을 들고 떨리는 목소리로 선생님께 물었다.

"서 선생님. 고미 어머니께서… 전화하신 거 맞나요?"

"그래. 왜 그러지?"

"정말 확실해요?"

"고미 어머니 맞다. 괜찮니? 안색이 창백한데."

'하아… 이럴 수가….'

머리가 깨질 것만 같다. 생각해야 하는데 머리가 돌아가질 않는다. 그토록 제멋대로 굴던 내면의 충동은 언제 그랬냐는 듯 잠잠하다. 텅 빈 혼란 속에서 오직 한 가지 대답만이 메아리쳤다.

'고미! 고미였어! 고미가…!'

뭐부터 해야 하지? 텅 빈 머릿속에 분노가 차올랐다.

'썰렁한 병실에 악령처럼 숨어들어 그 앙상하고 지저분한 손가락으로 고미의 입에 사과를 넣어준 거야? 그 저주받을 놈이! 죽여버릴 놈이!'

"크크크!"

꼭지가 돌아 헛웃음이 나온다.

'가영!'

차오르는 분노로 이성을 잃기 전에 마음속으로 가영을 불렀다.

'가영! 찾았어! 다음으로 사과를 먹은 아이! 지금 교실에 오고 있어!'

눈시울이 뜨거워졌다. 우리가 잡아야 할 아이의 이름을 알려주려는데 목이 멘다. 심호흡으로 마음을 다스리며 가영의 대답을 기다렸다. 그러나 아무런 소리도 들리지 않았다.

'가영?'

대답이 없다. 점점 이성이 무너져 내렸다.

'괜찮아. 고미는 내가 집으로 데려가자. 며칠만 우리 집에서 지내자고 해야지. 유리와 가영에게 부탁할 거야. 다정하게 대해달라고. 내가 좋아하는 아이니까. 내가…'

엉망진창이다. 생각하기를 그만두어야겠다. 지금 내 상태에서 생각은 방해만 될 뿐. 가영은 여전히 답이 없다. 설마 고미의 등장 때문인가? 고미가 만들어 낸 왜곡 때문에? 부모의 죽음조차 없던 일로 만들어 버리는 왜곡이라면 얼마나 강력한 걸까?

어느 순간 조현준, 권나라, 김태양이 만들어 내던 파장이 사라져 버렸다. 아니. 사라지진 않았다. 거대한 하나의 파장에 뒤덮여 색이 옅어진 것이다. 고미의 파장이 모두를 집어삼켰다. 그 파장이 어디까지 퍼져있는지 창밖 너머까지 봤지만 온 세상이 따스한 빛에 감싸여 있을 뿐 어디에서 파장이 끝나는지 가늠이 되지 않았다.

또각또각. 복도에서 가벼운 발소리가 들려온다. 발소리가 가까워질수록 심장이 터질 것만 같다. 고미다. 이윽고 걸음이 멈추고 교실 앞문이 열렸다.
"안녕. 얘들아."
고미의 등장과 함께 교실이 환해졌다. 밝게 빛난다. 사고의 상처 따윈 흔적조차 없다. 봄처럼 꽃처럼 부드러운 목소리로 고미가 나의 이름을 부른다.
"지혁아."
웃어야 하나? 아니면 울어야 하나. 나의 영혼이 녹아내린다.
'내가 뭘… 해야 했더라? 빌어먹을… 마왕의 새 사과. 좋은 거였잖아? 아니, 이게 아니지! 정신 차려! 한지혁!'
멀리 달아나는 이성을 어떻게든 붙잡으려고 스스로 뺨을 마구 때렸다. 선생님과 아이들의 시선이 일제히 나를 향했다. 고미도 눈을 동그랗게 뜨고 나를 쳐다봤다.
"지혁아. 갑자기 왜 그래?"
"어…?"
멍하게 입을 벌리고 넋을 잃은 나를 보며 조현준이 키득거린다.
"야. 관심은 그렇게 끄는 게 아니야."
이어서 김태양이 비아냥댄다.
"그렇게 처맞고 싶으면 내가 때려줘?"
시종령들이 비명을 지르듯 점멸한다.

3

 5교시가 어떻게 지나갔는지 모르겠다. 수업 내내 선생님 대신 떠들어대던 조현준의 농담도 들리지 않았다. 다른 아이들처럼 고미도 녀석의 농담에 즐거워했다. 이따금 나와 눈이 마주치면 생긋 웃기도 했다. 그럴 때마다 가영을 불러야 한다는 걸 잊어버렸다. 어차피 애타게 불러봤자 대답도 없었다.
 '다들 어떻게 된 거지?'
 쉬는 시간. 창가에 바짝 붙어 교문 쪽을 살폈다. 박도환은 왔는지, 유리 일행은 아직 여기에 있는지, 가영은 왜 내 부름에 대답이 없는지 확인해야 했다. 강력한 왜곡 탓인지 나의 투시력도 시원치 않다. 그때 뒤에서 고미의 목소리가 들렸다.
 "지혁아. 보고 싶었어."
 "어? 어…. 나 나도."
 어색하게 웃으며 대답하자 고미가 활짝 웃는다.
 '망했다. 못 이기겠어.'
 너무 강력하다. 고미의 얼굴을 보자 자리를 피할 엄두도 안 난다. 그래도 이대로 얼어있을 순 없다. 고개를 돌려 다시 창가 너머를 살피자 고미가 내 등에 바짝 붙으며 말했다.
 "어딜 그렇게 봐? 누구 있어?"

등으로 느껴지는 고미의 체온과 귓가와 볼에 닿는 숨결에 심장박동이 터질 것 같다.
'어쩌지? 도망칠까? 아니. 다 잡아 죽여? 조현준, 김태양, 권나라 셋 다 죽이고 박도환도 오면 처리하자. 고미만 빼고 싹 없애버리면 왜곡도 큰 문제는 아닐 거야. 고미만 있으면 균열 같은 건… 아니지. 그만! 이런 미친 생각은 집어치워!'
혼란이 심해지고 내면의 충동이 미쳐 날뛰었다. 깊은 심연에서 깨어난 괴물이 궁지에 몰린 짐승처럼 송곳니를 드러내고 으르렁댔다. 고미의 파장은 어디까지가 끝인지 경계가 보이지도 않을 만큼 넓고 강력했다.
'파장이 너무 커서 손 쓸 수도 없네. 문제는 고미인데….'
멍하니 창밖을 보는 내게 고미가 말했다.
"학교 끝나고 같이 아이스크림 먹자. 놀이터에서 그네도 타고."
"아… 아직 날씨가 추운데?"
"그래도. 병원에 있는 동안 그게 제일 하고 싶었어. 너랑 단둘이."
"그래, 좋아. 아니, 미안. 그게… 잘 모르겠어."
머뭇거리는 나의 말에 고미의 표정이 시무룩해졌다. 마왕의 덫임을 알면서도 마음이 흔들렸다. 다 때려치우고 고미와 단란한 시간을 보내고 싶었다. 더는 유혹에 흔들리지 않기 위해 그 애로부터 몸을 돌렸다.

"지혁아."

고미의 속삭임과 함께 내 한쪽 뺨에 따뜻하고 촉촉한 감촉이 느껴졌다. 고미가 내 얼굴에 살포시 입을 맞춘 것이다. 당황해서 쳐다보자 고미가 수줍은 미소를 짓는다. 이를 목격한 주변 아이들이 놀라서 입을 틀어막았다. 그러나 정작 고미는 주변 시선 따윈 상관없다는 듯 내게 얼굴을 들이민다. 코와 입술이 맞닿을 만큼.

"안돼! 그만!"

견디지 못하고 버럭 고함을 질렀다. 주변의 시종령들이 격렬히 점멸한다. 지금 이 상황이 위험하다는 뜻이다.

"왜? 내가 싫어?"

"아니! 그… 그런 게 아니고…."

내가 진땀을 빼자 시종령들의 빛이 더욱 발작적으로 점멸했다. 녀석들의 강력한 경고다.

"고미야. 미안!"

고미를 뿌리치고 교실 밖으로 뛰쳐나갔다. 더 있다간 내가 안에서부터 부서질 것 같았다. 나를 부르는 그 아이의 목소리가 점점 멀어졌다.

'유리랑 금돌은 어디에 있지? 가영은 왜 연락이 안 되는 거야. 당장 합류해야 해. 이대로 가다간….'

정신없이 달려 교문 앞에 도착하니 뜻밖의 인물이 서 있었다.

교실 습격전

"박도환?"

녀석이 주머니에 손을 꽂고 교정을 바라본다. 고미만큼은 아니지만 녀석이 뿜어내는 파장 또한 상당히 짙었다. 유리와 금돌, 가영은 근처 어디에도 없다. 녀석의 턱 부근과 교복 옷깃에 검붉은 얼룩이 묻어있다. 핏자국이다.

"너 왜 지금 와?"

"왜? 안 와서 허전하디? 내 주먹맛이 그리웠어?"

도환이 히죽 웃으며 빈정거렸다.

"헛소리 말고. 그 핏자국은 뭐야? 무슨 짓을 한 거야?"

"아, 이거? 집에서 한 따까리 했거든. 씨발, 꼰대가 학교 안 가냐고 지랄을 떨어서."

"너, 설마⋯."

"엉? 하하하하! 미친 새끼! 뭔 생각을 하는 거야? 야. 내가 그 정도로 패륜은 아니거든. 그냥 얼굴에 한 방 먹여줬다고. 꼰대가 자꾸 손찌검하잖아."

"하아⋯."

사고를 쳐봤자 나락 가는 건 저 새끼인데 왜 내가 안도하는 걸까. 때마침 등 뒤에서 권나라의 목소리가 들렸다.

"도환아!"

망부석처럼 창밖만 보고 있다가 박도환을 보고 부리나케 달려온 모양이다. 눈물을 흩뿌리며 총총걸음으로 녀석에게 달려갔다.

"도환아! 왜 이제 와! 얼마나 기다렸는데!"

"꺼져."

"엉?"

그대로 권나라를 지나치는 박도환. 충격으로 잠시 넋이 나가 있던 권나라가 다시 웃으며 박도환을 불렀다.

"왜 그래? 도환아. 넌 나 안 보고 싶었어?"

"짜증 나니까 좀 닥쳐줄래."

"도환아…."

"그만 쳐 불러. 자기 분수 좀 알자. 씨발 잠깐 놀아주니까 계속 달라붙어."

나라의 눈에서 눈물이 주르륵 흘러내렸다. 녀석이 내 옆을 지나 뚜벅뚜벅 교정으로 들어갔다. 그 순간, 불쾌한 파열음이 공간을 갈랐다.

"빠직!"

정신이 번쩍 들 만큼 불길한 소리다. 공간이 깨지는 소리. 균열을 암시하는 소리.

"잠깐! 거기 서!"

박도환을 급히 불러 세우려는데 학교 뒤에서 담배라도 피고 오는지 패거리들을 이끌고 김태양이 나타났다. 녀석이 박도환을 보고는 침을 찍 뱉으며 말했다.

"야! 빡또환! 이 씨…."

"뭐, 이 씨발 새끼야. 이름 똑바로 안 불러?"

"어?"

부릅떴던 김태양의 눈빛이 얼어붙었다. 심상치 않은 기운을 감지한 듯 돌처럼 굳어있다가 박도환이 다가오니 뒷걸음질 친다. 박도환이 빠른 걸음으로 김태양을 쫓아가며 녀석을 부른다.

"어딜 도망가? 거기 딱 서 있어. 돼지 새끼야."

"오 오지 마!"

"어제는 재미 좋았지? 씨발아."

"퍽!"

주먹 한 방에 김태양이 나가떨어졌다.

"빠지직!"

연이어 들리는 공간을 깨는듯한 파열음. 손도 못 쓰고 일이 벌어졌다. 6교시를 시작하는 종이 울린다. 이대로 두면 위험하다. 녀석이 교실에 못 가게 막아야 한다.

"박도환! 기다려!"

교실로 향하는 박도환을 쫓았다. 하지만 걸어가는 것처럼 보이는데도 녀석과의 거리를 좁힐 수 없었다. 아무리 달려도 놈은 마법처럼 멀어졌다. 복도를 달리며 시종령들에게 명령했다.

"저 녀석을 잡아!"

시종령 몇 마리가 총알처럼 날아가 박도환에게 긴 손을 뻗었다. 그러나 녀석의 몸에 닿는 순간 감전이라도 된 듯 경련을 일으키다가 안개처럼 소멸했다.

"어떻게 저런 일이…. 저것도 마왕의 가호인가?"

마침내 드르륵 교실 문을 열며 박도환이 들어갔다. 조현준이 까부는 탓에 웃음소리만 가득한 교실로. 그 화기애애한 분위기를 박도환이 박살 냈다.

"이 씨발 새끼들."

한순간 교실이 조용해진다. 문 앞에 우뚝 선 박도환을 본 조현준의 동공이 흔들렸다. 녀석을 향해 박도환이 한마디 던졌다.

"수업 좀 하자. 씨발놈아."

"쩍!"

얼음 갈라지는 소리와 함께 교실 한가운데가 깨진 거울처럼 어긋났다. 하지만 내 눈에만 보이는지 다른 아이들은 알아차리지 못한다. 균열 너머로 고미가 분위기를 망친 박도환을 째려보는 게 보인다. 조현준이 새파랗게 질린 입술을 씰룩이며 분위기를 살려보려고 말을 이었다.

"도 도환아. 재미있는 얘기 해줄…."

"아가리 찢어버린다."

"웁!"

겁에 질린 조현준이 몸을 웅크리자 박도환을 노려보던 고미가 자리에서 벌떡 일어나 목소리를 높였다.

"야! 박도환! 너 아직도 애들 괴롭혀? 내가 이런 거 학폭이라고 했지! 제대로 혼나 볼래?"

"쩌저저적!"

고미의 날카로운 외침과 함께 공간의 균열이 교실 밖으로 삐져나갈 만큼 커졌다. 고미의 일갈을 들은 박도환은 어째서인지 멀뚱히 서 있다. 그런 녀석을 향해 고미가 성큼성큼 다가왔다.

"죽었어. 너."

박도환의 앞에 선 고미가 오른팔을 크게 뒤로 뺐었다. 쭉 편 손바닥이 뺨이라도 때릴 기세다. 당장 들어가서 말려야 하는데 하필 문 앞에 선 도환이 방해가 된다. 녀석의 어깨 너머로 고미를 불렀다.

"잠깐만! 고미야!"

"가만히 있어. 지혁아. 이 녀석은 내가 혼내줄게."

"하지 마!"

"철썩!"

고미의 풀스윙에 도환의 얼굴이 돌아간 순간, 거울이 깨지는 듯한 소리와 함께 균열 주변의 공간이 조각조각 부서져 떨어져 나갔다. 시간이 멈추기라도 한 듯 교실의 모두가 동상처럼 우뚝 멈추고 깨진 공간 사이로 짙은 안개가 흘러나오기 시작했다. 그리고 안개 속에서 낮고 음습한 목소리가 들려왔다.

'마침내 때가 왔느니라. 가문의 수치, 존재해선 안 될 존재여.'

묵직하게 울리는 마왕의 목소리에 고막이 먹먹하다. 꿈꾸 듯 정신도 멍해졌다.
'결국 못 막았어. 난 뭘 한 거지? 처음부터 내가 할 수 있는 게 있긴 있었을까?'
교실에 자욱이 깔리는 안개에서 달착지근하면서도 텁텁한 냄새가 났다. 자세히 보니 안개가 아니라 미세한 꽃가루였다. 꽃가루에 이어 넝쿨이 똬리를 틀며 기어 나왔다. 갈라진 틈새 너머 얽히고설킨 넝쿨들 사이로 놈의 눈이 나를 노려보고 있었다. 놈이 내게 속삭였다.

'발버둥 쳐 보아라. 실패한 씨앗이여. 재주껏 살아남아 보아라.'

4

"모두 도망쳐! 교실에서 나가!"
균열을 통해 뿜어져 나온 꽃가루가 순식간에 교실을 채웠다. 애타는 나의 외침이 무색하게 교실의 아이들은 모두 동상처럼 멈춘 채 꽃가루를 뒤집어썼다.
"콜록! 콜록!"

짙은 꽃가루 때문에 목이 따가웠다. 손을 휘저어 시야를 가린 자욱한 꽃가루를 헤집었다. 나무줄기처럼 뻣뻣한 뭔가가 손에 잡힌다.

"뭐지?"

위아래로 손을 더듬어 보니 의자 위에 교복으로 추정되는 질감이 느껴지고 어깨의 형태와 머리 같은 큰 덩어리가 만져진다. 소매 아래로 나온 피부가 까끌까끌한 나무껍질 같다.

"이럴 수가!"

책상에 앉은 채 나무가 된 어떤 아이였다. 머리는 만발한 꽃으로 뒤덮였다. 교실에 있던 모두가 그렇게 변했다. '애들이 전부 다 나무로…?'

"고미야! 강고미!"

뿌연 꽃가루 속에서 고미의 대답이 들렸다.

"지혁아?"

꽃가루 속을 더듬어 고미의 손을 잡았다. 그 손을 바짝 끌어당겨 고미의 얼굴을 확인했다. 변이가 일어나지 않은 깨끗한 얼굴이다.

'마왕의 사과를 먹은 아이는 변하지 않는 건가? 역시 고미는 마왕의 마법에 걸린 거네.'

알고 있던 사실이지만 마음이 쓰리다. 도환과 현준의 상태도 확인해 보고 싶었지만 그럴 여유가 없다. 균열은 점점 더 크게 벌어져 그 사이로 마왕의 손가락이 삐져나오고 있었다. 마디가 툭 불거진 굵은 대나무 같은 손가락들이 교실을 휘저었다. 마왕의 목소리가 교실에 울려 퍼졌다.

'너의 세계 또한 나의 정원이 될 운명. 너의 소멸이 머지않았다.'

"고미야! 뛰어!"
고미의 손을 잡고 뛰쳐나와 교실 문을 쾅 닫았다. 닫힌 문틈 사이로 꽃가루가 스멀스멀 새어 나오고 문이 난폭하게 들썩거렸다. 금방 부서질 것 같다. 나는 고미와 함께 복도를 내달리며 목이 찢어지도록 소리를 질렀다.
"전부 학교에서 나가!"
나의 외침에 학생과 선생님 몇 명이 복도로 얼굴을 내밀었다. 하지만 그뿐. 도망치기는커녕 멀뚱히 쳐다보기만 했다. 고미가 걸음을 멈추고 소화전을 가리켰다.
"지혁아! 저기 소화전!"
"그래!"
소화전의 빨간 버튼을 힘껏 눌렀다. 비상벨이 요란하게 울리고 나서야 선생님이 학생들을 인솔하여 교실에서 빠져나가기 시작했다.
'가영! 근처에 있어?'
마지막으로 한 번 더 가영을 불러봤다. 역시 반응이 없다. 옆에 있는 고미 때문일 수도 있겠다는 생각이 점점 강해진다. 이 아이가 일으킨 왜곡이 가장 강력했으니까.

운동장으로 대피한 아이들과 선생님들이 꽃가루로 휩싸인 학교 건물을 보며 웅성대고 있었다. 고미가 내게 묻는다.

"지혁아. 저 연기… 많이 위험한 거야?"

헷갈린다. 정말로 몰라서 묻는 걸까? 마왕의 사과를 먹었어도 마왕의 존재와 꽃가루의 정체에 대해선 알지 못하는 건가? 소화전을 찾아 아이들을 대피시키도록 도운 걸로 봐선 고미는 마왕의 존재를 모르는 것 같기도 하다. 하지만 그렇다고 해서 고미의 행동이 본연의 의지에 따른 걸까? 마왕이 유도한 고도의 기만작전일지도 모른다. 그렇다면 아까 교실에서 내 얼굴에 입을 맞췄던 것도 어쩌면….

잠시 후 사이렌을 울리며 소방차가 운동장에 들어섰다. 짙은 꽃가루가 화재로 인한 연기라고 생각했는지 소방대원들이 화재 진압 장비를 갖춘다.

'방독면이 과연 마왕의 꽃가루를 막아줄까?'

그런 안일한 기대는 버리는 편이 낫다. 난 잠시 고미를 두고 소방관들을 향해 달려갔다.

"잠깐만요! 들어가면 안 돼요!"

나의 외침에 대원들을 빠르게 통솔하던 소방관이 멈춰 섰다.

"무슨 일이지?"

"저건 그러니까… 불이 난 게 아녜요."

그는 미간을 찡그리며 학교에서 피어오르는 꽃가루 안개

를 보다가 내 옆을 지나치며 말했다.

"화재가 아니더라도 연기가 저 정도라면 일단 들어가서 봐야 한다. 어쨌든 말해줘서 고맙구나."

소방관들이 학교에 들어가 꽃가루에 닿으면 교실에서 일어났던 일이 또 일어날 것이다.

"멈춰요! 화재가 아니라고요! 치명적인 독가스예요!"
"가스? 그럼 사람들은? 쓰러진 사람들이 있니?"
"그건….."
"쓰러진 사람들을 봤다면 몇 층인지 알려줄래?"

못 들어가게 하려고 지어낸 말인데 난감하다. 소방관들의 직업의식은 매우 투철했다.

내가 대답을 머뭇거리자 소방관들은 더 지체하지 않고 학교를 향해 들어갔다. 급히 시종령들에게 학교의 문틈과 창틀을 틀어막으라 명령했다. 수백 마리가 빛을 내며 학교 건물에 촘촘히 달라붙었다. 그러나 새어 나오는 꽃가루에 닿자 허망하게 연기처럼 증발했다. 이대로 두면 학교에서 흘러나오는 꽃가루가 이 일대를 삼킬 것이다.

'시종령을 전부 끌어와도 소용없겠어. 어쩌지?'

그러다 한 가지 방법이 떠올랐다. 가능할지는 모르겠다. 어쩌면 돌이킬 수 없는 대혼란이 일어날지도 모른다. 하지만 달리 방법이 없었다. 일단 시종령들을 불렀다.

"얘들아."

내 목소리에 가까이에 있는 녀석부터 저 멀리 허공을 떠도는 녀석들까지 일제히 점멸하며 반응했다. 마음을 다잡고 모든 시종령에게 말했다.

"이 일대 사람들을 전부 대피시켜 줘. 내 눈에 보이지 않는 사람들까지 전부 찾아서 꽃가루의 안개로부터 안전한 곳으로 옮겨줘."

내 말이 떨어지자마자 시종령들이 지상 곳곳을 휩쓸기 시작했다. 사방팔방 시종령에게 잡혀 날아가는 사람들의 비명이 들려왔다.

'하아… 사고 제대로 쳤네.'

운동장에 모인 학생들과 선생님, 학교에 진입하려던 소방관, 그리고 학교 밖 근처에 있던 사람들까지 전부 시종령에게 붙잡혀 먼 곳으로 날아갔다. 한 소방관이 내 옆을 스쳐 날아가며 괴성을 질렀다.

"우와아악! 이게 뭐야! 이게 어떻게 된 거야!"

순식간에 운동장에 모여있던 사람들이 싹 사라졌다. 오직 둘, 나와 고미만 빼고. 고미의 몸에 손을 댔던 시종령들은 발작을 일으키며 연기처럼 소멸했다. 고미가 놀란 토끼 눈을 하고 물었다.

"지혁아. 이거 무슨 일이 일어난 거야? 어떻게 사람들이… 이거… 꿈이야?"

초현실적인 광경에 고미가 자신의 볼을 꼬집었다. 그 모습을 보니 마왕이 영향력을 미칠 때만 행동이 바뀌는 듯했다.

"고미야. 따라와."

"어딜 가려고?"

"일단은 피해야 해. 자세한 이야기는 나중에 해줄게."

고미의 손을 잡고 아무도 없는 거리로 나왔다. 교정은 꽃가루에 완전히 파묻혔다. 몬스터레드에 잠식당한 세계로부터 온 꽃가루니 필경 몬스터레드의 꽃가루일 것이다. 지난번 금돌과 유리의 세계에 갔을 때는 이런 꽃가루가 없었는데. 마왕은 얼마나 더 힘을 키운 것일까?

"크르르르."

꽃가루 안개 속에서 낮게 그르렁대는 소리와 발소리가 들렸다. '균열을 통해 넘어온 괴물들인가?' 나는 본능적으로 고미를 내 뒤에 세웠다. 고미가 내 팔을 꼭 잡았다.

"지혁아. 저 안개 속에 뭐가 있는 거야? 위험해 보여."

"걱정하지 마. 내가 지켜줄게."

주먹이 근질거리고 전신의 솜털이 바짝 곤두섰다. 사냥에 대한 갈증으로 혀가 말랐다. 그러나 이 감각은 인간으로서의 의지가 아니라 혈족으로서의 충동이었다.

적이 언제 덤벼들어도 싸울 수 있게 복싱 자세를 잡았다. 그때 등 뒤에서 가영의 목소리가 들렸다.

"오빠, 지금은 잔챙이나 잡고 있을 때가 아냐."

"가영!"

각자의 무기를 든 가영, 유리, 금돌이 어느새 내 뒤에 섰다. 고미는 낯선 이들의 갑작스러운 등장에 어안이 벙벙한 얼굴이다.

"지혁. 엄청난 짓을 했더구나. 제정신인 게냐?"

금돌이 굳은 얼굴로 나를 꾸짖었다.

"미친 짓이었던 거 알아요. 하지만 옳은 판단이었죠."

달리 할 말을 찾지 못했는지 금돌이 입을 다물었다. 급히 해야 할 이야기는 따로 있다.

"가영! 텔레파시를 얼마나 보냈는데 못 들었어?"

"응, 못 들었어. 강력한 왜곡이 방해하고 있어. 지금도 그래."

가영이 고미를 노려보며 양손에서 넝쿨을 뽑아냈다. 유리 또한 고미에게 사과의 기운을 감지했는지 검 손잡이에 손을 얹었다. 그들의 적대적인 행동에 고미가 물러서며 내게 물었다.

"지혁아. 저 사람들 누구야?"

"내 친구들이야. 저 아이는 내 동생이고."

"동생…?"

나는 고미 앞에 가로서며 가영에게 말했다.

"가영아. 진정하고 내 말을 들어봐."

"쟤구나? 쟤한테서 엄청난 왜곡이 느껴져."

"가영. 얘는…."

"적이야. 오빠. 놈의 사과를 먹은 애들은 놈의 가지와도 같아. 그 애와 가까이 있을수록 놈한테 우리를 드러내는 거랑 똑같다고!"

가영이 새된 목소리로 소리쳤다. 그 애의 넝쿨에 날카로운 가시가 빽빽이 돋는다. 그 가시로 고미를 찌를 기세다.

"그 배신자가 오빠 목소리를 흉내 냈어. 집으로 돌아갈 테니 먼저 가 있으라고. 그래서 집에 갔는데 오빠가 안 왔어. 다시 여기 와보니 이렇게 된 거야."

"내 목소리를 흉내 냈다고? 어떻게 그게 가능하지?"

"놈의 사과를 먹은 애들은 놈의 가지나 마찬가지라고 했잖아. 그 애들을 통해 오빠의 몸에 접촉하면 일시적으로 놈이 오빠 흉내를 낼 수 있어. 내가 해줬던 말 기억 안 나? 흉내쟁이 넝쿨의 업적! 그건 평범한 접촉으론 안 되는 거야. 아주 바짝 달라붙어야 가능하다고. 아주 바짝!"

마왕이 나를 흉내 내다니. 아마도 고미가 내 뺨에 입을 맞췄을 때였을 것이다. 고미를 노려보는 가영의 눈빛이 얼음처럼 차갑다. 가영이 분노에 차서 말을 이었다.

"이제 누가 그 짓을 했는지 알겠네. 죽여버릴 거야!"

"가영! 멈춰!"

급한 마음에 가영의 날카로운 넝쿨을 맨손으로 잡았다. 손바닥에 피가 맺혔다. 겁에 질린 고미가 등 뒤에서 내 옷을 꽉 붙잡았다. 손바닥을 찌르는 아픔보다 나를 괴롭히는 건 끊임없이 피어오르는 의심이다.

'설마 고미가 마왕을 위해 계획적으로 내게 입을 맞춘 걸까? 아냐. 마왕의 영향을 받고 무의식적으로 행동했을 거야. 지금도 봐. 고미는 아무것도 모르잖아. 그랬을 거야. 그럴 수밖에 없어….'

꼬리에 꼬리를 무는 생각에 갈피를 못 잡고 있을 때 금돌의 외침이 생각의 끈을 잘랐다.

"지금 이럴 때가 아니다! 안개가 이쪽으로 오고 있다! 괴물들도!"

그의 말대로 꽃가루 안개와 그 속을 어슬렁거리는 괴물들의 기척이 아까보다 가까이에서 들려왔다. 난 가영의 넝쿨을 붙잡은 채 애원했다.

"일단 넝쿨을 거둬. 피해야 해. 저건 안개가 아니라 몬스터레드 꽃가루야. 금돌과 유리가 저기 닿았다간 무사하지 못해."

금돌이 경악하며 되물었다.

"모 몬스터레드의 꽃가루?"

"네! 저 꽃가루에 닿자 저희 반 애들 모두가 나무로 변했어요! 마왕의 사과를 먹은 애들만 빼고요."

이번엔 유리가 물었다.

"사과를 먹은 나머지 애들은 지금 어디에 있지?"

"모르겠어요. 확인할 틈이 없어서."

그 순간 악몽에서나 볼 법한 장면이 펼쳐졌다. 뭉게구름처럼 피어오르는 꽃가루 너머로 마왕이 앙상하고도 거대한 몸을 일으킨 것이다. 족히 아파트 10층은 될 듯했다. 형체를 이룬 놈의 탁한 목소리가 울려 퍼졌다.

'도망칠 곳은 없다. 죽을 장소나 정해라.'

금돌의 이가 딱딱 부딪친다. 유리의 이마에선 식은땀이 맺히고 검을 쥔 손은 미세하게 떨렸다. 이 모든 게 믿기 어려운 고미는 공포에 입술이 파랗게 질렸다. 나는 가영에게 다그쳤다.
"가영! 제발! 여기서 먼저 피하자."
"에잇! 알았어."
마지못해 가영이 넝쿨을 거두고 검은 안개 같은 포탈을 열었다. 유리와 금돌을 먼저 보내고 나도 고미를 안고 포탈로 몸을 던졌다.
집에 오자마자 가영은 다시 가시넝쿨을 꺼내 고미를 겨누었다. 유리도 검을 뽑았다. 고미는 갑작스러운 장소 이동에 혼란스러워하다가 자신을 향한 살의를 보고 당황했다. 가영과 유리를 막으며 외쳤다.
"둘 다 위험한 물건 치우라고요!"
"정신 차려! 오빠! 왜 쟤를 감싸는 거야!"
가영이 화를 내며 쏘아붙였다. 유리도 말을 덧붙였다.

"균열을 막지 못한 이유가 그 아이 때문이구나. 비키거라."
"제가 비키면 이 애를 어쩌려고요?"
"…."
 얼마간 정적이 흘렀다. 언제까지 내 뒤에 숨을 순 없다고 여겼는지 고미가 나섰다.
"제가 뭘 잘못했는데 이러는 거죠?"
"자신이 사과를 먹었다는 사실을 인지하지 못하는군. 아니면 인지하지 못하는 척하는 건가? 너, 병원에 입원했던 사실은 알고 있나?"
"그럼요. 오늘 오전에 퇴원했어요."
"병원에서 나온 과정은 기억나나?"
"…네? 그야 당연히…."
 고미가 기억을 더듬었다. 끊어진 기억을 억지로 이어 붙이려 하자 고미의 눈동자에 불그스름한 기운이 감돌며 고미 주변에 형성된 왜곡이 강해졌다.
 '원하는 현실을 만드는 과정에서 불필요한 기억은 건너뛰는 건가? 기억의 구멍을 메우려고 사과의 힘을 쓰고 있어.'
 고미의 붉은 눈을 본 유리가 검을 치켜들었다. 이대로 뒀다간 큰일 나겠다 싶어 둘 사이에 끼어들었다.
"고미야. 그만 생각해. 지금은 나만 봐. 유리! 검 치우고 잘 들으세요. 가영. 너도."
 고미를 붙잡고 그 아이의 눈을 바라보았다. 나와 눈을 마주치자 붉게 달아올랐던 눈이 가라앉았다.

"고미를 내버려두세요. 마왕에 맞서기 위해선 이 세계를 지켜야 한다고 했죠? 여기 이 아이. 고미가 없으면 저에게 이 세계는 아무것도 아녜요. 지킬 필요도 없다고요. 고미가 있어서 이 세계를 지키고 싶은 겁니다. 마왕의 사과를 먹었다는 이유로 이 아이를 어떻게 할 생각이라면 그 전에 저와 먼저 싸워야 할 겁니다."

정적이 흘렀다. 가영은 얼이 빠져 나를 쳐다보고 유리는 고개를 돌려 조용히 검집에 검을 넣었다. 금돌은 바닥에 세운 총에 기댄 채 짧은 감탄사를 내뱉었다.

가영이 괜스레 부엌에 있는 사과 상자를 뒤적이며 신경질을 낸다.

"담을 거 있으면 줘! 사과 챙겨야 하니까!"

벽장에서 어릴 때 쓰던 배낭을 꺼내 건네주자 가영은 사과 4알은 주스를 만들고 나머지 7알은 배낭에 넣으면서 툴툴댔다.

"몬스터레드라도 다 먹여야지 그거 말곤 답이 없겠네! 답이 없어!"

한편 유리는 잠시 생각에 잠기더니 고미를 가리키며 내게 물었다.

"이 아이를 어떻게 할 생각이지? 당장엔 무해한 듯 보여도 은연중 마왕의 의지에 의해 행동할 수도 있다. 우린 이 아이를 감시할 여력도 없고 데리고 다닐 수도 없다."

"알고 있어요."

어쩌면, 아니, 다분히 마왕은 고미를 이용하려 했을 것이다. 내가 고미를 데리고 다니도록, 그래서 고미가 내 약점이 되어 싸움에 전력을 다하지 못하도록 말이다. 놈이 맞았다. 나는 고미를 내 곁에 두고 싶다. 그래야 마음이 놓일 것만 같다. 하지만 지금은 그럴 상황이 아니다. 나는 고개를 저었다. 그리고 주스를 만들고 있는 가영을 불렀다.

"가영."

"왜!"

아직 대답이 사납다. 나는 평소보다 다정하게 가영에게 말했다.

"가영아. 너 넝쿨로 방패를 만들 수 있잖아. 그럼 넝쿨을 써서 우리 집을 단단하게 감쌀 수도 있어?"

"할 순 있지. 근데 왜?"

"그럼 부탁할게. 고미를 이 집에 놔두고 갈 거야. 고미가 안전하도록 이 집을 넝쿨로 감싸줘."

사과를 갈던 가영의 손이 우뚝 멈추었다. 나는 다시 한번 가영에게 부탁했다.

"가영아. 꼭 그렇게 해줘."

가영은 한숨을 푹푹 쉬다가 다시 사과를 갈며 쳐다보지도 않고 말했다.

"알았어. 이 똥멍충이 오빠야."

"고마워. 가영아."

가영의 답을 들은 후 고미를 내 방으로 데려갔다. 고미가 어색하게 웃으며 먼저 입을 열었다.

"뭐가 뭔지 하나도 모르겠다. 지혁아. 이게 다 무슨 일인지 설명해 줄 수 있어?"

"미안. 지금은 어려워."

"그래도 이거… 꿈 아니지?"

"차라리 꿈이었으면 좋겠다. 악몽이 따로 없네. 청소도 못한 이런 누추한 방을 보여주고 싶진 않았는데."

고미가 피식 웃고는 내 눈을 보며 말했다.

"무슨 일인지는 모르겠지만 나도 바보는 아니야. 날 이 집에 두고 가려는 거지?"

"널 보호하려는 거야."

"하지만 네 옆에 있으면 내가 도움이 될지도 모르잖아."

"너무 위험해서 그래. 지금 바깥에서 일어나는 일은 학폭 따위와는 차원이 달라. 빨리 해결하고 돌아올게. 부디 나를 위해서라도 여기서 기다려 줘."

"…"

말없이 고미가 쓸쓸하게 웃었다. 무너진 현실이 고미를 무력하게 만들었다. 더 이상 조르지 않는 고미의 모습이 괴롭기만 하다.

다시 거실로 나와 보니 금돌과 유리는 준비를 마친 상태다. 금돌은 그의 커다란 배낭에서 실탄과 약병을 챙겼고 유리는 한구석에 모셔만 두던 꾸러미에서 은빛이 도는 오래된 갑옷을 꺼내입었다.

"유리. 그런 갑옷도 있었어요?"

"추억이 있는 물건이다. 구식이지만 여전히 쓸만하다."

후드티 위에 갑옷을 덧입은 유리의 모습이 오랜 세월 전장을 누빈 전사의 분위기를 물씬 풍겼다. 하지만 이런 갑옷이 마왕의 꽃가루를 막아줄 순 없다. 금돌과 유리 모두 결의는 대단했지만 사실상 죽으러 가는 것과 다름없었다.

"오빠. 받아."

가영이 사과주스를 담은 텀블러를 내게 던졌다. 바로 마시려 하자 가영이 말린다.

"안돼. 점심때 먹었잖아. 4알이나 넣은 거라서 지금 먹으면 위험해. 최대한 기다려."

"그래."

"이해할 수 없는 행동을 하긴 해도 오빠는 점점 더 오빠다워지고 있어."

"응?"

기대에 찬 가영의 얼굴에 심연에서 올라온 듯한 검은 미소가 번졌다.

"곧 오빠의 넝쿨이 깨어날 거야. 오빠가 지닌 본연의 모습에 더 가까워지는 거야. 그러면 나처럼 놈의 안개 속에서도 시종령과 능력을 쓸 수 있어. 하지만 완성된 힘은 아니야. 놈을 압도할 만큼 강해지려면 남은 사과를 다 먹어야 해."

사과를 다 먹고 나면 혈족의 포식자 본능은 얼마나 강해질까. 과연 내 의지로 억누를 수 있을까.

"다 먹고 나서도 나는 여전히 나로 남아있겠지?"

"물론. 그 어느 때보다도 오빠다울 거야."

가영이 더욱 까맣게 웃었다. 같은 편이라는 이유로 자꾸 잊어버린다. 가영 이 아이는 '심연의 혈족'이라는 사실을. 포식자의 피가 흐르는 무자비한 사냥꾼이라는 사실을 말이다. 거실에선 전투 준비를 마친 유리와 금돌이 그들의 언어로 조용히 기도를 올렸다. 그들을 보면서 가영에게 말했다.

"가영아. 저 둘을 지켜줄 수 있겠어?"

"엥? 또 무슨 부탁을 하려고?"

"저 둘은 꽃가루 속에서 살아남지 못할 거야. 그걸 알면서도 저들은 절대 물러나지 않겠지. 그러니까 저들을 위해 네가 보호해 줬으면 좋겠어."

"내가 뭐 하러…."

가영이 다시 인상을 찡그리더니 이해할 수 없다는 듯 나를 보았다.

"오늘은 자꾸 이상한 부탁만 하네? 왜 종들을 위해 그렇게까지 하라는 거야?"

"저들은 종이 아니야. 우리가 시켜서 싸우는 게 아니라고. 내 친구들이야. 꼭 기억해 둬. 가영아. 어떤 상황에서든 저들이 위험에 빠지면 우리가 지켜줘야 해."

"쓸데없는 짓이야."

"저들을 잃고 싶지 않아. 그런 이유라면 해줄 수 있겠어?"

"참나. 어쩌겠어. 쟤들 신경 쓰여서 오빠가 제대로 못 싸우면 안 되니까."

"고맙다. 가영."

이제 떠날 시간이다. 고미가 현관문을 나서는 우릴 지켜보았다. 마지막이 될지도 모를 인사를 고미에게 건넸다.

"혼자 있게 해서 미안해. 금방 돌아올게."

그렇게 떠나려는데 금돌이 급히 부엌으로 가 수납장을 열더니 빵 몇 개와 생수병을 꺼내 고미에게 준다.

"우리가 늦어질 수도 있네. 배가 고프면 큰일 아닌가."

금돌의 푸근한 미소에 고미도 미소 지었다. 현관문을 나서며 금돌이 진격을 알렸다.

"자, 이제 출발하세,"

유리와 금돌, 가영이 먼저 나서고도 발걸음이 떨어지지 않아 머뭇대는 나를 보고 고미가 말했다.

"괜찮아. 어서 가."

"미안해. 고미야."

"넌 참 좋은 애야. 지혁아."

차마 고미를 볼 수 없어 돌아보지 않고 현관문을 닫았다. 내가 나오자 가영이 집을 봉인하기 시작했다. 순식간에 넝쿨이 집 현관문과 창문을 촘촘히 뒤덮였다.

마음을 다잡으며 모두에게 말했다.

"빨리 해치우고 돌아오죠. 놈한테 휘둘리는 건 이제 지긋지긋해요."

우리는 기세 좋게 발걸음을 옮겼다. 꽃가루 안개가 불과 백 미터도 안 되는 곳까지 와 있었다. 시종령들은 그때까지도 나의 명령을 수행하고 있었다. 이미 대피한 사람들까지 붙잡고 이리저리 옮겼다. 미지의 힘에 끌려가는 사람들의 비명이 곳곳에 메아리쳤다.

"이제 그만해. 자력으로 피할 수 없는 사람들만 도와줘."

나의 새로운 명령에 시종령들의 움직임이 멈추었다. 녀석들이 다시 내 주변을 맴돌았다.

"시종령 수가 팍 줄었어. 그 많던 것들이 없어졌네."

"아껴둬. 오빠."

하늘에선 구급 헬기와 방송 헬기가 날아다니고 멀리에서 소방차의 사이렌 소리가 들려왔다. 간간이 경찰이 쐈을 법한 총성도 울려 퍼졌다. 금돌이 어금니를 꽉 다문 채 말했다.

"드디어 시작이군. 오늘이야말로 조상의 한을 풀어야겠소."

금돌은 총을 장전하고 유리는 검을 뽑았다. 사과 5알을 든 배낭을 멘 가영은 양손에서 넝쿨을 뽑아내 덩어리로 엮어서 배구공 크기의 구체를 만들었다. 나도 각오를 다졌다. 이제 죽음의 꽃가루와 맞서야 한다.

"할멈. 우리의 마지막 전투가 될 수도 있으니 미리 말하오. 그동안 고생 많으셨소. 함께 싸워줘서 영광이오."

"황금 계곡의 마지막 후손이여. 그대의 가문과 함께해서 영광이었다. 다음 세상, 다음 생에서도 복된 만남이 이어지기를."

5

꽃가루가 거리를 꽉 메우고 건물들을 뒤덮었다. 유리는 한 손으로 성호를 그으며 무엇인가 주문을 외웠다. 이를 본 가영이 말했다.

"그만둬. 귀쟁이. 너희 마법으론 저거 못 막아. 이리 와. 털북숭이랑 같이."

이럴 때일수록 서로를 신뢰해야 하는데 유리와 금돌이 가영을 경계하는 기색이 역력하다. 내가 고개를 끄덕이며 그들에게 믿어도 좋다는 눈치를 주자 둘은 가영에게 다가갔다. 가영이 으스대는 태도로 말했다.

"원래는 이런 거 안 해주는데 특별히 가호를 내리는 거야."
"가호?"

유리가 되물었다.

"내 넝쿨은 방패. 육신과 영혼을 보호하는 가호 또한 내가 만드는 방패야. 너희를 꽃가루로부터 지켜줄 수 있어."

"내 방호 마법으로도 어느 정도는 막을 수 있다."

"얼마 버티지도 못할걸?"

'….'

유리가 가영의 말에 반박하지 못했다. 가영이 입술을 달싹이자 그 아이의 넝쿨에서 작은 꽃봉오리 두 개가 자랐다. 가영은 그 꽃봉오리를 따서 양손에 하나씩 쥔 다음 금돌과 유리의 얼굴 앞에 두고 꾹 쥐어짰다.

"푸헷취!"

"에취!"

꽃봉오리가 터지며 포자 같은 것이 뿜어져 나왔고 그것을 들이마신 금돌과 유리가 시원하게 재채기를 했다. 둘 다 코에 걸쭉한 콧물이 매달렸다. 금돌은 훌쩍 들이키고 유리는 덤덤히 닦아냈다. 가영이 유리와 금돌에게 당부한다.

"코 풀지 마. 콧속의 점액이 유지되도록 해야 해. 너희가 꽃가루에 감염되지 않도록 보호해 주는 거야."

"고맙군."

유리가 코맹맹이 소리로 대답했다. 금돌도 이제 꽃가루는 문제없겠다며 사기를 드높였다.

'가호치고는 지저분하네. 그래도 효과만 확실하다면….'

아무리 가영이 포식자라도 이 상황에서는 가장 든든한 아군이었다.

"잘했어. 가영. 고마워."

"별거 아니야."

으쓱하는 모습이 귀엽다. 순간 우레같은 총성이 울려 퍼졌다.

"콰앙!"

금돌이 안개 너머에서 달려오는 뭔가를 향해 총을 쏜 것이다. 총성 직후 안개 속에서 튀어나온 괴물 한 마리가 바닥에 처박히며 붉은 수액을 흩뿌렸다. 작은 나뭇가지로 된 날개와 발, 날카로운 부리, 럭비공 같은 몸뚱이. 깃털 대신 잎사귀가 온몸을 뒤덮은 새를 닮았다.

"구국. 구구국."

자욱한 안개 속에서 괴물들의 울음소리가 들려왔다. 제법 익숙한 소리다. 놈들의 정체는 마왕의 꽃가루를 마시고 괴물로 변한 비둘기 떼다.

"맞다. 동물들도 있었지. 사람들만 대피시키고 안심하고 있었는데."

푸드덕거리는 소리와 함께 비둘기 울음이 격해졌다. 괴물 서너 마리가 꽃가루를 헤치고 튀어나오자 유리가 검을 휘둘러 놈들을 두 동강 냈다. 검에 묻은 수액을 바닥에 흩뿌리며 유리가 말했다.

"안개 속에서 놈의 기운이 느껴진다."

"쿠웅!"

그 말이 끝나기 무섭게 육중한 발소리가 안개를 뚫고 들려왔다. 굴뚝처럼 우뚝 선 마왕의 실루엣 아래로 괴물들의 윤곽이 사납게 뛰어다녔다.

"쿠우웅!"

놈이 발을 내리찍을 때마다 땅이 진동했다. 천 년 묵은 고목처럼 큰 키, 앙상한 팔다리, 버섯처럼 챙이 넓은 모자, 그리고 지팡이. 이윽고 안개를 뚫고 해골처럼 창백한 놈의 얼굴이 드러났다. 스산한 웃음을 흘리는 놈의 아가리에서 죽음의 기운이 물씬 풍겼다. 나는 텀블러를 흔들며 가영을 불렀다.

"가영. 마셔야 할 것 같은데."

"아직 안 돼."

금돌이 짐승처럼 으르렁댔다.

"마왕!"

"흐흐흐하하하!"

마왕이 소리 높여 웃자 금돌은 이를 꽉 깨문다. 놈을 겨눈 총구가 떨리는지 어깨가 짓이겨지도록 개머리판을 꽉 밀착하며.

"이노옴!"

그러나 금돌은 쉽사리 방아쇠를 당기지 못했다. 맞춰도

소용없다는 걸 지난 싸움에서 안 탓이다. 유리조차 치켜든 검 끝이 흔들렸다.
 마왕이 길게 찢어진 입을 벌려 이를 비웃었다.

 '미력하고 어리석구나. 결과를 알면서도 미련하게 용기를 쥐어짜다니. 이대로 납작하게 짓밟히겠느냐? 아니면….'

 마왕의 지팡이에서 열매가 맺혔다. 죽음을 예고하면서도 놈은 열매를 따 우리를 향해 내밀었다. 십여 미터는 떨어져 있는데도 사과의 빨간빛이 코앞에 있는 듯 선명하다. 놈의 목소리가 정신을 파고들었다.

 '이것을 먹고 나의 은총을 받아들이겠느냐?'

 앉은 채 나무가 된 교실의 아이들이 뇌리를 스쳤다. 집에 두고 올 수밖에 없었던 고미가 생각났다. 놈이 내 세상을 망치고 있었다. 이마에 핏줄이 솟아오를 정도로 피가 역류했다. 분노가 폭발했다.
 "그 더러운 물건 치워!"
 내 목소리라고 믿기지 않을 만큼 카랑한 목소리에 마왕 주변의 괴물들이 움직임을 멈췄다. 금돌은 꿈꾸다가 깨어난 듯 얼른 총을 고쳐 쥐었다. 어느새 총구를 내린 채 마왕의 열매를 향해 움직이고 있던 것이다.

"이런! 어째서 내가…!"

"금돌! 홀리면 끝이에요."

"방금 선조들과 황금빛 도시가 보였네. 저걸 먹으면 전부 돌아올 것만 같았어."

금돌의 시선이 아직도 아득한 곳을 보는 듯하다. 다행히 유리는 잘 견디고 있었다. 예리한 눈빛에 흐트러짐이 없다. 마왕이 열매를 거두고 가시 같은 촘촘한 이빨을 드러냈다.

'마지막 기회였는데 안타깝구나. 필멸자들이여. 너흰 실패한 씨앗을 위해 죽는 것이다. 어느 쪽에도 속하지 않는 실패작을 위해 싸우다가 죽는 것이다.'

그리고 앙상한 손가락으로 나를 가리키며 말했다.

'멸망한 세계의 생존자들이여. 저자야말로 멸망의 원흉이다. 주인을 잘못 섬긴 탓에 비참한 최후를 맞는구나. 나의 은총을 받아들였다면 좋았을 것을.'

유리와 금돌 앞에서 내게 수치를 주려는 속셈인가 본데 뭐라고 지껄이든 무시하겠다. 대신 가영이 발끈하며 안개 따위 전부 날려버릴 기세로 소리쳤다.

"주인은 무슨 주인? 쟤들 종 아니거든? 이 멍청아! 그리고 멸망의 원흉은 너잖아! 엄마 발바닥에서 기어다니던 놈이 왕 흉내나 내면서! 무능하고 한심한 놈!"

'무엇이라 했느냐!'

놈이 제대로 긁혔는지 몰고 온 괴물들이 포효하며 달려들었다.
"빛의 어머니시여! 이 보잘것없는 검에 적을 정화할 힘을 보태주소서!"

유리가 주문을 외우며 검을 휘두르자 초승달 형태의 검광이 괴물들을 쓸어버렸다. 금돌은 손가락 사이사이에 굵직한 산탄을 꽂고 사격과 재장전을 쉼 없이 반복하며 괴물을 명중시켰다. 가영은 넝쿨로 방패를 엮어 적들의 돌진을 늦추고 날카로운 넝쿨 가시로 괴물들을 찔러 무찔렀다. 나는 사과주스가 든 텀블러를 가영의 배낭에 꽂아놓곤 맨손으로 괴물들을 때려잡았다. 시종령은 쓸 수 없었다. 꽃가루의 안개 속에서 녀석들은 비실대거나 쓰러져 앓거나 기력이 다한 듯 소멸했기 때문이다.
"가영! 이제 정말 먹어야겠어!"

가영은 부서져 가는 방패를 다시 엮느라 대답할 겨를이 없다.

'각성만 하면 나도 넝쿨을 쓸 수 있다고 했지.'

괴물이 끝없이 몰려들었다. 지금으로선 버티는 것이 고작이다. 게다가 괴물 뒤에는 마왕이 버티고 있다. 금돌과 유리의 체력엔 한계가 있고 가영의 방패도 모든 방향에서 달려드는 적들을 막진 못한다.

'이러다간 오래 못 버티겠어.'

가영의 배낭에 꽂아뒀던 텀블러를 꺼내 뚜껑을 열었다. 이를 본 가영이 외쳤다.

"잠깐! 아직 일러!"

"더 기다렸다간 늦어!"

단숨에 주스를 목구멍으로 넘겼다. 몬스터레드 4알 분량이다. 반 이상 마셨을 때 가슴이 꽉 막히는 격통이 엄습했지만 눈을 질끈 감고 나머지를 마저 들이켰다. 정신이 아득해지며 결국 바닥에 무릎을 꿇자 금돌이 놀라 소리쳤다.

"지혁!"

귀가 먹먹해지며 심장 소리가 머릿속을 쾅쾅 울렸다. 시신경에 빛이 쏟아졌다. 손바닥이 뜨거워져 펼쳐보니 혈관이 불타듯 빛난다. 온몸의 혈관이 터질 것 같다.

'주 죽을 것 같아.'

이제 시종령들은 꽃가루 속에서도 스러지지 않았다. 녀석들이 찬란한 빛을 내며 내게 다가온다. 그리고 내 안으로 들어와 혈관 속을 헤엄치기 시작했다.

"크윽!"

내 목구멍에서 남의 목소리 같은 비명이 터져 나왔다.

"끄아아아아악!"

온몸의 혈관에 가시가 채워진 것 같은 격통. 그러나 그 고통은 이내 손끝으로 빠져나가며 다시 태어난 듯 몸이 가벼워졌다. 어느새 나의 오른손이 넝쿨을 쥐고 있다. 이를 본 가영의 얼굴에 웃음이 번졌다.

"허억! 헉…!"

숨을 몰아쉬자 손에 쥔 넝쿨이 꿈틀대며 투박한 형상을 이룬다. 나의 손과 손목을 휘어 감은 끝이 뾰족하고 길게 뻗은 막대기, 아니 검인가? 아랫부분은 손잡이처럼 생겼다.

'이게 뭐지? 어째서 이런 형태로?'

"가영! 이거 어떻게 써야 해?"

"그건 오빠가 알지."

일단 검이라고 생각하고 어설프게 휘둘러봤다. 맨손으로 싸우는 것보다야 낫지만….

"그런데 이거… 베는 느낌이 전혀 없는데? 검이 아닌가?"

"콰직!"

몇 번 휘두르니 검인지 몽둥이인지 모를 무기가 부러졌다. 부러진 단면 속이 텅 비어 있다. 놀랍게도 부러진 자리에서 꾸물꾸물 넝쿨이 자라 다시 형태를 이루었다. 하지만 이내 그것도 부러져 버렸다.

"못 쓰겠어! 각성한 힘이 고작 이런 거야?"

"아직 넝쿨이 완전하지 않아서 그래. 제대로 완성하려면 사과를 마저 먹어야 해."

"지금은! 먹을 틈도! 없다고!"

몽둥이 같은 검을 휘둘러 싸우고 있는데 전에 느껴지지 않던 새로운 것이 감지되었다. 내 손에 흐르는 혈관이 보였던 것처럼 괴물과 그 뒤에 서 있는 마왕의 혈관이 훤히 보이는 것이었다. 놈의 몸에 흐르는 피, 고동치는 심장이 어디에 숨어있는지 이젠 알 수 있었다.

'이거군! 진짜 능력은 따로 있었네.'

"금돌! 잔챙이들은 놔두고 마왕부터 쏴요!"

"놈에게 총알 따윈 소용없다는 걸 알잖나!"

나는 금돌에게 바짝 붙어 작은 목소리로 말했다.

"어딜 쏴야 하는지 이젠 알아요. 몸이나 머리 말고 지팡이를 쏘세요. 거기가 놈의 본체예요."

"오호! 알겠네."

금돌이 눈동자를 빛내며 마왕의 지팡이를 조준했다. 우렁찬 파공음과 함께 안개를 뚫고 날아간 탄환이 정확히 놈의 지팡이를 부러뜨렸다. 붉은 수액이 지팡이에서 뿜어져 나오며 마왕이 고통에 몸부림치는 모습을 처음으로 볼 수 있었다.

6

'불경한 것들! 감히 내 심장을! 저주받을 피조물들이!'

마왕의 절규. 나는 금돌의 어깨 뒤에서 총의 조준선을 함께 보았다.

"한 발 더! 심장이 위치를 계속 옮기고 있어요. 이번엔 손잡이 아랫부분입니다!"

"오냐."

멸망한 문명이 남긴 황동의 야수가 응징의 불을 토해냈다. 손잡이만 간신히 남은 마왕의 지팡이가 피처럼 붉은 수액을 줄줄 흘렸다. 마왕은 경련했다. 놈의 몸 곳곳이 울퉁불퉁 부풀어 오르다가 물집이 터지듯 진물을 흘리고 날 노려보는 놈의 얼굴이 녹아내렸다.

'흉물! 제 어미를 모르는 자! 실패한 씨앗! 너는 반드시 자신을 저주하며 죽을 것이다! 태어난 것을 후회하며 죽을 것이다! 네 존재가 독충보다 해로움을 깨우치며….'

놈이 형체를 잃고 무너져 내리기 시작했다. 놈의 거대한 육신이 엉겨 붙은 괴물들의 시체로 변하며 바닥에 쏟아졌다. 마왕이 쓰러지자 우리를 둘러싸고 있던 괴물들은 뿔뿔이 흩어져 안개 속으로 달아났다. 금돌이 화약 연기가 피어오르는 총을 어깨에 걸치며 말했다.

"해치운 건가?"

"아뇨. 다시 돌아오겠죠. 더 강한 육신을 빚어서. 하지만 괜찮아요. 놈의 약점을 알았으니까. 저 또한 각성했고요."

적이 사라지자 내 손에서 뻗어 나온 투박한 검이 여러 갈래의 넝쿨로 바뀌어 손과 팔에 스며들었다. 이 모습을 본 금돌이 혀를 차며 감탄했다.

"방금 그건 검인가?"

"글쎄요."

"경이롭군! 가영은 넝쿨의 공! 마왕은 지팡이! 자네 혈족은 각성하면 각자의 도구를 얻는 건가? 놈의 약점은 어떻게 알았지?"

"놈의 혈관이 보이기 시작했어요. 보려고 하면 마왕의 것뿐만이 아니라 가영, 금돌, 유리의 것도 보여요."

"헉. 그러지 말게."

나를 보는 가영이 자랑스럽다는 표정이다. 하지만 난 내 존재가 인간에서 점점 멀어져가는 것 같아 마냥 좋지만은 않다. 내가 인간이 아니라면 고미와는 어떻게 되는 걸까. 그러나 한편으론 전신을 휘감은 힘과 깨어난 넝쿨을 또 꺼내 쓰고 싶은 욕구가 일었다. 당장 나만의 넝쿨을 완성하고 싶어졌다. 다음 싸움도 기다려진다.

'이번에도 마왕의 몸은 괴물로 빚은 가짜였어. 놈의 본체는 대체 어디에 있는 걸까? 그리고 이 안개는 어디까지 퍼진 거지?'

마왕의 본체를 찾고 안개 안팎의 상황도 보기 위해 투시력을 발동했다. 그런데 이상하다. 원할 때면 눈앞에 펼쳐지던 풍경이 나타나지 않는다.

"가영. 안개 밖이 보이지 않아. 안개 안쪽도. 시종령이 팔팔한 걸 보면 능력을 못 쓰는 건 아닌데 왜 내 시선이 닿지 않는 거지? 안개의 영향 때문인가?"

"이제 그 능력은 사라졌을 거야."

"뭐?"

"나도 어렸을 땐 그 능력이 있었어. 하지만 각성하면 사라져. 어린 씨앗일 때만 필요한 방어 능력이니까. 그건 적을 미리 보고 숨거나 도망치기 위한 능력이야. 근데 이제 오빠는 넝쿨이 됐잖아."

"그 말은, 내 투시력이 영영 사라졌다는 뜻이야?"

"응."

"왜 말 안 해줬어? 갑자기 허탈하네."

"언젠간 버려야 할 능력이야. 어린애로 계속 있을 순 없잖아. 대신 각성한 힘에 집중해 봐. 적의 목을 칠 무기는 그거니까."

검의 형상을 머릿속에 그리며 손을 뻗자 스멀스멀 넝쿨이 솟아 나왔다. 자세히 보니 미세한 줄기가 피부와 근접한 허공에서 생성되었다. 느릿느릿 자라나는 넝쿨을 보며 가영이 하나하나 가르쳐준다.

"의지를 확실히 담아. 넝쿨로 뭘 할지를 생각해야 해. 오빠 넝쿨은 검 같았으니까 뭔가를 베겠다는 생각을 움직여봐."

가영의 말대로 마왕의 목을 치는 상상을 해봤다. 괴물을 베는 상상도 했다. 그러자 오히려 넝쿨이 쏙 들어간다.

"오빠? 제대로 생각한 거 맞아?"

"분명 마왕을 베는 상상을 했는데."

"이상하네. 검이 아닌가? 다시 해봐."

재차 새 능력을 연습하고 있을 때 주변을 둘러보던 유리가 우리 모두를 불렀다.

"다들 저쪽을 보아라. 균열을 통해 흘러 들어오는 것은 이제 안개뿐만이 아니다."

안개 너머로 낯선 풍경의 윤곽이 보였다. 학교로 향한 길이 괴이하게 뒤틀리고 정체 모를 꽃이 사방에 만발하고 낯선 생명체들이 꼼지락댔다. 밟고 있는 바닥 또한 아스팔트가 아닌 금빛 타일로 바뀌었다. 금돌의 세계에서 봤던 양식의 바닥이다.

"금돌! 이거 설마?"

"나의 고향 황금빛 도시의 잔해로군."

폐허가 된 황금빛 도시와 넝쿨의 숲이 통째로 우리 세계에 떨어졌다. 마구잡이로 쑤셔 박힌 낯선 건물들과 넝쿨이 거리를 틀어막았다.

"결국… 균열 너머의 세계가 여기로 와버렸어요."

"안개가 넓게 퍼질수록 이런 현상이 심해질 거다. 마왕도 더 강해지겠지."

유리가 대답했다. 마왕과 괴물들이 모습을 감추고 안개에 휩싸인 거리가 폭풍 전야처럼 고요한 지금, 불길하고 괴이한 풍경 속에서 누군가가 돌아다녔다. 그자가 폐허 사이에서 휘파람을 불며 명랑한 걸음으로 때 묻은 황금빛 타일을 밟는다. 흥얼거리는 목소리가 익숙하다. 조현준이다. 거리가 가까워지자 녀석이 중얼대는 말이 또렷이 들렸다.

"약속을 못 지킨 아이는 나무가 된다네."

유리와 금돌이 목소리가 들린 방향으로 무기를 겨눴다. 가영은 넝쿨의 방패를 준비했다. 현준이 나를 보고 먼저 아는 척을 했다.

"어? 지혁아!"

그 순간 나의 팔에서도 넝쿨이 자라 거칠고 뾰족한 형상을 이루었다.

'마왕의 사과를 먹은 녀석. 적이다!'

녀석을 죽이고 싶다는 충동이 밀려왔다. 사냥하고 싶다는 욕구가 끓어올랐다.

"유리! 금돌! 기다리세요. 저 녀석은 제가 처리할게요."

단걸음에 내달려 녀석의 비리비리한 몸을 깔아뭉갰다. 검 같은 나의 넝쿨을 녀석의 얼굴에 바짝 들이밀었다. 공포에 질려 숨을 삼키는 녀석의 얼굴을 보자 흥분이 일었다. 이토록 순수한 만족감이라니. 그러나 본능에 밀려났던 이성이 곧 반기를 들었다.

'약한 애 괴롭히지 말랬지!'

녀석의 목을 찌르려는 순간 나의 팔이 우뚝 멈췄다. 고미가 박도환의 횡포를 볼 때마다 입에 올리던 말이 들린 듯하다. 다만 이번엔 박도환이 아닌 나를 향한 외침이었다. 나는 마음속의 외침에 반문했다.

'약한 애라니? 이 녀석은 마왕의 사과를 먹은….'

'그럼 나도 똑같은 사과를 먹었으니 적이겠네?'

내 자아가 선과 악으로 나뉘어 싸우다가 결국 녀석을 처리하기 위해 높이 들었던 팔을 풀었다. 현준이 그렁그렁한 눈으로 날 보며 입술을 떨며 말했다.

"지 지혁아… 왜 그래?"

균열이 생기기 직전, 교실에 쳐들어온 박도환을 보며 겁에 질렸던 녀석의 얼굴이 딱 지금 같았다. 녀석의 눈에 지금의 난 괴물이다.

'아, 내가… 괴물이 된 건가…'

거친 숨을 몰아쉬며 녀석으로부터 한 걸음 물러났다.

"죽고 싶지 않으면… 나한테서 떨어져."

날 뒤쫓아 온 금돌, 유리, 가영이 내 옆으로 섰다. 금돌이 총 끝으로 현준을 가리키며 내게 물었다.

"이 녀석은 누군가? 어떻게 이 안개 속에서 멀쩡하지? 설마 이 녀석도…?"

이어서 가영이 날 부추겼다.

"적이네? 해치울 거지?"

금돌과 유리가 현준을 향해 총과 검을 겨누고 가영의 넝쿨에서 날카로운 가시들이 돋아났다. 엉거주춤 일어선 현준이 나와 내 동료들을 번갈아 보며 울먹인다. 어째서인지 박도환을 노려보던 고미의 얼굴이 자꾸 눈앞에 아른거린다. 그때의 그 얼굴이 이젠 날 노려보는 것 같다.

내 손으로 조현준의 피를 묻히고 내 집에서 기다리는 고미에게 떳떳이 돌아갈 수 있을까? 이 녀석뿐만이 아니라 다른 아이들도 마찬가지다. 내가 그 아이들을 도륙하거나 도륙하는 일에 앞장선다면 고미는 나를 어떻게 생각할까. 내 몸에 심연 혈족의 피가 흐르지 않더라도 고미는 나를 괴물로 보겠지.

"지혁아…. 살려줘."

현준이 내게 애원했다. 나의 넝쿨이 꿈틀대며 무기의 형상을 이루다 말다 하기를 반복했다. 현준을 앞에 두고 망설이자 유리가 검을 세운 채 현준을 향해 성큼 다가섰다.

"네가 못 하겠다면 내가 처리하겠다. 이 아이에게서 적의

가 느껴진다."

금돌도 유리를 따라 총을 들어 현준을 정조준했다.

"잠깐만요!"

유리와 금돌을 잡아 세웠다.

"해치지 마세요! 가영! 너도 넝쿨 치워!"

그사이 달음박질하는 소리가 들려 돌아보니 현준이 쏜살같이 안개와 넝쿨 사이로 도망치고 있다. 유리가 굳은 얼굴로 나를 나무랐다.

"적을 감싸는 짓은 네 방에 두고 온 그 아이에게 하는 것만으로 족하다."

"적이 아녜요. 마왕의 사과를 먹었을 뿐 원래는 평범한 애라고요."

"그래서 위험하다. 마왕의 사과를 먹은 존재의 잠재력은 예측할 수 없다. 확실히 격리할 수 없다면 제거할 수 있을 때 해야 한다. 그렇지 않으면 더 큰 문제가 되어 돌아올 것이다."

"제거할 수 있을 때 해야 한다니. 그럼 처음 만났을 때…"

지금 꺼내기에 적절한 말은 아니었으나 오기가 생겨 말을 뱉고 말았다.

"… 나도 유리의 칼에 죽었어야 했네요."

"상황에 따라 할 수 있는 일을 해야 하는 법."

"그걸 유리가 함부로 정하지 말라고요!"

내 목소리가 커지자 금돌이 어쩔 줄 몰라 하며 헛기침을 했다. 유리도 더 이상의 말다툼은 원치 않는지 입을 다물었다. 하지만 이번엔 가영이 나섰다.

"이게 무슨 똥고집이야? 죽였어야지. 오빠도 그렇게 하고 싶었잖아. 그 배신자 놈이 강해지면 놈의 하수인들도 따라서 강해질 텐데 이길 생각이 있는 거야, 없는 거야?"

"이길 거야. 하지만….."

"하지만 뭐?"

"적어도 난… 괴물은 되고 싶지 않아."

"뭐?"

가영이 인상을 찡그렸다. 유리와 금돌의 미간에도 주름이 잡혔다. 나는 그 둘이 인상을 쓴 이유가 가영과는 다르길 바라며 말을 이었다.

"사과를 먹은 녀석들을 원래대로 되돌릴 방법이 있을 거야. 금돌이 내 피에는 괴물로 변한 생물을 원래 모습으로 돌려놓는 힘이 있다고 했어. 그렇다면 사과를 먹은 애들도 그렇지 않을까? 안 그래요? 금돌?"

"일리 있는 말이네."

금돌이 고개를 끄덕였다. 모래알 같은 희망이 반짝인다.

"절대로 괴물처럼 싸우지 않겠어. 친구들도 지키고 이 세계도 지킬 거야. 그러니 부탁이야. 내 방식을 따라줘."

가영이 한심하다는 표정을 지었다. 유리는 의미를 알 수 없는 한숨을 내쉬었다. 금돌만이 무겁게 고개를 끄덕이고 내 어깨에 두툼한 손을 턱 얹으며 말했다.

"난 자네 뜻에 따르겠네."

"고마워요. 금돌."

바로 그때, 넝쿨과 폐허 사이에서 누군가가 우릴 향해 소리를 질렀다.

"야! 한지혁!"

조현준이 다시 돌아왔다. 거목처럼 굵직한 넝쿨 뒤에 숨어 몸을 반쯤 내밀고 녀석이 소리쳤다.

"네가 어떻게 나한테 그럴 수 있어? 난 너랑 잘 지내보려고 했는데!"

녀석의 볼멘 목소리가 메아리친다. 뒤이어 넝쿨 사이에서 사부작거리는 기척이 들려온다. 뿌연 안개 속에서 나타난 인간의 형상이 열 명, 아니 스무 명. 대략 한 학급 정도 되는 숫자다.

'설마….'

유리와 금돌이 반사적으로 무기를 들었다. 우릴 향해 몰려드는 것은 인간의 형상을 한 나무 괴물들. 전부 교복 차림이다. 나무로 변했던 우리 반 아이들이다. 넝쿨 뒤에서 얼굴을 빼꼼 내민 조현준이 말했다.

"흐흐흐. 친구들을 데려왔어. 얘들이 도와줄 거야. 그러니까 다시 잘 지내보자. 지혁아. 응?"

녀석의 안광이 붉게 번뜩였다. 그걸 보자 그 어느 때보다 강렬한 적개심이 솟구쳤다. 녀석을 죽이고 싶다. 그러나 이번에도 나는 고미를 생각하며 살의를 가까스로 억눌렀다. 가영이 비아냥대며 나를 조롱했다.
"이제 어쩔 거야? 쟤들도 다 살려둘 거야?"
나의 오른손은 어느새 넝쿨이 돋아나 거칠고 날카로운 검을 엮어냈다. 이번엔 흔들리지 않고 곧은 형태를 유지했다. 이것이 무엇을 뜻하는지 알고 있었으나 나는 이를 부정했다.
"당연하지. 내가 전부 구할 거야."

8화

사과 향이 남긴 자리

1

교복을 입은 나무 괴물들이 접근해 오고 있었다. 나는 무기를 내리고 모두에게 일렀다.
"다들 무기 거두세요."
놈들의 교복 상의에 붙은 명찰들이 눈에 들어왔다. 낯익은 이름들이다. 비록 대화조차 나눈 적 없지만 매일 교실에서 보던 아이들의 이름들. 넝쿨 뒤에 숨은 현준의 목소리가 울려 퍼진다.
"나도 이 세계가 좋아지려던 참이야. 내 말을 들어주는 친구들이 이렇게나 많아졌거든. 지혁아! 너 때문에 분위기가 조금 어두워졌지만, 괜찮아! 같이 놀다 보면 다시 친해질 거야."
본능 때문인지 내 말을 잊은 건지 가영만이 넝쿨을 소환해 구체를 엮었다. 구체에서 돋아난 뾰족한 가시가 현준과 나무 괴물들을 겨누었다. 내 뜻을 따르겠다고 한 금돌은 총을 등 뒤로 메고 유도 자세를 잡았다. 나무 괴물들을 맨손으로 상대하겠다는 의미겠지만 솥뚜껑 같은 금돌의 손아귀에 잡히면 과연 몇이나 목숨을 부지할 수 있을까? 유리는 반쯤 검을 내렸으나 상황이 급해지면 언제든 검을 휘두를 것 같다. 장담컨대 이대로 싸움이 벌어지면 결국 다 죽이고 끝난다.

"안 되겠어요. 일단 피하죠."

"뭐?"

나는 발끈하는 가영을 들러메고 나무 괴물들, 아니, 아이들의 반대 방향으로 내달렸다. 금돌과 유리도 내 뒤를 따랐다. 나는 녀석들이 안 보일 때까지 달리다가 큰 넝쿨 사이에 몸을 숨겼다.

"내려줘!"

가영의 목소리에 불만이 가득하다.

금돌이 넝쿨 밖으로 고개를 내밀어 쫓아오는 녀석들이 있는지 살피는 사이 나는 유리에게 말했다.

"포탈을 열 수 있어요?"

"어디로 갈 생각이지?"

"학교요."

"균열의 근원지에서 균열을 닫을 생각인가?"

"오, 그게 가능한가요?"

"이론상으론 가능하다. 하지만 지금으로선 균열을 닫을 방법이 없다."

"그렇군요. 어쨌든 학교로 가요. 덫을 놓을 겁니다."

"덫이라… 알겠다."

유리가 주문을 외워 포탈을 열었다. 때마침 멀리서 내 이

사과 향이 남긴 자리 327

름을 길게 부르는 조현준의 목소리가 울려 퍼진다.

"지혁아아! 어디 있어? 숨바꼭질은 별로 재미없는데?"

녀석들이 생각보다 빨리 우리 뒤를 쫓아왔다. 안개와 넝쿨 사이를 거니는 나무 괴물들과 현준의 목소리를 뒤로 하고 포탈 속으로 뛰어들었다.

텅 빈 운동장 한복판에 떨어졌다. 주위는 적막하고 바람 소리와 정체불명의 생물이 뭔가를 사각사각 긁는 소리가 들릴 뿐이다. 짙은 안개가 고요함을 더했다. 이 정도의 안개가 도시를 삼켰다면 분명 난리가 났을 텐데 헬리콥터나 대피방송, 비상시에 들릴법한 그 어떤 소리도 들리지 않는다. 안개가 외부의 소리까지 차단하는 것일까?

이곳에 모였던 학생들과 소방관들이 시종령에게 끌려가며 떨어뜨리고 간 물건들이 보인다. 실내화 주머니, 무전기, 핸드폰, 소방용 도끼, 소방차와 구급차까지 그대로 있다. 유리와 금돌, 가영, 모두가 나를 바라보았다. 유리가 다음 계획을 묻는다.

"넌 덫을 놓겠다고 했다. 계획이 있는 건가."

"제가 여기에 있으면 사과를 먹은 녀석들이 찾아올 거예요. 조현준이 절 찾은 걸 보면 확실해요. 그 애들을 여기에 모을 거예요. 나무 괴물이 된 녀석들도 죄다 몰려오겠죠."

"하지만 우린 마왕을 최우선으로 잡아야 한다. 그들을 해치고 싶지 않다면서 왜 굳이 그들을 끌어들이려는 거지?"

"그래야 마왕이 나타날 테니까요."

"어째서?"

"가영이 그랬잖아요. 사과를 먹은 아이들은 마왕의 가지와 같다고. 고미를 이용해 저와 접촉해서 잠시 제 흉내를 내기도 했다고 했죠."

지난 기억을 떠올리니 마음이 심란해졌다. 나는 잡념을 접고 서둘러 말을 쏟아냈다.

"마왕이 우리에게 접근하는 방식을 생각해 보세요. 지금까지 놈은 단 한 번도 실체를 드러낸 적이 없어요. 실체라고 생각했던 것도 전부 괴물의 몸뚱이로 빚어낸 가짜였죠. 제 결론은 놈은 빚어놓은 육신이 없으면 스스로 보거나 듣지 못한다는 겁니다. 지금 놈은 몸이 무너진 상태이니 사과를 먹은 녀석들이 놈의 눈과 귀 역할을 해주겠죠. 왜냐하면…."

사냥감을 추적하는 것처럼 의식의 흐름이 빠르게 흘렀다. 뇌세포들이 빠르게 질주해 생각을 정리해 말로 한다는 게 너무 느리게 느껴질 정도다. 나는 유리, 금돌, 가영에게 결론만 말해주었다.

"왜냐하면, 이 넝쿨의 숲은 그놈 그 자체니까."

금돌이 총을 움켜쥐고 교정을 에워싼 넝쿨을 둘러보았다. 냉정한 유리도 긴장을 감추지 못했다. 사방에 넘실대는 넝쿨 속에서 불그스름한 맥이 보인다. 맥이 연결된 어딘가에 놈의 심장이 있을 것이다. 다시 육신을 빚어 나타날 수 있기를 기다리며.

"놈은 하나의 세계를 통째로 흡수하려고 육신을 버리고 넝쿨과 하나가 되었어요. 그러니까 눈코입을 대신할 하수인들이 필요해요."

"근거는 무엇이지?"

"제 직감입니다."

금돌이 어이없다는 표정이다. 가영은 자랑스럽다는 듯 방긋 웃는다. 유리가 나를 똑바로 보며 물었다.

"알겠다. 이제 우리는 뭘 하면 되지?"

"먼저 나무 괴물로 변한 애들을 저기 보이는 강당 건물에 가둘 거예요. 창문은 위쪽에만 있고 출입문은 앞뒤로 하나씩밖에 없어서 우리가 힘을 합치면 쉽게 가둘 수 있어요. 금돌은 뒷문을 막아주고 유리는 강당 안에서 바깥으로 나갈 포탈을 만들어 주세요. 저는 녀석들과 적당히 싸우다가 강당 안으로 도망치며 유인할게요. 가영아. 너는 바깥에서 대기하다가 녀석들이 전부 들어가면 넝쿨로 출입문을 봉인해줘. 우리 집에 했던 것처럼."

금돌이 턱수염을 쓰다듬으며 고개를 끄덕였다. 하지만 가영은 녀석들을 처치하지 않는다는 게 못마땅한가 보다.

"좋아. 괜찮긴 한데 그다음은? 강당째 없애는 게 어때?"

"명심해. 가영아, 녀석들을 가두기만 할 거야. 아무도 죽여선 안 돼."

"정말 이해할 수가 없네. 왜 이렇게 번거롭게 굴어? 걔들이 다 소중해?"

"그건 아니지만… 그래 맞아. 다 소중해. 그 아이들 모두가 일상으로 돌아온 세상. 그게 내가 고미와 함께 돌아갈 세상이야."

가영과 말하다 보니 확신이 들었다. 내가 반 친구들을 구하고 싶다고 생각하는 이유는 내가 '인간'이기 때문이라고. 비록 내 몸에는 심연 혈족의 피가 흐르지만 난 이 세계에서 살아온 인간이기도 했다.

"설마… 배신자 삼촌도 살려둘 생각이야?"

"당연히 아니지. 그놈은 반드시 내 손으로 죽일 거야."

그 말을 듣고 조금 안심한 가영은 불완전한 나의 넝쿨을 조금이라도 더 키워야 한다며 배낭에서 사과 한 알을 꺼냈다.

"조금 이르긴 하지만 한 알 정도면 괜찮을 거야."

"와삭!"

역시 생으로 먹는 사과가 맛있다. 씹어 삼킨 과육이 목구멍을 타고 위장까지 내려가는 감각이 생생하다. 알싸한 느낌이 강해 구역질이 올라오진 않는다. 하지만 먹고 나자 쥐가 난 것처럼 손끝이 저리다. 주먹을 쥐었다 펴며 손을 털자 가영이 말했다.

"왜? 감각이 없어?"

"조금."

사과 향이 남긴 자리

"위험했네."

"그래도… 먹은 보람은 있는 것 같아."

넝쿨을 상상하니 오른팔에서 빠르게 돋아나 투박한 검의 형상으로 엮었다. 동시에 주변을 떠돌던 몇 안 남은 시종령들이 나의 몸으로 들어와 넝쿨에 스며들고 길고 어설픈 검처럼 생긴 것이 묵직한 덩어리로 변하며 구체적인 형상을 이루었다.

"검이 아니었어."

심지어 나는 그것을 거꾸로 들고 있었다. 나의 무기는 넓적하면서 밑면이 뾰족하고 목이 긴 커다란 병이다. 손잡이라고 생각했던 부분은 이 기묘한 병의 모가지였다. 나팔 같은 병의 주둥이는 대추 같은 작은 열매로 막혀 있었다.

"이거 대체 어떻게 쓰는 거야? 더 모르겠네."

무심코 병을 열어보려는데 가영이 까만 눈을 동그랗게 뜨고 겨우 말을 내뱉는다.

"그거 열지 마. 절대로!"

"어? 왜? 이거 뭔지 알아?"

"엄마가 나한테만 얘기해 줬어. 하여간 지금은 열지 마. 열면 안 돼."

교문 너머에서 바스락거리는 기척이 들렸다. 나무 괴물이 된 아이들, 그리고 그들을 몰고 오는 조현준이었다.

"다들 제가 말한 위치로 가서 기다리세요."

유리, 금돌, 가영이 서둘러 강당 건물로 달려갔다. 나는 넝쿨을 다시 거두었다.

잠시 후 조현준이 나무 괴물들과 함께 안개를 뚫고 나타났다. 녀석이 교문을 지나 운동장으로 들어오며 밝게 인사한다.

"지혁아! 먼저 와있었네? 역시 우린 통하는 구석이 있어!"

녀석에게 반응해 돌아나오려는 나의 넝쿨을 억누른다. 현준이 운동장을 쓱 둘러보더니 말했다.

"네 친구들은 어디 갔어? 커다란 아저씨랑 예쁜 누나랑 음침한 꼬마 말이야. RPG 게임 캐릭터들 같더라."

"나랑 뜻이 안 맞아서 헤어졌어."

"에이, 여기 어딘가에 숨어있지?"

"정말이야. 같이 있다간 너희를 해칠 것 같아서 헤어지자고 했어."

"흐흐. 나 바보 아닌데. 갑자기 우리 중학교 때 같이 했던 게임 생각난다. 던전앤드래곤. 진짜 재밌었는데. 그거 하는 애들은 우리 둘뿐이었잖아."

"말이 많아졌네. 현준아."

"못했던 말이 많아서 그래. 박도환 그 새끼 때문에 무서워서 말을 할 수가 있어야지. 정말 무서웠단 말이야. 재미도 없고. 그런데 이젠 꽤 재미있어."

나무 괴물들이 내 앞으로 반원형 진을 쳤다. 스무 명 남짓한 이 녀석들이 한꺼번에 덤벼도 내가 밀리지는 않을 것이다. 다만 죽이지 않기 위해 힘 조절을 하면서 녀석들을 강당으로 유인해야 한다고 생각하니 긴장될 수밖에 없다.

조현준이 한쪽 발끝으로 운동장 바닥을 차며 말했다.

"김태양이랑 권나라가 좀 늦네? 우리끼리 먼저 놀고 있을까?"

"그래도 되고."

"오, 많이 세졌다. 지혁아. 그런데 긴장한 것처럼 보이는걸? 박도환 앞에서도 강해 보이고 싶어서 그렇게나 허세를 부렸었지?"

"말에 가시가 있네. 나한테 서운한 거 있어?"

"흐흐. 뭘 모르는 척해? 그 새끼를 가장 열받게 만드는 건 늘 너였잖아. 네 한마디 한마디가 녀석의 성질을 긁었잖아. 너만 얌전히 있었으면 교실이 평화로웠을 거야. 그럼 나도 조금은 덜 무서웠을 거고."

대꾸하지 않고 입을 다물었다. 자칫 잘못 도발했다가 속내를 들키느니 긴장한 척 말을 아끼는 편이 낫다. 현준이 나를 빤히 노려보다가 슬며시 입꼬리를 올리며 말을 이었다.

"넌 안 무서웠어?"

"딱히."

"지금은? 지금도 안 무서워?"

나무 괴물들이 슬금슬금 덤벼들 기미를 보인다. 이대로 몇 마디 더 이어가면 일제히 날 잡으러 몰려올 것이다. 기다리자. 이건 사냥이니까. 사냥감이 제 발로 덫에 뛰어들 때까지 인내해야 한다.

"별로. 무섭진 않아."

"진짜? 깡 좋다. 지혁아. 네가 부러워. 나도 너처럼 관심받고 싶었는데."

"말도 안 돼. 누가 나한테 관심을 줘?"

"흐흐. 바보. 학교에서 유일하게 박도환한테 개기고 고미랑 단둘이 롯데월드까지 갔는데 주목받지. 안 받을 거 같아?"

"네가 그걸 어떻게 알아?"

"반 애들 다 알아. 멍청아. 킥킥. 남자애들 전부 널 부러워했어. 아마 박도환이 제일 부러워했을걸? 크크큭! 진짜 정말이지… 넌 용서가 안 돼."

실실 웃는 녀석의 얼굴에 우울한 살기가 올라왔다. 두려움, 시기, 질투가 빚어낸 뒤틀린 감정에 마왕의 사과가 섞인 결과다.

'이제 시작이구나.'

현준을 주시한 채 천천히 뒷걸음치며 몇 마디 꺼냈다.

"뭘 해도 상관없는데, 나무로 변한 반 친구들은 끌어들이지 마."

"이야. 멋있다. 지혁아. 그렇게 친구들을 위할 줄 알면 내 생각도 해주지 그랬어."

나를 향해 달려드는 나무 괴물들 사이로 현준이 눈에 불을 켜고 날 노려본다.
'잡았다.'
나는 얼굴에 드러나려는 만족감을 감추었다.

2

나무 괴물들이 삐죽삐죽한 가지로 변한 팔을 내질렀다. 나는 손등으로 녀석들의 공격을 쳐내고 손바닥으로 떠밀어 거리를 벌렸다. 무의식중에 주먹이 꽉 쥐어질 때마다 살기를 거두고 손바닥을 펼쳐 나무 괴물들을 상대하느라 오히려 진이 빠졌다.
나무 괴물들 뒤에서 현준이 외쳤다.
"잡아!"
우르르 몰려오는 나무 괴물들을 뒤로하고 달음박질쳤다. 나는 곧게 내달리지 않고 방향을 틀며 주변을 둘러보다가 강당으로 피하는 것처럼 달렸다. 강당 문을 박차고 들어갔다. 나무 괴물들이 줄줄이 따라 들어왔다. 조현준은 들어오지 않고 멀찌감치 바깥에서 놈들에게 지시했다.
"하하하! 멍청이! 얘들아! 끌고 나와!"
나무 괴물들이 전부 강당에 들어온 것을 확인한 후 마음속으로 외쳤다.

'가영! 지금이야!'
'알았어.'

대답과 동시에 강당 문이 닫히고 무대 뒤에 숨어있던 유리가 나와 포탈을 열었다. 단걸음에 달려 포탈 속으로 뛰어들고 유리도 뒤따라오며 포탈을 닫았다.

운동장에 열린 포탈로 나와 강당을 보니 가영이 엮은 넝쿨이 출입문을 단단히 봉인하고 건물 위 창문까지 꼼꼼하게 막는 중이다. 넝쿨에 뒤덮인 출입문이 덜컹거렸다. 하지만 나무 괴물들의 힘으로 뚫릴 만큼 허술하진 않다.

"휴, 이게 되네."

"어… 어?"

조현준이 넋이 나간 채 나와 강당을 번갈아 보았다. 그때 교문 쪽에서 새로운 목소리가 들렸다.

"뭐야? 조현준. 잡을 수 있다며."

김태양이 왔다. 함께 온 권나라도 실망스럽다는 얼굴이다.

"그럼 그렇지. 쟤한테 뭘 기대해?"

그런 그들을 향해 현준이 버럭 악을 썼다.

"그럼 너희는! 박도환 찾았냐!"

들어보니 자기들끼리 작당 모의라도 한 모양이다. 그런데 박도환이 이 녀석들과 함께 행동하지 않는다니. 그놈은 지금 어디서 뭘 하고 있는 거지?

현준이 손가락으로 날 가리키며 태양과 나라에게 따졌다.

사과 향이 남긴 자리

"내가 저 새끼 잡으려면 박도환 있어야 한다고 했지! 사과값 못 치르면 우리 전부 나무로 변해버린다고! 이제 어쩔 거야? 어?"

"씨이발. 쫄따구를 그렇게 많이 끌고 가 놓고도 아무것도 못 했으면서. 비켜. 저 새끼는 내가 잡는다."

"될 거 같냐? 쟤 동료들도 있고 마법 같은 것도 쓴다고."

그런 조현준을 무시하고 김태양이 성큼성큼 내게 걸어온다.

"조까. 야! 씹지혁! 너 나랑 붙자."

마침 강당 뒤에서 가영과 금돌이 걸어 나왔다. 태양이 금돌을 보고 주춤했다. 금돌이 주먹에서 우두둑 소리를 내며 태양을 향해 걸걸하게 말했다.

"호오, 자네! 발육 상태가 아주 좋군! 지혁이 대신 나와 붙어보는 건 어떤가."

"아이 씨…."

금돌의 풍채와 기세에 압도당했는지 김태양이 뒷걸음친다. 현준과 나라도 마찬가지. 서슬 퍼런 유리의 검과 가영의 가시넝쿨을 보자 셋 다 얼굴이 하얗게 질렸다. 현준이 태양과 나라를 등 떠밀며 뒤로 빠졌다.

"이번엔 너희가 한다며?"

"조현준! 이 비겁한 새끼!"

나라가 빽 소리치자 태양이 현준과 나라를 앞으로 밀며 방패로 삼았다. 현준도 지지 않고 태양과 멱살잡이를 하며 소리를 질렀다.

"네가 잡겠다고 큰소리쳤잖아! 우리 중에 힘쓰는 놈은 너밖에 없다고 했잖아!"

"야! 체급이 안 맞잖아! 체급이! 씹지혁만 있으면 모르겠는데 저런 괴물이랑 어떻게 싸워!"

녀석들이 우왕좌왕 서로를 밀치며 다투자 금돌이 콧방귀를 뀐다.

"팀워크를 전혀 모르는군. 이 녀석들 마왕의 사과를 먹은 거 맞냐?"

"금돌. 저 덩치 큰 녀석을 맡아주세요. 나머지 둘은 저랑 가영이 맡을게요. 가영아. 넌 넝쿨을 써서…."

녀석들을 잡을 작전을 짜고 있을 때, 녀석들이 갑자기 발작을 일으키며 몸을 부르르 떨었다. 돌발 상황에 우리는 한 걸음 물러서며 녀석들을 경계했다. 조현준이 힘겹게 목소리를 짜내며 태양과 나라를 힐책했다.

"으윽! 시작이야! 결국… 이렇게 됐어! 나무 같은 거… 되고 싶지 않았는데…! 다… 너희 탓이야!"

김태양은 고통을 참느라 얼굴이 빨개지고 권나라는 말을 더듬으며 울먹였다.

"도…환…이… 다시… 만나야… 하는데…."

몸을 비틀던 녀석들의 피부색이 칙칙한 갈색으로 변해갔다. 팔은 가지처럼 길게 뻗고 다리는 땅에 뿌리를 내렸다.

나무로 변하고 있다. 이 괴이한 장면을 본 금돌이 이를 악물었다.

"마왕의 저주다!"

금돌이 어깨 뒤로 맸던 총을 다시 들고 유리는 검을 뽑았다. 가영은 이 틈에 재빨리 넝쿨로 사발을 엮어 나머지 사과 6알을 전부 갈아 넣었다.

조현준, 김태양, 권나라가 완전히 나무가 되자 맥동하는 녀석들의 심장이 보였다. 씨앗 형태의 그 심장과 연결된 혈관은 지하 깊숙이 뿌리 내린 상태다. 그 뿌리 끝에 거대한 존재, 마왕이 연결되어 있다.

"뿌드득!"

사방에 넘실대는 넝쿨들이 두꺼워지기 시작했다. 넝쿨 사이사이 끼어있던 우리 세계의 건물들과 금돌의 세계에서 끌려온 낯선 건축물들이 으스러지기 시작했다. 교정에 침식한 넝쿨이 지면을 파고들어 운동장이 쩍쩍 갈라진다. 우린 바닥의 균열을 피해 멀쩡한 지면을 골라 발을 내딛었다.

몸의 솜털이 바짝 곤두섰다. 나의 넝쿨이 꿈틀대며 또다시 기묘한 병의 형태를 이루었다.

"놈이 오고 있어요."

거대한 진동과 함께 땅이 크게 갈라지고 지하 깊은 곳에서 넝쿨 다발이 올라왔다. 높이 솟아오른 그 다발 끝자락에 마왕의 거대한 육신이 연결되어 있었다. 족히 5미터는 되고 한 손엔 온전히 복구된 지팡이를 들었다. 철침처럼 빼곡히 박힌 놈의 이빨 사이로 스산한 목소리가 흘러나왔다.

'쓸모없는 놈들…. 결국 이 몸이… 직접 나서게 만드는구나.'

놈이 우릴 내려다보았다. 그리고 넝쿨에 연결된 채 땅에 발을 딛으며 불쾌한 웃음을 지었다. 놈이 내 손에 들린 병 모양의 넝쿨을 비웃었다.

"그것이 너의 넝쿨이냐. 실패한 씨앗에게 어울리는 우스꽝스러운 모양이로다."

바늘로 찌르는 듯한 통감이 신경을 자극했다. 놈이 어느 때보다도 거대한 힘을 품고 돌아온 걸 알 수 있었다. 불현듯 싸움보다 살아남는 게 중요하다는 느낌이 들었다.
"당장 여기서 벗어나세요! 포탈을 써서 어디로든!"
급하게 외쳤지만 이미 늦었다. 놈이 지팡이에서 갓 여문 열매를 따내 꾹 쥐어짜자 과즙이 사방에 흩뿌려졌다. 가영이 넝쿨로 우리 모두를 보호할 만큼 넓고 두꺼운 방패를 엮었으나 과즙을 맞는 순간 녹아내렸다.
"가영아! 방패가…"
"다시 엮으면 돼."

유리가 검에 주문을 걸자 검이 새하얀 빛을 뿜는다. 유리가 방패 너머의 마왕을 노려보며 내게 말했다.
"지혁. 아무리 위험해도 지금은 싸워야 할 때다."
금돌이 방패 뒤에서 마왕을 겨누며 내게 재촉했다.
"어서 알려주게! 어딜 쏘면 되는지!"
집중력을 모아 마왕의 몸에 흐르는 힘의 중심을 찾아보았다. 놈의 육신은 세 아이가 변해서 된 세 그루의 나무와 연결되어 힘을 빨아들이고 있었다. 각 나무가 품은 씨앗 형태의 심장이 놈에게 힘을 불어넣었다.
"아니, 뭐 이런…."
"왜 그러지?"
나무를 전부 제거해야 하나? 그보다, 설마 박도환과 고미도 이런 씨앗의 심장을 품고 있을까? 생각하는 사이 마왕의 지팡이에서 순식간에 두 번째 열매가 여물었다. 급히 금돌에게 말했다.
"열매부터 터뜨리세요!"
정확한 조준. 포효하는 총성. 마왕이 따기 전에 터진 열매는 비명 같은 흉악한 파열음을 내며 꽃가루 분진을 흩뿌렸다. 그 틈을 놓치지 않고 유리가 마법으로 불꽃을 쏘았다. 꽃가루 입자에 연쇄적으로 불이 붙어 분진 폭발이 일어났다. 마왕이 비틀거렸다. 망설일 틈이 없다.
"콰앙!"

금돌의 총이 연이어 마왕의 지팡이에 명중했다. 그러나 부러지지 않고 껍질 파편만 튀었다. 마왕이 이를 비웃었다.

'멸망한 세계의 잔재여. 감히 천박한 연장으로 이 몸을 해하려 하느냐.'

이대로 싸우다간 지겠다는 불길한 예감이 들었다. 내가 넝쿨로 만들 수 있는 무기는 용도를 알 수 없는 커다란 병. 이걸 어떻게든 써야 한다.
"가영! 이 병을 쓰자! 어떻게 하면 되는지 알려줘!"
"안 돼!"
"뭐라도 해야 해!"
"몬스터레드를 마저 먹기 전엔 절대 안 돼! 지금 그걸 쓰면 오빤 영영 사라지고 말아."
"뭐? 이게 대체 뭔데…!"
놈이 쩍 벌린 입으로 짙은 꽃가루를 토해냈다. 가영이 방패를 다시 엮었으나 꽃가루까진 차폐하진 못했다.
"콜록! 콜록!"
꽃가루 속에서 가영이 기침했다. 나 또한 숨이 턱 막혔다.
"으아악! 내 손! 내 손이…!"
금돌의 비명. 팔을 휘저어 꽃가루를 흐트러뜨리고 금돌을 보니 얼굴에는 작은 꽃들이 피고 한쪽 손에는 꽃이 만발한 상태다. 유리는 몸을 웅크리고 입과 코를 틀어막았다. 그녀의 손에서 넝쿨이 피어났다. 나는 가영의 배낭에서 급하게 텀블러를 꺼냈다. 가영은 기침을 하면서도 내 손을 잡았다.

"안 돼. 너무 일러."

가영의 눈과 코에서 수액 같은 것이 흘렀다. 나 또한 괴로웠다. 피부가 벗겨질 것 같고 눈이 타는 것 같다. 심연의 주인인 이 아이와 나에게조차 치명적인 꽃가루다. 금돌은 신체 일부가 변했고 유리의 손등과 눈가에서는 넝쿨이 꼬물거리며 시들었다가 다시 피어나기를 반복하고 있었다. 그나마 마법으로 버티는 것이겠지만 두 사람 다 얼마 못 갈 것이다.

"가영아. 지금이 아니면 늦어."

"하지만 기다려야 해!"

가영을 뿌리치고 텀블러를 열어 걸쭉한 주스를 삼켰다. 살인적인 향기가 기관지를 꽉 채운다. 사과 6알 분량이었다. 위장이 경련하며 목구멍으로 넘겼던 것을 도로 밀어냈다.

"욱!"

"넘어올 것 같으면 뱉어! 위험하다고!"

아니. 나보다 동료들의 상태가 더 위험하다. 입을 틀어막고 올라왔던 주스를 다시 몸속으로 밀어 넣었다. 그 순간 눈앞에 광휘가 차올랐다. 온몸의 세포가 열리고 세상과 나의 경계가 무너져 내렸다. 나는 내 몸을 이탈했다.

"지혁!"

금돌이 내 이름을 외치며 아직 축 늘어진 내 몸을 받쳤다.
"지혁이 어떻게 된 거지?"
유리가 가영에게 물었다. 이 장면을 보고 있는 것이 나인지, 아니면 나의 의식인지 모르겠다. 나는 어째서 인간의 몸으로 이 세계에서 살아왔나. 처음부터 '나'라는 것이 있기는 했을까. 내 존재 자체가 거짓인데. 가영이 유리에게 답했다.
"사과를 너무 단기간에 많이 먹어 죽어버렸어."
"주 죽었다고?"
"하지만 다시 깨어날 거야. 그때까지 버텨야 해."
 금돌이 아무리 흔들어도 나, 아니, 지혁의 몸은 반응이 없었다. 맥과 숨 모두 멈췄다. 나의 정신, 영혼이라고 부르는 의식이 그들을 지켜보고 있다는 것은 아무도 몰랐다. 오직 마왕만이 방랑하는 나의 영혼을 노려보았다. 커다랗고 창백한 눈으로.

'혈족의 수치. 가문의 실패작. 위대한 줄기에 영원히 돌아가지 못할 버려진 자. 한 번의 죽음으로는 부족하니, 죽어서도 죽을지어다.'

 마왕이 지팡이를 치켜들어 가영의 방패를 향해 힘껏 휘둘렀다. 일격에 방패가 두 조각으로 갈라진다.
"한 번만 더 맞으면 다 죽겠어!"
 금돌이 절규했다. 이 광경을 눈을 껌뻑이며 보고 있던 서

너 마리의 시종령이 나의 육신을 향해 접근했다. 녀석들이 육신에 스며든다. 이를 지켜보고 있던 나의 영혼이 외쳤다.

'기다려! 이건 내 몸이야!'

육신에 들어간 시종령들이 동시에 답했다.

'주인이 돌아올 때까지. 지킨다.'

마왕이 다시 한번 지팡이를 높이 치켜들었다. 나무줄기가 삐쭉하게 솟은 지팡이가 사신의 낫처럼 보였다. 웃고 있는 놈의 입이 귀까지 찢어져 얼굴을 반으로 가를 지경이다. 나의 몸은 움직일 기미를 보이지 않는다. 금돌이 내 몸을 바닥에 눕히고 허리에 찬 파우치에서 주사기를 하나 꺼냈다.

"결국 이걸 쓰게 되는군. 이 어리석은 필멸자를 용서하시오. 할멈."

"아니, 그건?"

"괴물에서 본모습으로 돌아왔던 혈족의 피로 만든 각성제요. 치료제를 만들고 싶었는데 뜻대로 안 되더군. 대신 장난을 조금 쳐봤소."

금돌이 자신의 두꺼운 목에 주사기를 꽂았다. 주사기의 내용물이 혈관에 주입되자 두 눈이 충혈되며 온몸의 근육이 부풀기 시작했다.

"괴물이 되어도, 내 정신과 의지는 오직, 가문의 명예와⋯ 동료들을 위해⋯."

금돌이 남긴 말은 여기까지다. 체구가 두 배 가까이 불어나며 마왕과 대적할 만큼 커진 금돌. 사람과 괴물 사이의 뭔가로 변한 금돌이 짐승처럼 포효하며 뛰쳐나갔다. 금돌이 지팡이를 휘두르려는 장신의 마왕을 육탄으로 밀어 쓰러뜨렸다.

"크오오오!"

분노와 광기의 포효. 금돌의 주먹이 마왕의 면상을 마구 내리쳤었다. 백골 같은 마왕의 얼굴이 쪼개졌다. 붉은 수액이 파편과 함께 흩날렸다. 유리가 이 광경을 허탈하게 바라보며 말했다.

"금돌. 황금 계곡의 마지막 후손이여…. 이곳에서 최후를 맞이할 셈인가?"

콱! 콱! 콰직! 마왕은 일방적으로 맞고 있는데도 태연하다. 한 손으로 금돌의 목덜미를 움켜잡더니 가볍게 날려버렸다. 운동장 끝까지 굴렀다가 다시 일어선 금돌이 저돌적으로 달려들었다. 마왕의 지팡이가 다시 금돌을 후려쳤다. 금돌의 몸이 부딪힌 학교 담장이 와르르 무너진다. 그 충격을 받고도 금돌이 비틀거리며 몸을 일으키자 보다 못한 가영이 외쳤다.

"귀쟁이! 저것을 말려! 오빠와 약속했어! 죽지 않게 해!"

"내 마법으로 되돌릴 수 있는 상태가 아니다."

유리가 답하며 주변에서 일어나는 일들을 지켜봤다. 의식 없는 지혁, 피를 토하며 일어서려는 금돌, 지팡이를 들고 성큼성큼 다가오는 마왕, 부서진 가영의 방패. 유리가 검을 땅에 꽂고 최후의 주문을 외웠다.

"빛의 어머니시여. 용서하소서. 빛을 위해 빛을 등지려 하나니."

유리의 이마에 식은땀이 맺혔다. 낌새를 눈치챈 가영이 그녀를 막아 나섰다.

"그만해. 귀쟁이. 분에 넘치는 마법이야."

"너는 자리를 피해라."

"소멸 마법이지? 네 세계에서의 일을 봤어. 네 혈족 모두가 그 마법을 쓰다가 자멸했잖아. 신의 대답이 돌아오지 않을 그 마법. 썼다간 죽어."

"나도 안다! 하지만 지금은 방법이…!"

"오빠를 기다려."

당장 내 몸으로 돌아가지 않으면 안 될 상황이었다. 운동장에 피를 흘리며 기어 오다시피 하던 금돌은 끝내 쓰러지더니 일어서지 못했다. 마왕이 가영과 유리 뒤에 누워있는 내 몸을 향해 지팡이 끝을 겨누며 비열하게 웃었다.

'크크큭! 혈족의 운명에 따라 살았다면 위대한 줄기의 영광을 함께했을지도 모를 이 두 씨앗을 짓밟아야 한다니. 네 어미를 저주해라. 심연의 규칙을 거스르며 가문을 욕되게 한 어리석은 네 어미를.'

"시끄러워!"

가영이 이를 악물고 방패의 넝쿨로 창을 만들어 마왕에게 던졌다. 창은 마왕에게 닿지도 못하고 허무하게 부서졌다.

'크크크. 무의미한 저항이다.'

유리가 다시 검을 뽑아 은빛 광채를 검 끝에 모으고 마왕을 찌르려 했다. 그러나 마왕이 검을 건드리자 검은 산산조각 났다.

'상대할 가치도 없는 하찮은 미물들이로다. 이제 죽어라.'

마왕의 지팡이에서 짙은 핏빛 열매가 여물었다. 그 열매를 따서 마왕이 유리와 가영에게 던졌다. 최후의 순간이었다.
 그러나 그들에게 닥칠 죽음이 한 걸음 물러섰다. 나의 육신이 조용히 일어나 날아오는 열매를 받아친 것이다. 나의 육신이 넝쿨의 병을 거꾸로 쥐고 곤봉처럼 휘둘렀다. 병에 맞고 날아간 열매가 마왕의 얼굴에 맞고 터졌다. 이 광경을 본 유리가 나를 불렀다.
"지혁! 정신이 드나?"
 나의 몸은 반응이 없다. 허옇게 뜬 빈 육신의 눈은 공허하기만 했다.
'제가 아녜요! 유리! 아직 몸으로 돌아가지 못했다고요!'

들리지도 않을 외침을 나는 계속해서 부르짖었다. 한편 얼굴에 과즙을 뒤집어쓴 마왕이 이를 갈며 으르렁댔다.

'껍데기뿐인 육신 따위가! 넝쿨을 제대로 쓰지도 못하면서!'

그 말에 반박하듯 나의 육신이 병을 잡고 주둥이를 막고 있던 작은 열매를 뽑았다. 그것을 본 가영이 경악하며 유리에게 외쳤다.
"숨 참아!"
병 주둥이에서 짙고 붉은 연기가 뿜어져 나왔다. 기체인지 액체인지 모를 정도로 진한 연기가 끊임없이 쏟아져나왔다. 넘실대는 연기가 운동장을 포함해 교정을 가득 채웠다.

'끄아아악! 우우웁!'

병에서 나온 연기에 마왕이 늪에 빠지듯 파묻혀 허우적댔다. 붉은 연기의 파도에 마왕의 낯짝이 공포로 일그러졌다.

'어떻게 이런…'

마왕이 말도 제대로 못 잇고 바람 빠진 풍선처럼 쭈그러들었다. 그리하여 마침내 붉은 연기 속에서 흔적도 없이 소멸했다. 숨을 너무 오래 참아 유리의 안색이 거무칙칙해질 때쯤 붉은 연기는 빠르게 흩어졌다.

"허억! 헉!"

유리가 숨을 몰아쉬었다. 교정에서는 기적이 일어나는 중이었다. 무성했던 넝쿨은 바싹 말라비틀어지고 변이를 일으켰던 금돌은 원래의 모습으로 돌아왔다. 그뿐만이 아니다. 나무로 변했던 조현준과 김태양, 권나라도 인간으로 돌아와 의식을 잃은 채 누워있었다.

강당을 봉인했던 가영의 넝쿨 또한 바싹 말라 소멸한 상태다. 강당의 문이 반쯤 열린 것으로 보아 그 안에 있던 나무 괴물들도 원래 모습으로 돌아왔음을 짐작할 수 있었다. 유리가 꿈을 꾸듯 입술을 더듬으며 말했다.

"대체… 내가 뭘 보고 있는 거지?"

"마력을 지니거나 마법의 영향을 받은 존재에 깃든 마법을 제거하는 정화의 연기야. 만개의 씨앗 중 하나 나올까 말까 한 선택받은 자의 능력. 이게 바로… 각성한 오빠의 힘이야."

가영이 빈혈이 온 듯 비틀거리며 말을 이었다.

"나도 조금 힘을 빼앗겼어. 연기가 몸 안까지 들어갔다면 빈껍데기만 남았을 거야. 귀쟁이. 넌 괜찮아?"

"몸이 무거워진 느낌이지만 괜찮다. 정화의 연기라… 긴 세월을 살아왔지만 처음 보는 일이다."

"우리 혈족 중에서도 엄마 같은 소수의 대군주만 이 힘을 알아. 혈족을 말살할 수도 있는 무서운 힘이라 알려지면 큰일이거든."
 "그렇다면 마왕도 이를 알고 지혁을 제거하려 한 건가?"
 "아닐걸. 각성하기 전까진 모르는 거라."
 "그렇군. 지혁. 들었나? 방금 네가⋯."
 유리는 말하려다 말고 나, 아니, 지혁의 몸을 경계하며 뒷걸음쳤다. 가영과 유리를 향해 돌아선 지혁의 눈에 초점이 없었다. 그리고 오늘 싸움에서 막강한 힘을 보여줬던 그의 넝쿨 무기를 유리와 가영을 향해 겨누었다.

3

 "오빠가 아니야. 저 몸엔 시종령이 들어가 있어."
 새하얀 가영의 얼굴이 더욱 창백해졌다. 유리는 얼른 부러진 검을 들고 방어 태세를 취했다. 그녀가 가영에게 물었다.
 "지혁이 또 그 연기를 쓰려는 것인가?"
 "아니. 그 능력은 축적된 힘을 단숨에 방출하는 식이라 한 번 쓰면 한동안 쓰지 못해. 하지만⋯ 지금의 신체 능력을 보면 저 빈 병만으로도 치명적인 무기일 거야."
 가영이 허공에 대고 말했다.
 "오빠. 여기 어딘가에서 우릴 보고 있겠지? 오빠는 배신자

삼촌뿐만이 아니라 혈족 모두가 두려워할 존재가 되었어. 몸으로 다시 돌아오게 된다면 그 무엇도 적수가 되지 못할 거야."

가장 큰 적이 사라진 지금 나의 육신이 가영과 유리를 주시하며 금방이라도 공격할 태세다.

'당장 내 몸에서 나와! 저들은 적이 아니야!'

영혼뿐인 내가 가로막으며 외쳤으나 나의 육신은 이를 무시한 채 유리와 가영에게 접근했다. 가영이 허탈한 웃음을 흘렸다.

"멍청한 시종령. 녀석들은 자기 주인을 제외한 전부를 적으로 여기는 거야. 오직 주인의 몸을 지킬 생각뿐."

"피할 방법은 없나."

"없어."

유리가 부러진 검을 땅에 떨궜다. 가영은 넝쿨 방패를 만들려 했으나 방충망만도 못한 쟁반이 얼기설기 짜이다가 시들어 버렸다.

"힘이 다 빠졌어."

"나 또한 포탈을 열 힘이 없다."

"됐어. 이제 놈은 끝났어. 설령 다시 나타나더라도 오빠한테 짓밟힐 거야."

"이제 우리가 할 일은 다 한 셈인가?"

가영이 담담하게 운명을 받아들이고 유리가 마지막 기도를 올리려던 순간 교문에서 굵직한 목소리가 들려왔다.

"뭐하냐? 씹지혁."

'이 목소리! 박도환이다!'

나의 육신이 우뚝 멈춰서 교문에 선 박도환을 쳐다보았다. 프로 복싱선수에 버금가는 체격과 야수 같은 미소. 소매를 찢어 조끼처럼 만든 교복 밖으로 드러난 팔이 돌덩이 같다. 홀로 넝쿨의 정글 속에서 괴물 사냥이라도 즐기다 왔는지 양 손이 붉은 수액으로 물들었다. 붉은빛이 도는 눈을 보니 괴물 그 자체다. 가영이 인상을 구기며 도환에게 말을 걸었다.

"넌? 혹시 네가 박도환이야?"

"시끄러워. 꼬맹이."

"뭐라고! 어딜 감히 필멸자 따위가!"

가영이 발끈하자 유리가 말렸다. 나의 육신은 유리와 가영을 향한 살의를 거두고 도환을 향해 적개심을 드러냈다. 늘 내 주변을 맴돌던 시종령들이다. 매일 나를 괴롭히던 녀석의 얼굴을 봐서일까? 내 육신이 녀석을 죽일 듯이 노려보며 넝쿨의 병을 곤봉처럼 고쳐 쥐었다. 도환이 손에 든 내 무기를 보고 콧방귀를 뀐다.

"품! 뭐냐? 손에 든 그건?"

내 육신이 도환을 향해 짐승처럼 달려들어 넝쿨의 병을 도환의 머리 위로 내려쳤다. 도환이 슬쩍 피하자 내리찍힌 그 자리가 움푹 파였다. 박진감 넘치는 구경거리였지만 운전대를 빼앗긴 내가 유쾌할 리 없다. 나는 내 몸을 차지한 시종령들에게 명령했다.

'이제 내 몸에서 나와라. 내 사냥감이다.'

내 육신이 잠시 멈칫했다가 다시 도환을 공격했다. 부아가 치밀었다. 말 안 듣는 골칫덩어리 시종령들. 불살라버리고 싶다.

'당장 비켜! 너희의 역할은 끝났다! 마지막 기회다. 즉시 안식을 찾아 떠나라.'

분노에 휩싸여 내 육신의 시종령을 향해 호통을 치자 화들짝 놀란 시종령들이 그제야 육신을 버리고 흩어졌다. 나는 끈이 풀린 듯 비틀대는 육신으로 돌진해 쓰러지기 직전 가까스로 눈을 뜨며 균형을 잡았다. 감각이 돌아왔다. 손에 든 병의 묵직함과 곤두선 촉각, 온몸에 충만한 새로운 에너지가 정신을 활활 불태우고 있다.

"박도환!"

돌아온 내가 녀석을 향해 소리쳤다. 나의 눈빛이 변했음을 알아챘는지 녀석이 씩 웃으며 답했다.

"오, 이제야 눈깔을 제대로 뜨는군. 처맞을 준비는 됐냐?"

"네놈을 찢어서 죽여주마."

괜한 허풍이 아니었다. 나는 녀석을 진심으로 죽이고 싶다. 놈이 나를 괴롭혀서? 아니. 지금 내 머릿속을 지배하고 있는 생각은 강한 사냥감을 잡고 싶다는 욕망뿐이다. 내 손으로 직접 놈을 죽이고 심장을 뜯어내겠다. 나를 보던 가영이 그 어느 때보다도 밝게 외쳤다.

"오빠가 돌아왔어!"

"그래, 가영아. 완전히 다시 태어난 기분이야. 당장 저놈의 심장을 꺼내서 너에게 줄게. 날 위해 수고해 준 보상으로."

"진짜로… 돌아왔구나. 오빠."

가영의 눈이 촉촉해졌다. 반면 유리는 안색이 어둡다.

"지혁이 변했다."

"아뇨. 이제야 눈을 뜬 기분이에요. 이게 제 진짜 모습입니다. 이곳에서의 일이 끝나면 유리네 세계로 다시 가요. 그쪽도 싹 쓸어버려야죠. 포탈만 열어주면 나머진 제가…."

"빠악!"

갑자기 눈앞에 번개가 쳤다. 턱이 돌아가며 두개골이 흔들렸다.

'뭐지? 또 영혼이 분리됐나?'

아니. 그 어느 때보다도 고통이 감각이 생생하다. 정신을 차려보니 나는 이미 무릎을 꿇고 주저앉았다. 내 앞에 선 박도환의 눈동자가 붉게 번뜩였다.

"감히 누구 앞에서 이야기꽃을 피우고 있어? 똑바로 서. 씹지혁. 오랜만에 한판 떠야지? 가드 올려."

"크크큭. 씹새끼. 존나 빠르네."

문득 내 말투가 맞나 의심이 들었지만 상관없다. 오래된 사냥감을 눈앞에 둔 지금 녀석을 잡는 것보다 중요한 건 없으니까. 녀석이 복싱 자세를 잡고 스텝을 밟았다. 언뜻 평범한 동작처럼 보였으나 흐릿하게 잔상이 남는다. 녀석의 움직임을 본 가영이 외쳤다.

"오빠! 쟤 이상해! 인간이 저렇게 움직일 수가 없어."

"저 새끼가 뭐든 쳐 죽이면 그만이야."

난 손에 쥔 병을 무기로 쓰려다가 생각을 고쳤다.

"이 순간을 망칠 순 없지. 가장 맛있는 건 맨손으로 먹어야 하는 법."

나의 의지에 따라 빈 병이 넝쿨로 돌아가며 사라졌다. 이 모습을 도환이 재미있다는 듯 쳐다본다. 나는 가드를 올리고 놈이 가르쳐준 자세를 잡았다. 입술이 화끈거려 손등으로 쓱 문질러 보니 피가 묻어난다. 각성한 내 몸에 상처를 입히다니.

"재밌네. 인간 따위가 과분한 힘을 얻었구나."

"과분? 엊그제까지만 해도 빵셔틀이나 하던 놈이 웃기고 있네. 쩐따 새끼가 갑자기 강해져서 무슨 약이라도 하는 줄 알았는데. 이건 뭐, 어이가 없어서. 와라. 서열 정리부터 다시 하자."

"너 같은 새끼는 힘을 가져선 안 돼."

"그럼 빼앗아 보던가!"

대 난투가 시작되었다. 놈의 혈관과 심장이 해부도처럼 훤히 보인다. 치명타를 노리고 몸을 숙여 잽을 꽂아 넣었으나 녀석이 위빙으로 피하며 섬광 같은 주먹을 내 옆구리에 꽂아 넣었다. 폐의 공기가 전부 빠져나가는 듯했다.

"흡!"

"기껏 가르쳐줬는데도 이따위냐?"

녀석이 멋대로 나불댄다.

"힘이라는 건! 아무런! 노력 없이! 하루! 아침에! 얻을 수! 없다는! 거다! 특히! 너 같은! 찐따! 새끼는! 더더욱!"

오랜만에 녀석의 특기가 나왔다. 어절에 맞춘 보디블로. 한방 한방이 살인적이다. 맞을 때마다 두개골에 천둥이 친다. 바짝 달라붙는 녀석에게 어퍼컷을 날렸으나 녀석은 가볍게 피했다. 왠지 놈이 마왕보다 더 센 것처럼 느껴진다.

"그럼 넌? 전부 네 노력으로 얻었다고 생각하는 거냐? 망할 금수저 새끼가!"

"난! 강해지기 위해! 피나는! 노력을! 했다고! 복싱만큼은! 진심이니까!"

놈의 보디블로가 매섭다. 내장이 터질 것 같다. 다른 애들과 똑같은 사과가 아니었나? 바라는 대로 현실을 왜곡시켜 준다고 했다. 이 녀석의 열망은 대체 얼마나 컸단 말인가. 정화의 안개는 지금 쏠 수도 없는데. 어쩌면 그걸 노리고 녀석이 늦게 온 걸 수도 있다.

"박도환! 사과를 먹을 때 무슨 생각을 했지? 더 강해지고 싶었나?"

"딱 너 같은 찌질이가 할 발상이군. 강해지는 방법은 훈련뿐이다. 한심한 소원 따윈 필요 없어. 내가 추구하는 것은 하나. 진정한 나. 가장 나다운 나!"

"지랄."

진정한 나라니! 녀석이 염원하던 것이 그런 거라고?

녀석이 잠시 주먹을 풀며 말했다.

"내가 너한테 이런 말을 하게 될 줄은 몰랐는데 넌 지루한 일상에 작은 활력을 줬다. 어른의 강요대로 사느라 잊고 있던 걸 생각나게 해줬지. 내가 정말로 바라던 게 무엇인지."

"그게 뭔데?"

"포식자가 되어 마음껏 사냥하는 거. 우리 꼰대는 나더러 공부로 정상에 오르길 바라지만 그딴 건 시시해. 내가 원하는 건 진짜 힘이다. 지금까지 세상은 나한텐 감옥이었어. 마왕이라는 놈이 그러더라. 자기가 세상을 무너뜨리면 내 마음대로 할 수 있을 거라고."

'이 녀석. 생각하는 꼴이 영락없는 우리 혈족이잖아?'

그렇게 생각한 순간 녀석을 향했던 적의가 나의 내면으로 향했다.

'지금의 내가 저 녀석과 뭐가 다른 건 뭔가. 이런 상태로 고미를 다시 만날 순 없어.'

녀석이 웃으며 계속 지껄였다.

"나는 인간을 능가하고 싶다. 정신적으로든 육체적으로

든. 인간을 초월한 존재만이 인간을 사냥한다. 그럼 널 사냥하면, 난 어떤 존재가 되는 거지?"

4

기관총탄처럼 퍼붓는 박도환의 펀치. 가드를 올려 녀석의 펀치를 받아낼 때마다 그 반동으로 발이 밀렸다. 운동장 바닥 위에 내 발이 끌린 자국과 녀석이 스텝을 밟은 흔적이 선명하다. 나는 이를 악물고 들끓는 살육 충동을 억눌렀다.
"적어도 난 괴물이 되진 않겠어."
"뭔 헛소리야? 꼴값 떨고 앉았네!"
녀석의 강편치에 가드가 풀리고 연이어 들어오는 공격에 명치를 직격당했다.
"커헉!"
끝내 피를 토했다. 팔다리가 후들거린다. 유효타를 날리기 위해 나는 녀석의 몸에 흐르는 맥에 집중했다. 그런데 맥동하는 녀석의 심장 뒤로 꿈틀대는 것이 하나 더 보였다. 심장보다 조금 더 크고 과일 씨앗을 닮았다. 인간의 장기가 아니었다.
'마왕이 심은 것이다! 아까 세 녀석이 품고 있던 것과 똑같아! 이 녀석 안에도 마왕이 있다.'

계속해서 밀리자 보다 못한 가영이 외쳤다.

"오빠! 넝쿨을 써!"

"그래봤자 빈 병만 나와!"

"생명력을 흡수해서 충전하면 돼!"

"생명력?"

"살아있는 것들의 생명을 빨아들이라고! 저기! 오빠가 쓰러뜨렸던 세 녀석! 그리고 강당 안에 있던 것들 전부를 빨아들이라고!"

"안돼! 그건 괴물이나 하는 짓이야!"

"오빠!"

자기 말을 듣지 않는 내가 답답한 듯 가영은 주먹으로 자기 가슴을 쾅쾅 쳤다. 고개를 돌리니 불과 몇 미터 떨어지지 않은 곳에 조현준, 김태양, 권나라가 누워있었다. 강당도 멀지 않다. 나 또한 애들의 생명력을 흡수해 이기고 싶다는 충동이 올라왔다. 그러나 게걸스럽게 폭력을 갈구하는 박도환을 보고 있자 그 충동이 사그라들었다.

'그래, 약자를 잡아먹는 건 박도환이나 하는 짓이야. 난 절대 괴물이 되지 않겠어.'

반 친구들이 나와 박도환의 싸움에 말려들지 않도록 자리를 옮겼다. 의도를 눈치챈 도환이 나를 비웃으며 말했다.

"인간의 마음이 네 족쇄가 되겠구나."

"뭐?"

이건 마왕이나 할 법한 말이었다. 녀석이 품은 마왕의 씨앗이 강하게 맥동한다. 씨앗이 강하게 뛸수록 박도환의 몸에 흐르는 혈관에 빛이 차올랐다.

"박도환. 네 속에 뭐가 있는지 알고는 있는 거야?"

"크크큭. 처맞기 싫어서 짱구 굴리는 거 봐라. 아가리 싸물어."

"진정한 자기 모습을 찾겠다는 놈이 전혀 모르는군."

"뭐라는 거야."

갑자기 도환이 머리를 감싸고 주춤거렸다. 녀석의 혈관을 흐르던 빛이 양팔을 지나서 손끝을 통해 몸 밖으로 뻗어 나왔다. 그러고는 곧 넝쿨로 변해 뒤틀리고 꼬이며 실체를 이루었다. 지팡이의 형태로. 도환이 크게 웃으며 말했다.

"이 몸. 실로 강인한 육체다. 다른 세 녀석을 합친 것보다 월등히 세구나. 한낱 괴물들로 빚어 만든 몸뚱이보다 단단하고 예리하구나. 이번엔 부러지지 않을 것이다."

"드디어 본색을 드러내는군. 그 몸을 완전히 차지한 거냐?"

"후후후…."

웃는 낯짝이 영락없는 마왕이다. 마왕이 도환의 몸을 차지했다고 생각했다. 그러나 도환이 쥐고 있던 지팡이를 보고 미간을 팍 찡그린다.

"뭐야? 이 작대기는?"
"박도환?"
마왕과 박도환 중 누가 몸의 주도권을 잡고 있는지 헷갈렸다. 그러나 곧 녀석의 목구멍에서 마왕의 목소리가 흘러나오며 정체가 명확해졌다.

'고집 센 자아로다. 과연 나의 그릇이 될 자격이 있구나. 정 원한다면 이 몸에 어울리는 무기를 엮어줄 테니 나에게 순종하라.'

지팡이가 꿈틀거리며 박도환의 두 주먹을 감쌌다. 넝쿨로 만든 복싱 글러브가 만들어졌다. 녀석의 눈에서 뿜어져 나오는 광채가 더 붉어졌다. 마왕이 녀석을 완전히 잠식한 것이다. 맘에 안 든다. 나는 놈을 도발했다.
"덤벼. 박도환. 네 영혼에 달라붙은 기생충부터 잘라내자."
"감히 이 몸을 기생충이라는 게냐!"
대격돌. 거대한 충격과 함께 주변의 안개가 흩어지고 지면이 들썩였다. 싸움이 길어지면 실신 상태의 금돌과 아이들의 신변이 남아나질 못한다. 나는 놈의 주먹을 받아내며 유리와 가영에게 외쳤다.
"아이들과 금돌을 데리고 피해!"
"오빠는 어쩌려고?"
"말 들어, 가영! 유리를 도와 금돌과 아이들을 지켜!"

유리와 가영이 눈빛을 주고받더니 가영이 남은 힘을 쥐어 짜 넝쿨을 뻗어 운동장에 뻗어 누워있는 조현준, 김태양, 권나라, 금돌을 한꺼번에 끌어들였다.

"이 녀석들만 데리고 갈게. 더는 힘을 못 내겠어."

가영이 허공에 팔을 휘저으며 검은 포탈을 열고 금돌과 아이들을 데리고 사라졌다. 그러나 유리는 이곳에 남았다.

"유리! 어서 이곳에서 피하세요!"

"널 도울 방법이 생각났다. 난 여기 남겠다."

"그럼 말려들지 않게 조심하세요."

재난 수준의 난투극이 벌어지자 유리가 급히 운동장 가장자리로 피신했다. 박도환과 한 몸이 된 마왕의 맹렬한 주먹이 내 몸을 연타했다. 버티지 못하고 밀리던 나는 결국 학교 건물까지 날아가 외벽을 부쉈다. 허물어진 벽 사이에서 몸을 일으키려는 순간 코앞까지 날아온 마왕의 주먹이 보였고 흔들리는 충격과 함께 피 냄새가 콧속을 꽉 채웠다. 반격을 날릴 틈이 없어 그저 잡히는 대로 놈을 붙잡고 끌어당겨 뒹굴자 뒤엉켜 구르는 자리에서 콘크리트 파편이 튀었다.

마침내 놈을 깔아뭉개고 우위에 섰다고 판단한 순간 복부에 묵직한 충격이 들어왔다.

"큭!"

피부와 내장, 척추를 지나 등 뒤로 충격파가 지나가고 나의 몸이 백 미터는 날아가 바닥에 처박혔다. 마왕의 펀치 한

방이 행성급이구나. 몸에서 영혼이 이탈할 것만 같다.
 박도환의 몸을 빌린 마왕이 입을 열었다.

'난 한 세계의 생명력을 등에 업은 몸! 네가 아무리 각성했다고 한들 혼자서 나를 능가할 순 없다! 게다가 이 육신은 네놈을 파괴하기 위한 최고의 무기! 이 몸에 영원히 자리를 잡아도 좋겠구나!'

 맞서야 한다. 온 힘을 다해 일어서려고 했다. 하지만 끝내 무너졌다. 무릎이 접혀 일어날 수가 없었다. 놈을 이길 수 있다는 확신이 점점 희박해졌다.
 '넝쿨을 다시 쓸 수만 있다면….'
 쓰러진 나를 보고 운동장 가장자리로 피신했던 유리가 내게 달려왔다.
 "지혁!"
 "지금이라도 피하세요."
 "아직이다. 지혁."
 유리가 두 손을 모으고 주문을 외울 준비를 했다. 우리 둘을 향해 마왕이 다가왔다. 놈이 지배한 박도환의 몸이 변이를 일으키기 시작했다. 떡 벌어진 어깨와 등의 근육이 꿈틀대며 넝쿨이 무수히 자랐다. 넝쿨마다 돋아난 칼날 같은 가시가 나를 겨누었다. 마왕이 웃음을 흘리며 말했다.

'후후후…. 지금 이 몸에 나의 모든 힘을 담았다. 나는… 너의 죽음이니라.'

패배가 목전이었다. 그러나 내게 속삭이는 유리의 목소리는 평온하기만 했다.
"최후의 마법이 남았다. 이 싸움은 네가 이길 것이다. 네 넝쿨의 병을 채우려면 생명력을 흡수해야 한다고 했지? 너에게 필요한 생명력이라면 내게 차고 넘친다."
"최후? 생명력? 지금 무슨 말을…."
언젠가 그녀가 했던 말이 생각났다.
'나의 영생이 끝날 것이다.'
그녀가 한 손을 내 등에 댄 채 주문을 외우기 시작했다.
"영원한 삶도 권능도 의인의 빛에 비하면 한낱 조약돌과 같나니. 빛의 어머니시여. 영생의 권리와 맞바꿔 벗에게 힘을 주소서."
"잠깐만요. 유리! 이건…."
"지금은 오직 이 방법뿐이다. 받아들이거라."
유리에게서 느껴지던 아우라가 사라졌다. 이어서 내 몸에 낯설면서도 따뜻한 기운이 차올랐다. 의지와 상관없이 나의 넝쿨이 자라고 병의 형태를 이루더니 갑자기 균열이 생기기 시작했다. 틈 사이로 강렬한 빛이 새어 나왔다.
"어째서 병이…!"

"쩌억!"

나무 쪼개지는 소리와 함께 조각조각 부서지며 병이 폭발했다. 손에 쥔 병의 목을 제외한 나머지 부분이 전부 산산조각이 났다.

"병이 깨졌어요!"

깨진 병의 목에서 찬란한 진홍색 빛이 뿜어져 나왔다. 날카롭게 솟구친 빛이 거대한 검처럼 보였다. 그 힘이 불러일으키는 반발력에 운동장에 모래바람이 몰아치고 머리카락과 옷자락이 마구 휘날렸다.

"유리, 이 힘은…?"

"내가 짊어져야 했을 영생을 모두 너의 힘으로 치환했다."

"대체 얼마나 긴 삶이길래…!"

유리가 희미하게 웃었다. 이젠 병이 아니라 내 온몸의 세포가 터질 것 같았다. 빛의 검을 쥐고 있는 것만으로도 눈이 뒤집힐 정도로 고통스러웠다.

마왕이 슬금슬금 뒷걸음을 쳤다. 놈의 눈빛에 공포가 보였다. 뻗어 나왔던 놈의 넝쿨들이 맥없이 휘청였다. 놈을 향해 빛의 검을 휘두르자 빛이 사방으로 뻗어나갔다.

'끄아아아아악!'

놈의 비명이 빛 속에서 증발했다. 빛은 교정을 휘감고 학교 담장을 넘어 주변 거리까지 퍼져나갔다. 도로와 건물들을 잠식했던 거대한 넝쿨들이 시들해지더니 이내 가루가 되며 바스러졌다. 하늘을 빽빽하게 가렸던 꽃가루의 안개 또한 옅어져 햇빛이 들어오기 시작했다.

이윽고 빛이 사라지며 하늘이 맑게 개었다. 마왕의 넝쿨, 다른 세계의 폐허, 괴물들, 균열 너머에서 왔던 것들이 전부 빛과 함께 사라졌다.

그러나 갈라지고 무너진 도시의 상흔만은 그대로 남았다. 악몽이 끝나고 현실이 돌아오는 과정을 지켜보던 유리의 눈에 경이로움이 차올랐다. 그녀가 내게 말했다.

"균열을 중심으로 감지되던 현실의 뒤틀림이 사라졌다. 지혁. 너도 느껴지나?"

"네. 균열도 완전히 사라졌어요."

운동장 한복판엔 박도환이 널브러져 있다. 녀석의 등과 어깨 위로 자라났던 넝쿨들은 모조리 떨어져 나가고 없었다. 녀석의 몸에서 고름처럼 시커먼 것이 길게 빠져나와 움찔댄다. 새까만 고름에서 죽어가는 목소리가 흘러나왔다.

'나의 모든 노력… 행보가… 어찌하여 내가….'

그것은 마왕의 잔해. 나는 박도환의 상태를 먼저 살폈다. 다행히 숨이 붙어있다. 녀석의 몸에서 흘러나온 마왕의 찌

꺼기는 필사적으로 꿈틀대며 바닥을 기었다. 흔적만 간신히 남은 놈의 몸체에서 소리가 들려왔다.

'아직! 아직이다! 이렇게 끝날 순 없느니라! 불경한… 아니, 강인한 존재여. 나는 너의 혈육이니라. 혈육을 참살하려 하느냐?

"그게 네가 할 소리야?"

'그 그렇다면 군주 대 군주로서 청하노라! 그대에게 다시 도전할 것이다! 그대가 진정한 심연의 주인이라면 내 청을 받아줘야 하느니라! 쇠약해진 적을 참하는 것은 부끄러운 짓이다! 이 몸이 회복하여 다시 돌아올 때까지 기다려 달라!'

"이제 싸움은 지긋지긋해."

'그대가 심연의 주인이라면…'

더 듣고 싶지 않아 발뒤꿈치로 놈을 밟아 비틀었다. 벌레 터지는 소리와 함께 놈의 시커먼 잔해가 운동장 바닥의 모래와 섞였다. 다 끝났다. 영혼에 달라붙었던 기생충이 드디어 사라졌다.
"유리. 저희가 이겼어요. 맞죠?"

"그래. 네가 해냈다."

"우리가 해냈죠."

유리가 지친 미소를 지었다.

맑게 갠 도시 상공에 헬리콥터와 드론들이 진입하기 시작했다. 안개 바깥에서는 이곳이 어떻게 보였을까? 여러 기척이 이 구역에 접근하고 있었다. 아마도 수색을 시작한 군인이나 경찰, 소방관들일 것이다.

"포탈은 이제 못 열겠죠?"

"그래. 마력을 잃었다. 나의 영생과 함께."

"움직일 순 있겠어요?"

"그건 문제없다."

자리를 뜨려는데 의식이 돌아온 박도환이 몸을 일으켰다.

"뭐가 어떻게 된 거야? 뭔가 허전한데?"

"일어났냐?"

"씨발…."

의식이 돌아오자마자 쌍욕을 박는 녀석을 보자 헛웃음이 나온다. 녀석의 눈에서 번뜩이던 붉은 빛은 말끔히 씻겨나갔다. 홀홀 털고 일어나는 걸 보니 도환의 몸은 참 튼튼하다. 놈이 또 복싱 자세를 잡는다.

"야. 씹지혁. 아직 안 끝났다."

"그만하자."

무시하고 돌아서려는데 녀석이 내 등에다 대고 소리친다.

"거기 서! 찐따 새끼야! 넌 맨날 지고 살아서 모르겠지만 난 이대로 못 끝내!"

"거참⋯."

이젠 화도 안 난다. 녀석이 미련하기까지 하다는 생각이 든다. 저런 놈을 진심으로 상대하는 건 바보나 하는 짓이다.

"네가 지금 살아있는 이유는 내가 널 살리기로 결정했기 때문이야."

"뭐?"

"아까처럼 싸우면 넌 죽는다."

"건방진 새끼. 나 박도환이야!"

"어. 알아. 근데 내가 지금 바쁘거든. 집에 가봐야 한다고."

"조까! 씨발! 흙수저 새끼가 집구석에 뭐가 있다고!"

뭐가 있긴. 내 세상 전부가 그곳에 있지. 박도환 이 녀석과 싸우기엔 내 힘이 아깝지만 말하는 꼴을 보니 안 되겠다.

"내가 약한 놈은 안 때리는데, 넌 한 대만 맞아라."

"이 새끼가, 누가 누굴 보고⋯!"

"빠악!" 녀석의 얼굴에 주먹을 날렸다. 죽지 않을 만큼만 힘을 줘서. 녀석의 얼굴이 저 멀리 요단강을 보고 온 표정이다. 휘청거리다가 먼지를 풀풀 날리며 쿵 자빠진다. 깊은 꿈나라에 빠진 녀석에게 한마디 던졌다.

"임마, 난 고미랑 데이트까지 했다고."

의미 없을 줄 알았는데 한 방 날리고 나니 속이 후련하다.

유리가 나를 보며 흐뭇하게 미소를 짓는다. 저 멀리서 트럭 엔진소리가 들린다. 군인들이 오고 있다. 피할 시간이다.

"슬슬 가죠. 사람들 오기 전에."

고미가 있는 집으로 돌아가는 내내 절로 웃음이 지어졌다. 쉬지 않고 달렸다. 너무 빨리 달린 탓에 유리가 저만치 뒤로 멀어진다. 잠시 멈춰서 기다리자 유리가 내게 먼저 가라는 손짓을 한다.

아파트 앞에 도착해 보니 마왕의 흔적은 어디에도 없었다. 현관문과 창문을 막아놓았던 가영의 넝쿨도 깨끗이 사라졌다. 나의 빛이 여기까지 닿아 가영의 마법까지 지워낸 모양이다. 고미가 베란다 밖으로 나와서 밝은 햇살이 쏟아지는 하늘을 올려다보고 있었다.

"고미야!"

고미가 나를 향해 고개를 돌리며 미소를 지었다. 걸음에 박차를 가해 집으로 뛰어가 고미를 꼭 끌어안았다. 고미의 팔이 내 등을 감싼다. 고미의 향기와 체온이 내 영혼을 보듬고 싸움터에서 벼려졌던 예리한 포식자의 본성이 녹아 사라졌다.

이렇게 끝났다. 이상한 사과 한 상자에서 시작되었던 이상한 사건이.

5

"지난 12일, 도심을 끔찍한 혼란과 공포로 몰아넣었던 정체불명의 안개 사건이 북한의 생화학 테러로 추정되는 가운데, 북한 당국은 이를 전면 부정하고 있습니다. 질병관리본부와 가축위생방역본부는 목격자들의 증언에 따라 변이된 생물들과 관련된 조사를 진행하고 있으나 아직 확실한 증거가 발견되지 않은 상황입니다. 사진, 영상 등의 증거자료가 미미한 관계로 집단 환각을 일으켰던 것이 아니냐는 의견도 조심스럽게 발의되고 있습니다. 그러나 환각 물질 또한 현장에서 발견되지 않았으며 사건의 모든 원인이 불투명한 이 시점에서…."

어느 채널을 돌려도 연신 같은 뉴스가 나온다. 그럴 만하다. 국가적 재앙에 버금갈 초유의 사태였으니.

유리는 일찍 일하러 나갔고 금돌은 아침 식사에 썼던 그릇들을 설거지 중이다. 뽀득뽀득 그릇을 닦던 금돌이 앓는 소리를 내며 어깨를 두드렸다.

"어이쿠. 쑤시는구먼. 일은 아직 무리겠는걸?"

"금돌, 괜찮아요?"

"많이 좋아졌다네. 죽다 살아난 것 치곤 아주 멀쩡하지."

"너무 무모했어요. 언제 그런 약을 만들어서. 제가 아니었으면 영영 본래 모습으로 못 돌아왔을걸요?"

"그땐 어떻게든 놈을 이겨보려고 정신이 나갔었네."
"잘 끝났으니 됐죠. 슬슬 저도 다녀올게요."
"허허, 다 나가는데 나만 백수로군. 몸이 이래서야."
"신경 쓰지 말고 맘 편히 쉬세요."
"집 청소 정도는 해두겠네."
"네. 무리하진 마시고요."

산뜻한 기분으로 등굣길을 나섰다. 마왕과의 마지막 싸움 후 닷새가 지났다. 거리에는 아직 그때의 상흔이 고스란히 남아있다. 다만 거리를 파괴한 원인은 모조리 증발한 상태라 여러 분야의 전문가들이 현장에 투입되어도 사건의 진짜 원인은 밝히지 못한 채 헛물만 켰다.

내게도 몇 가지 변화가 생겼다. 먼저 시종령들이 거의 안 보였다. 마왕과 싸울 때 소진한 이후 어쩌다 한두 마리씩 모여들 뿐이다. 유리와 가영의 말로는 원래 시종령은 모으기까지 상당한 시간이 걸린단다. 내 주변에 그토록 많은 시종령이 있었던 이유는 내가 살면서 단 한 번도 녀석들을 쓴 적이 없기 때문이라고.

마왕을 물리치고 집에 돌아왔던 날 가영은 현준, 태양, 나라, 그리고 금돌과 함께 거실에서 발견됐다. 포탈을 여느라 무리했던지 깊이 곯아떨어진 상태였다. 다행히 금돌이 해준 음식을 잔뜩 먹고 푹 자고 나니 금세 회복되었다. 그리고 다음 날 가영은 어머니께 이곳에서 일어난 일과 나의 근황을 알려야 한다며 고향인 심연으로 돌아갔다. 갑자기 나타나서 갑자기 떠났지만 그새 정이 들었나 보다. 기특하게도 마지막엔 유리와 금돌을 챙겼다. 순전히 내 부탁 때문만은 아니었을 것이다. 그 애도 친구라는 것을 알게 되지 않았을까? 그 애가 보고 싶다.

시간이 날 때마다 각성한 내 능력을 연구해 봤다. 깨졌던 넝쿨의 병을 다시 소환하니 멀쩡한 상태로 돌아왔다. 마개를 열어봤는데 내용물이 나오긴 하지만 딱 한 병 분량이다. 모든 마법을 제거하는 물질이라고 했다. 유리는 이미 마력을 잃었는데도 내 병을 볼 때마다 거리를 둔다. 가영이 넝쿨의 공을 방패로 바꾸는 것에 착안하여 나도 나의 넝쿨을 다른 형태로 만들거나 양손에서 뽑아내는 연습을 하고 있다.

일상이 거의 제자리로 돌아왔다. 김태양, 조현준, 권나라는 자기에게 일어났던 일을 기억하는 건지 학교에서 나를 볼 때마다 불편해하며 자리를 피했다. 박도환도 나를 멀리했다. 사건에 대해 말은 하지 않지만 예전과 달리 시비는커녕 날 쳐다보지도 않았다. 어쨌거나 다들 살아있으니 됐다. 내가 정말로 신경 써야 할 사람은 따로 있다. 강고미. 두 차례에 걸쳐 마왕이 일으킨 재앙에서 가장 큰 상처를 입은 사람은 그 아이일 것이다.

"고미야."

여자애들과 이야기를 나누던 고미가 나를 보며 미소 짓는다. 억지로 밝게 구는 것 같아 마음이 아프다.

"어, 지혁아."

내 이름을 부르는 다정한 목소리. 우리 사이에서 느껴지는 분위기를 읽었는지 아이들이 킥킥 웃으며 고미를 툭 건드렸다. 박도환은 시선을 돌리며 한숨을 쉰다. 그렇다. 승자는 바로 나다.

수업 시간과 쉬는 시간 모두 따분할 정도로 평화롭다. 점심시간엔 고미와 함께 밥을 먹었다. 방과 후엔 동네 놀이터에서 아이스크림을 먹으며 고미와 함께 그네를 탔다. 별말 없이 있어도 고미는 나를 볼 때마다 방긋 웃는다. 그 얼굴이 눈부시다.

"너랑 이렇게 있는 게 꿈만 같아."

내가 하고 싶었던 말을 고미가 먼저 한다. 얼굴에 열기가 오른다. 나도 용기를 내서 마음을 전했다.

"나도 그래. 너랑 함께 있으면 온 세상이 다 내 것 같아."

고미의 얼굴이 발그레해진다. 고미가 다 먹은 아이스크림 막대기를 입에 물고 그네를 타다가 무심하게 말했다.

"지혁아. 오늘 우리 집 갈래?"

"응?"

"왜? 바빠?"

"아 아니."

지금 나를 초대한 건가? 심장이 터질 지경이지만 내색하지 않으려고 애를 썼다.

"조 좋아."

침착하게 대답하려고 했으나 떨고 말았다.

고미가 귀엽게 웃으며 내 손을 잡아끈다. 얼굴이 화끈 달아올랐다. 겉은 빨갛고 속은 하얀 사과처럼 내 얼굴은 새빨갛고 머릿속은 하얗다.

고미의 집은 드라마에나 나올 법한 예쁜 주택이었다. 집 안 공기에 포근한 향기가 감돌았다. 가구와 인테리어가 인형의 집 같다.

'이렇게 예쁜 집에 고미 혼자뿐이라니.'

아무렇지도 않다는 듯 가방을 내려놓고 부엌에서 마실 것을 꺼내는 고미를 보자 코끝이 아리다.

"집 좋다."

"그치? 우리 아빠가 설계랑 인테리어까지 다 했어."

고미가 아무렇지도 않은 듯 아버지 얘기를 꺼냈다. 난 적당한 말이 떠오르지 않아 가만히 있었다. 마음이 무너질 것 같다. 고미가 고아가 된 건 내 책임이나 다름없다.

"올라와. 2층은 내 방이고 옥상은 정원이야. 진짜 예뻐. 내 방 먼저 보여줄게."

고미의 방에서 고미가 좋아하는 만화책을 보고 고미가 어릴 적에 가지고 놀던 장난감들을 구경했다. 고미가 유치원 다닐 때 사진도 보았다. 동그란 얼굴과 반짝이는 눈이 참을 수 없이 귀엽다. 고미의 바이올린 연주도 감상했다. 초등학교 때부터 배웠다고 한다.

옥상 정원에서 놀다 보니 어느덧 해가 기울었다. 슬슬 집으로 돌아갈 시간. 내일의 해가 뜨면 오늘보다 더 행복한 시간을 보내면 된다.

"정말 즐거웠어. 이만 가볼게."

가방을 챙기며 인사하자 고미가 말을 못 하고 쭈뼛거린다.

'맞다. 내가 가면 고미는 이 집에 혼자 있지.'

설마 내가 함께 있기를 바라는 건가?

"고미야. 혹시 괜찮으면…."

"저녁 먹고 갈래?"

"저녁?"

고미가 차려준다는 말인가? 아니면 배달 음식? 뭐든 좋다. 식사를 준비하고 있을 금돌에게는 미안하지만 나는 고미와 함께 있고 싶다. 그러나 이어지는 고미의 말이 청천벽력 같았다.

"곧 부모님이 오셔. 같이 저녁 먹자. 네 얘기 많이 했어. 널 보고 싶어 하셔."

"뭐라고?"

고미가 지금 무슨 말을 하는 걸까. 혼란과 두려움이 엄습했다. 슬픔을 견디기 어려워 부모님이 살아계신다고 현실도피를 하는 건가. 그렇다면 이 아이의 장단에 잠시 맞춰줄 수도 있다. 언젠가 현실을 받아들이는 날이 오더라도 굳이 그

날이 오늘이 될 필요는 없으니 말이다.

하지만 그런 게 아니라면…. 상상하고 싶지도 않았던 결과로 생각이 미쳤을 때 초인종이 울렸다.

"딩동."

"오셨다."

"잠깐! 고미야!"

고미가 내 말을 듣지도 않고 현관으로 달려가 문을 열었다. 그리고 집으로 들어오는 부모님을, 아니, 부모라고 여기고 있는 두 존재를 와락 끌어안았다.

"고미야. 너…."

그 둘은 진짜 고미의 부모님처럼 보였다. 그러나 각성한 나의 눈으로 꿰뚫어 본 그들의 본질은 넝쿨로 엮은 인간 형태의 이물이었다. 고미는 그들을 정말로 부모처럼 대했다.

"지혁아, 뭐해? 인사드리지 않고?"

입이 떨어지지 않았다. 겨울바람 같은 한기에 머리가 차갑게 식는다.

'아직… 끝난 게 아니었구나.'

"지혁아? 왜 그래?"

비로소 깨달았다. 이 일상이 고미의 열망이 투영된 가짜 현실임을. 나를 영원히 환상 속에 가둬두려는 마왕의 광기 어린 집착이 만들어 낸 마지막 덫임을.

6

온갖 생각이 뒤엉켰다. 어디서부터가 고미의 환상이었던 거지? 고미에게 걸린 마법이 어떻게 여태 남아있지? 설마 고미를 보호하기 위해 꼼꼼하게 짰던 넝쿨의 봉인이 되려 나의 빛을 막아줬던 건가? 왜 여태 이상하다고 생각하지 못했을까. 마왕을 완전히 토벌했다는 안도감에 너무 안일했다. 그것보다 고미는 이게 가짜라는 걸 알고 있나?
"고미야."
"응?"
동요하지 않으려고 무던히도 애썼다. 스멀스멀 나오려는 나의 넝쿨을 이를 악물고 억눌렀다. 설령 가짜라 할지라도 고미가 부모라고 믿는 것들을 그 애가 보는 앞에서 쓰러뜨릴 순 없다. 나는 미소를 지으려 노력하며 고미에게 말했다.
"배가 고파지려고 해."
"응. 조금만 기다려."
활짝 웃는 고미의 얼굴을 보니 참담했다. 엄마 역할을 하는 넝쿨 괴물과 고미가 주방에서 음식을 준비하는 동안 나는 식탁에 앉아 아빠 역할을 하는 괴물과 마주 보고 있었다. 넝쿨 줄기와 잎사귀가 만든 어설픈 얼굴을 보면서 번뇌에 빠졌다. 이 괴로운 소꿉놀이의 끝을 어떻게 정리해야 하나.
"아이참, 이렇게 하면 안 된다니까."

부엌에서 고미가 엄마 괴물을 가볍게 타박한다. 슬쩍 보니 요리를 못하는 내가 봐도 식사 준비가 엉망이다. 넝쿨 괴물이 재료를 엉터리로 잘라내고 으깨서 아무렇게나 냄비에 넣어 끓이자 고미가 답답하다는 듯 한숨을 푹푹 쉬다가 나를 보고는 씁쓸하게 웃는다.

'고미도 알고 있어. 모르는 척하지만 다 알고 있는 거야.'

난장판이 된 조리대를 뒤로 하고 고미가 괴물과 함께 음식을 가져왔다.

"오래 기다리셨습니다!"

간이 되다 말거나, 너무 짜거나, 아무 맛이 없다. 괴물들은 먹는 시늉도 안 하고 멍하게 앉아만 있다. 달그락거리는 수저 소리가 나와 고미 사이를 채웠다. 고미가 심드렁하게 익다 만 감자를 씹으며 말했다.

"맛이 어때?"

"어… 맛있어."

고미가 피식 웃는다.

"거짓말은 정말 못하네."

식탁 아래로 내린 왼손에서 몇 번씩이나 넝쿨이 나왔다가 들어갔다. 김태양과 조현준, 권나라, 박도환이 그랬듯 고미 또한 몸속에 맥동하는 씨앗을 품고 있었다. 그러나 그 크기가 다른 녀석들에 비해 현저히 작고 맥도 약하다. 고미와 괴물 두 마리만이라면 한 병 분량의 '정화의 연기'로 충분히 해결할 수 있다.

"미안. 고미야."

고미가 수저를 내려놓고 내 눈을 빤히 쳐다보았다.

"하지 마."

심장이 철렁 내려앉았다. 마왕이 고미의 목소리를 훔쳐 말하고 있는 줄 알았다. 하지만 마왕에게 빙의 당했던 박도환과 달리 고미에게선 마왕의 기운이 느껴지지 않았다. 애초에 품고 있는 씨앗의 크기도 너무 작다. 맥박이 너무도 가냘퍼 오히려 고미가 품어주지 않으면 죽을 것만 같다.

수저 소리가 멈추자 완전한 침묵이 우리 사이에 흘렀다. 거실 시계의 초침 소리가 나를 압박했다. 시간 끌지 말고 이제 끝내라고. 고미가 들릴락 말락 작은 목소리로 말했다.

"조금만 더… 이대로 있자."

혼란스럽다. 배신감과 연민이 섞여 판단력이 흐려진다. 눈을 질끈 감는다. 그러나 현실을 외면할 순 없다. 식탁 위에 시선을 둔 채 고미에게 물었다.

"가짜라는 거 언제부터 알고 있었어?"

"퇴원했던 날부터."

괴롭다. 그러나 질문을 이어갔다.

"오늘 왜 날 여기 데려왔어?"

고미는 그저 웃음 지을 뿐이다.

"왜 날 초대했어? 내가 몰랐으면 그냥 이대로 살 수도 있었잖아."

대답 대신 고미는 고개를 저었다. 고미에게 물었다.
"내가 어떻게 했으면 좋겠어?"

이미 답은 나와 있다. 다만… 식탁 위로 손을 올려 고미의 손을 꼭 잡았다.

'미안해.'

차마 말이 나오지 않았다. 고미가 잡은 내 반대쪽 손에는 이미 넝쿨의 병이 완성되어 있었다. 엄지손가락으로 마개만 열면 고미가 만들어 낸 환상은 끝난다. 하지만….

'인간의 마음이 너의 족쇄가 될 것이다.'

놈이 했던 말이 기억났다. 빌어먹을 마왕. 영원히 저주받을 놈. 만족스럽나? 고미가 씁쓸하게 웃으며 말했다.

"넌 정말 좋은 애야. 지혁아."

강고미. 이 아이가 있어서 내겐 세상이 아름다운 건데. 진심을 담아 고미에게 말했다.

"네가 좋아. 처음 봤을 때부터 지금까지 늘 좋아해 왔어."

고미가 반짝이는 눈으로 내 눈을 들여다보며 말했다.

"나도…."

말끝을 흐린다. 더 듣지 않아도 좋다. 그 애와 나의 얼굴이 가까워졌다. 서로의 숨결이 느껴질 만큼. 이대로 중력에 이끌리듯 입술이 닿을 것만 같다. 하지만 마지막 순간 고개를 돌렸다. 고미에게 난 그럴 자격이 없다.

사과 향이 남긴 자리

마침내 왼손에 들고 있던 병의 마개를 열었다. 붉은 연기가 집안을 채우자 고미의 엄마, 아빠 역할을 하던 넝쿨 괴물들이 연기 속에서 소멸했다. 가짜 현실이 깨진 거울처럼 무너져 내린 후의 고미의 집은 춥고 어두웠다. 고미는 식탁 위에 엎드린 채 의식이 없다. 안색은 창백하고 얼굴엔 사고 당시의 상흔이 남아있다. 호흡도 약하다. 다시금 깨닫는다. 고미는 퇴원한 적이 없다. 아직 병실에 있어야 할 아이였다.

"후…."

꺼져가는 숨소리가 들렸다. 캄캄한 고미의 집 거실에 비쩍 마른 그림자가 서 있다. 바싹 마른 잡초 줄기처럼 건드리기만 해도 바스러질 것만 같다. 나는 고미를 조심스럽게 바닥에 눕힌 뒤 그림자를 향해 말했다.

"참 끈질기다. 왜 안 죽는 거야?"

그림자. 마왕의 마지막 잔해가 웃음소리를 낸 것 같다. 그러나 거실은 적막하다. 종이를 태운 재처럼 놈의 그림자가 허공에 흩어졌다. 놈의 목소리가 들렸다.

'나는… 죽어가고 있다….'

나는 차가운 송곳니를 품고 놈에게 말했다.
"네 수명이 얼마가 됐든 자비 따윈 없어."
놈의 목숨을 당장이라도 끊어내고 싶은 욕망을 참으며 나는 숨을 깊게 들이마셨다. 고미의 집에서 폭력을 행사하고 싶지는 않았기 때문이다. 죽어가는 놈을 지켜보며 물었다.

"왜 이렇게까지 하는 거야? 뭣 때문에?"

놈의 대답이 느리다. 그러나 인내하고 기다렸다.

'증명하고… 싶었다…. 나의… 힘… 나의… 의지….'

"그런데 아무것도 얻은 게 없네. 가진 걸 전부 쏟아부었는데도… 이 일이 그렇게나 의미 있는 거야?"

'후… 이 아이가… 바보짓만… 하지 않았더라면….'

바람 빠지는 소리처럼 들리는 놈의 목소리에서 후회와 조소가 느껴진다. 놈이 느리게 말을 이었다.

'언젠가… 부활을….'

마왕의 한마디 한마디에 미련이 가득했다. 놈의 마지막 계획이 고작 여자아이에게 기생해 부활할 때까지 시간을 끄는 거였나? 어리석다.

"고미의 환상으로 날 속이고 그 애의 몸에 숨어서 회복할 계획이었군."

"...."

 마왕이 깊은 후회가 담긴 숨을 천천히 내쉬었다. 놈의 얼마 남지 않은 몸이 무너져 내렸다. 그 부스러기들이 조각조각 쪼개지고 가루가 되어 형체마저 사라졌다.
 놈이 소멸해 가는 과정을 보는데 어째서인지 속이 먹먹하다. 하나의 세상을 멸망시키고 도시에 재앙을 가져왔던 존재가 이렇게 최후를 맞다니.
 물어보고 싶은 것이 많았다. 하지만 마왕이 서 있던 자리에는 검댕 같은 자국과 가루만이 남았다. 그 검은 가루를 헤집자 작은 알갱이가 만져졌다. 입으로 후 불어 가루를 날리니 오톨도톨한 검은 씨앗이다. 나는 씨앗을 한참 들여다보다가 주머니에 넣었다.
 마왕이 죽어 잔재마저 없어진 것을 확인한 후 고미에게 돌아가 머리에 살며시 손을 얹었다. 눈꺼풀을 떨며 고미가 힘없이 눈을 떴다.
 "지혁아… 이거… 꿈 아니지?"
 "응. 아니야. 다 잘 끝났어."
 119에 전화를 걸어 고미의 상태를 알렸다. 몇 분 후 구급차가 집 앞에 오고 119대원들이 들것을 가져와 고미를 옮겼다. 나는 대원들에게 고미가 입원해 있던 병원을 알려주었다. 왜 아픈 애가 집에 와있냐는 물음에 나는 고미가 나오고 싶어

해서 몰래 데리고 나왔다는 어설픈 대답을 했다. 대원들은 미심쩍어하면서도 알겠다며 병원으로 고미를 이송했다.

어둑어둑한 길을 따라 집으로 돌아갔다. 마왕의 최후를 봤는데도 개운하지 않다. 학교 앞을 지나 집으로 이어진 공원 길을 걷고 있을 때 뒤에서 익숙한 목소리가 나를 불렀다.

"오빠!"

"가영?"

가로등 아래에 가영이 서 있었다. 머리부터 발끝까지 새까맣고 얼굴만 하얀 내 동생.

"언제 돌아왔어?"

반가운 마음에 다가가려는데 가로등 불빛 너머 어둠 속에 한 인물이 서 있었다. 소름이 돋을 정도로 키가 크고 까만 드레스로 전신을 감싼 여성이다.

"어 어머니?"

말하고도 스스로 놀라웠다. 나의 본능이 몸 안에 흐르는 피가 말해준다. 나의 고향이 내게 찾아왔다고. 어머니가 나를 향해 다가오자 밤보다 어두운 암흑이 온 세상을 뒤덮었다. 공원이었던 이곳에 독충이 기어다니고 독초와 넝쿨이 꿈틀대는 심연 밑바닥의 풍경이 겹쳐 보인다.

"아들이여."

그 목소리는 마치 세상이 내게 말을 거는 것처럼 장엄했다. 어머니 주변으로 검은 넝쿨이 자라 높고 거대한 옥좌가 만들어졌다. 어머니가 그 옥좌에 앉아 나를 내려다보았다. 백골처럼 창백한 얼굴과 발목 아래까지 흘러내린 검은 드레스. 칠흑같은 머리카락이 심해의 해초처럼 넘실댔다. 그녀의 주변으로 무덤가처럼 습한 한기가 맴돈다. 곁에서 있는 것만으로도 온몸의 세포가 긴장되었다. 어머니가 입을 열었다.

"나의 배신자 동생은 어떻게 되었느냐."

처음 만난 아들에게 하는 첫 질문이 마왕에 대한 것이라니. 강력한 절대자 앞이었지만 야속하다는 생각이 들었다.

"죽었습니다."

"그렇구나. 그러나 우리에게 죽음이란 일시적인 것."

어머니가 창백한 손을 내밀며 내게 말했다.

"내놓거라."

"네?"

"그자의 씨앗. 가지고 있지 않느냐."

"아…."

주머니에 손을 넣어 작고 오톨도톨한 씨앗을 꺼냈다.

"이 씨앗이 자라면 또다시 악한 존재가 되는 건가요?"

"그렇지 않다. 어떻게 살아가느냐에 따라 달라지지."

"그럼 이 씨앗을 어떻게 하실 건가요?"

"파괴할 것이다."

"왜죠? 똑같은 놈이 되지 않는다면서요."

"혈족의 전통이다. 불경한 짓을 저지른 자의 잔해는 없앤다."

"그렇다면 드릴 수 없습니다."

"뭐라?"

어머니가 나를 바라보았다. 인자한 얼굴이었으나 눈매에는 냉기가 돌았다. 용기를 내어 말을 이었다.

"제가 가지고 있겠습니다."

"어미를 거스르겠다는 것이냐?"

"제가 잡았으니 녀석의 운명도 제가 결정하고 싶습니다."

"호오…."

나를 보는 어머니의 눈에 서늘한 광채가 번뜩였다. 감정이 드러나지 않는 얼굴이다. 긴장으로 숨이 막힐 것만 같았다.

"격지에서 자랐어도 혈족의 본성은 그대로구나. 네 뜻이 그렇다면 그 씨앗을 가지는 것을 허락하마."

그 말에 긴장이 풀리고 안도의 숨을 내쉬었다. 마음을 진정시키기도 전에 어머니가 말을 이었다.

"나의 아들이여. 이제부터 내가 묻는 말에 대답해다오."

물어볼 것들이라면 나도 잔뜩 있는데. 나에게도 질문할 기회를 주긴 할까?

"너는 심연의 혈족이라는 사실을 자각하였느냐?"

"네. 최근에요."

"그렇다면 아들이여. 이 세계에서 계속 살고 싶은가. 아니면 또 다른 세계를 원하는가. 고향의 심연에 안주하지 않고 낯선 세계에 정원을 일구고 싶은가."

"정원이요? 아뇨. 하지만 여기 말고도 다른 세계가 있다면 보고 싶긴 합니다."

"훌륭하다. 이곳을 지배하고 싶은 욕망이 드느냐? 이곳에서 군주로서 군림하고자 하는가?"

"아뇨. 별로 지배하고 싶지는 않은데요."

질문의 의도를 이해할 수 없었으나 어머니는 진지하게 질문하고 내 대답을 경청했다. 어머니가 다시 물었다.

"지배하고 싶지 않다?"

"네."

"너의 세계인데도?"

"제 세계이긴 하지만 지배하고 싶진 않아요. 이 세계는 이대로도 좋으니까요."

"흠…."

어머니가 잠시 생각한 뒤 말했다.

"나는 그 마음을 이해할 수 없구나. 이 세계를 지배하지 않는다면 이 세계에서 살아갈 방법은 있느냐?"

"있죠. 함께 살아갈 친구들이 생겼거든요. 할머닌 이제 안 계시지만."

"할머니?"

"네. 뼈를 심어놨던 흙 인형이요."

"저런, 그 시종을 할머니라 여겼단 말이냐? 시종이 필요하면 얼마든지 더 만들어 줄 수 있다."

"아뇨. 그런 게 아녜요. 할머니는… 다시 만들 수 있는 그런 게 아녜요."

"이해할 수 없지만 이 어미는 어미의 소명을 다해야 하므로 다시 그대에게 묻겠다. 그대는 그대가 심연의 혈족이라 여기는가?"

인정하고 싶진 않지만 사실을 아니라고 할 수도 없었다.

"네. 저는 제가 타고난 힘을 각성했습니다. 저는 어머니처럼 심연의 주인입니다."

어머니가 흐뭇하게 미소 지었다. 옆에 있던 가영도 마찬가지. 그러나 어머니와 달리 나의 본심을 아는 가영은 내게 찡긋 윙크를 보냈다.

"그렇다. 아들이여. 너는 심연의 주인이다. 그렇다면 너는 본질을 알면서도 이 세계를 지배하지 않고 이곳에서 계속 살아가겠다는 말인가?"

"네. 그렇습니다."

"흐으음…."

어머니는 오랫동안 상념에 잠겼다. 미소를 머금었지만 근심과 불안함이 섞인 미묘한 표정이다. 하지만 이내 미소는 확신의 미소로 바뀌었다.

"이해할 수 없도다. 그러나 내가 이해하지 못하는 결과야말로 내가 기대했던 것. 그대는 혈족의 본성을 품은 채 혈족의 방식을 따르지 않으며 살아가는 방법을 발견했구나. 장하다. 그대는 그대의 방식으로 이 세계에서 번영하라. 우리 조상 넝쿨보다도 더 오래, 더 널리."

내가 이해한바 어머니가 내게 원하는 것은 간단했다. 지금까지 해왔던 것처럼 앞으로도 하루하루 살아가면 되는 것. 그건 내게 이 정도로 거창한 일은 아니다.

"장성한 아들을 보았으니 어미는 미련 없이 심연으로 돌아가겠다. 돌아가기 전에 마지막으로 하나만 더 묻겠다."

"얼마든지요."

"그대는 이 어미를 거스르면서까지 배신자의 씨앗을 거두었다. 정녕 사냥의 전리품을 빼앗기기 싫다는 이유 때문인가? 다른 의도는 없는 것이냐?"

"글쎄요. 다른 의도는 없어요. 싸움이 끝난 마당에 뭔가를 더 파괴하고 싶진 않아서요. 부수기만 하는 건 이제 지겹거든요. 게다가 이젠 그저 씨앗일 뿐이고요."

"흐음…."

고개를 젓는가 싶더니 어머니가 이내 끄덕였다.

"이 어미가 이해하려면 아주 오랜 세월이 걸리겠구나. 어쩌면 이해하지 못할지도. 이제 나는 심연으로 돌아가겠다. 언젠가 위대한 줄기에서 다시 만나자."

자비로우면서도 서늘한 어머니가 넝쿨의 옥좌와 함께 사라졌다. 가영이 사라지기 전에 손을 흔든다. 나도 그 아이에게 손을 흔들었다.

'이렇게 용건만 묻고 가버리는 건가? 또 만날 일이 있을까?'
 암흑이 걷히고 밤이 돌아왔다. 주변의 풍경도 원래의 공원으로 돌아왔다. 마왕의 씨앗을 주머니에 넣은 채 홀로 집을 향해 걷는다. 지금처럼 강렬한 고독을 느낀 적은 처음이다.

7

 마왕이 죽고 보름이 지났다. 마왕의 잔해에서 발견했던 씨앗은 키링으로 만들어서 핸드폰에 매달았다. 그 씨앗을 집에 가져왔을 때, 금돌은 실험하고 싶어 안달이 났고 유리는 부수려 들었다. 그 둘을 말리느라 정말 애먹었다.
 금돌이 흥얼거리며 아침 식사를 준비했다. 유리는 식탁 앞에 앉아 핸드폰을 들여다봤다.
 "뭘 그렇게 보세요?"
 "구직 사이트에서 일거리를 찾고 있다."
 요 며칠 살림살이가 눈에 띄게 좋아졌다. 현관문의 도어락, 새 식기와 텔레비전, 곰팡내가 나지 않는 뽀송한 침구류, 새 폰과 무제한 데이터까지. 전부 유리 덕분이다. 그런데 편의점 알바만 해서 이게 가능할까? 집에도 일찍 들어오던데.
 "무리하시는 건 아니죠?"
 "응?"

"혹시 일을 너무 많이 하는 건 아닌가 해서요. 유리 덕분에 살림이 풍족해져서 좋긴 한데 부담가질 필요는 없어요."

"부담되지 않는 일이다."

"무슨 일을 하는데요?"

"알려줄 순 있다만."

"불편하면 말 안 해도 괜찮습니다."

"사실, 마법을 쓰는 일이다."

"마법이요? 영생과 함께 잃어버린 거 아니었나요?"

"내가 지녔던 고대의 마력은 잃어버렸다. 그러나 마법이 발현되는 원리는 기억한다. 신의 힘을 빌리는 고등 마법은 쓸 수 없지만 자연의 힘을 빌리는 기초 마법 정도는 가능하다. 지렁이 굴을 만들어서 배달업을 하고 있다."

"지렁이 굴이 뭐죠?"

"물건만 보낼 수 있는 작은 포탈이다. 덕분에 짧은 시간에 많은 돈을 번다."

"포탈을 써서 배달 일을 해요? 완전 반칙인데요? 그런데 괜찮겠어요? 사사로운 일에 마법을 써선 안 된다면서요."

"그 점에 대해선 사사로운 일이 아니라고 판단했다. 너와 금돌의 생활, 더 나아가 우리의 대의를 위한 자금줄이므로."

"대의?"

"내 오랜 경험상 이대로 끝나진 않을 것이다. 마왕과 비슷한 존재가 또 나타날 수 있다. 침략자들에게 한 번도 눈에 안 뛴 세계는 있어도 단 한 번만 침공당한 세계는 없다. 노출된 세계는 계속 노출된다."

금돌이 식탁으로 음식을 가져왔다.

"아침부터 뭘 그리 무거운 얘기를 하시나? 어여 들게."

아침 식사치고는 과한 갈비찜이다. 김이 모락모락 피어오르는 냄비에서 먹을 것을 덜며 유리가 말했다.

"지혁, 너는 존재감이 너무 강하다. 빛에 벌레가 꼬이듯 필경 다른 차원의 존재들이 너의 빛에 이끌려 나타날 것이다."

"예를 들면요?"

"이 우주에는 너와 우리의 세계 말고도 많은 세계가 있다. 그중에는 너처럼 강한 존재를 섬기고 싶어 하는 종족도, 지배하거나 겨뤄보고 싶어 하는 종족도 있다. 일일이 이야기하려면 많은 시간이 필요한 일이다."

듣고 있던 금돌이 흥미롭다는 투로 물었다.

"그럼 우리 주변에서 또 사건이 터질 수 있단 말이오?"

"그럴 수도 있다는 얘기다."

"우리한테만 일어나는 일이라면 우리 선에서 정리할 수 있겠지만 행여 주변 사람들까지 휘말리면 어쩌오?"

"일이 커지는 것을 막으려면 사소한 현상이라도 놓치지 않아야겠지."

"허허, 그럼 우리 셋이 사무실이라도 차리는 게 어떻겠소? 기현상 해결사무소. 괜찮지 않소? 운영은 내게 맡기시오."

농담이겠지. 정말 그딴 걸 하고 싶을 리가 없다.

"금돌. 그것보다 제대로 된 일을 생각해 보는 게 어때요? 솔직히 유리 덕분에 먹고사는 거잖아요."

"어이쿠, 왜 이리 짠가. 간을 잘못 맞췄구려."

유리가 진지하게 고민하다 답했다.

"사무실이라. 그래, 배달업을 하면서 틈틈이 이상 현상을 조사하는 것이 좋겠다. 지혁. 너도 동의할 것으로 생각한다. 네 힘이 없다면 우린 무용지물이니까."

"무용지물이라뇨. 유리만 해도 능력이… 잠깐. 진심이세요? 그런 걸 하겠다고요. 위장을 하려면 차라리 카페가 어때요? 금돌이 끓이는 차는 맛있으니까. 찻집도 하고 비밀리에 이상한 사건들도 해결하고…. 낭만 있네요."

그 말을 들은 금돌이 껄껄 웃는다.

"허헛! 맘에 드는군!"

"금돌, 농담인 거 알죠? 이만 학교 다녀오겠습니다. 아침 잘 먹었어요."

"잘 다녀오너라. 오늘도 고미네 집에 들렀다 오냐?"

"아마도요?"

"저녁은 와서 먹을 테냐?"

"그러지 않을까 싶은데요."

"알았다. 그럼 오랜만에 수육이나 준비해야겠군!"

"오랜만은 무슨, 지금도 고기 요리잖아요."

신발을 신고 나가기 전, 현관에 모셔둔 할머니 인형에게 인사했다.

"다녀오겠습니다."

학교 가는 길, 시종령들이 따라붙었다. 내 주변을 기웃거리며 명령을 내려달라고 보챈다. 새, 고양이, 다람쥐처럼 귀엽게 생긴 녀석들도 있고 곤충을 닮은 녀석도 있다. 명령을 내릴 일이 없으니 며칠 만에 제법 여러 마리가 모여들었다.

"아직 너희가 할 일이 없어."

교실에 도착했다. 늘 똑같다. 박도환은 자리에 앉아 에어팟으로 뭔가를 듣고 김태양, 조현준, 권나라도 나와 마주치지 않으려고 애쓴다. 고미는 지난주에 퇴원했지만 아직 학교에 오지 않고 있다.

점심시간엔 오랜만에 포켓몬 빵을 사 먹었다. 웬일로 피카츄 띠부씰이 뽑혔다. 교실에 돌아와 자리에 앉아 있는 박도환에게 다가갔다.

"야. 박도환."

의아한 얼굴로 나를 보는 녀석의 책상 위에 띠부씰을 툭 던지며 말했다.

"피카츄 나왔다. 가져."

녀석이 피카츄 띠부씰을 집어 들고 한참 동안 쳐다보았다. 무슨 생각을 하는지 모르겠지만 별로 궁금하진 않다.

오후 수업도 무미건조하게 끝났다. 집으로 가는 길과 반대 방향으로 교문을 나섰다. 고미네 집으로 가는 길이다.

"딩동." 현관 벨을 누르니 고미의 이모가 나온다. 고미가 퇴원한 뒤 집에서 요양하는 동안 도와주러 오신 분이다.

"지혁이 왔구나?"

"고미는요?"

"옥상에 있을걸?"

가방도 안 내려놓고 옥상까지 단걸음에 올라갔다. 아직 공기가 쌀쌀한데 고미가 옥상 정원에서 화단을 돌보고 있다.

"고미야."

고미가 나를 보며 웃는다. 그 애의 얼굴에 흉터가 선명하다. 시간을 들여 완치할 수 있다고 들었지만 볼 때마다 마음이 쓰였다. 고미의 옆에 앉았다.

"오늘은 좀 어때?"

"많이 좋아졌어. 넌? 학교에서 별일 없었어?"

박도환에게 피카츄 띠부씰을 준 이야기를 해주었다. 녀석이 얼마나 얼빠진 얼굴을 하고 있었는지도. 고미가 깔깔거리며 웃었다. 그 모습을 보니 고미가 없는 교실이 얼마나 썰렁한지 알 것 같다. 보고 싶을 때면 이곳에 와서 볼 수 있지만 나는 고미가 세상에 나왔으면 좋겠다.

화단을 보고 있는 고미의 얼굴을 보다가 나도 화단을 보았다. 짙은 초록색 줄기 끝에서 새로 피어나는 꽃봉오리가 눈에 들어온다.

"아직 쌀쌀한데 벌써 꽃이 나오네?"

별 뜻 없이 말하고 가만히 화초를 보고 있자 고미가 내 뺨에 입을 맞추었다. 데인 듯 놀라 고미를 보자 고미는 아무일 없었다는 듯 다시 화단을 내려다본다. 그러다가 우물쭈물 말을 꺼냈다.

"지난번 건… 무효야. 이번이 진짜로 내가 한 거야."

봄이 찾아왔다. 고미를 보고 싶다. 지금 보고 있어도 보고 싶다. 모든 시간과 모든 장소에서 늘 고미와 함께 있고 싶다. 나는 조심스레 고미에게 물었다.

"학교는… 언제부터 나올 거야?"

"…아직은 가고 싶지 않아."

서두를 생각은 없다. 이 아이는 태양과도 같으니 때가 되면 스스로 떠오를 것이다. 어느새 해가 기울었다. 집에 가려고 하는데 고미가 나를 붙잡는다.

"저녁… 먹고 갈래? 우리 이모 요리 진짜 잘하셔."

금돌이 기다리겠지만 어쩔 수 없다. 문간에 가방을 내려놓고 식탁 앞에 앉아 식사를 기다렸다. 주방에서 맛있는 냄새가 난다. 내 옆에 앉은 고미가 행복하게 웃는 얼굴로 날 쳐다본다. 그러다 문득 거실을 보았다. 그 자리에 서 있던 마왕의 마지막 모습이 눈앞을 스쳤다. 오한이 들었지만 집 안의 온기가 그 기억을 덮었다. 누구도 내게서 이 일상을 빼앗지 못한다. 나는 이 세계의 주인이다. FIN

작가의 말

이따금 캐릭터가 찾아온다. 꿈속을 찾아올 때도 있고 길을 걷다 문득 만날 때도 있다. 어떤 녀석은 금방 떠나지만 어떤 녀석은 집요하게 주변을 머문다. 어느 날 열매가 열리는 지팡이를 짚고 음산한 밤을 걷는 비쩍 마른 녀석이 나타났다. 녀석은 창백한 미소를 머금고 지팡이에서 열리는 열매를 세상에 뿌리고 다닌다. 그 열매 얻은 자는 내밀한 욕망을 현실로 이룬다. 그런 열매를 아무한테나 던져주면서 말썽을 부린다. 녀석은 20년 동안 그림자처럼 날 따라다니면서 보챘다. 자기를 위한 세계와 이야기를 만들어 달라고. 고교 시절과 대학 시절, 군대를 갔다 오고 다시 학교에 다니고, 결혼을 하고 10년간의 직장 생활을 하는 동안 계속 보채왔다. 그러나 녀석을 위한 마땅한 이야깃거리는 생각나지 않았다.

이 이야기를 쓰기 시작했을 때, 녀석이 불쑥 얼굴을 들이밀었다. 여기 자신에게 딱 맞는 자리가 있지 않냐며. 내 삶의 절반을 따라다니던 그 녀석은 기꺼이 악역을 도맡았다. 그렇게 이 이야기 속 '마왕'이 탄생했다.

종종 소설의 주인공에 작가의 내면이 투영된다. 그러나 이 이야기에서 작가인 나의 페르소나는 주인공 지혁이 아닌 마왕이다. 세상을 파괴하려는 악당이 아닌 그저 평범한 자였더라도 그 녀석에게 동조할 이유는 차고 넘친다. 녀석이 만든 사과만 있다면 원하는 대로 일이 술술 풀릴 테니.

하지만 현실엔 마왕도 없고 녀석의 사과도 없다. 다행히 소설이 그것들을 대신한다. 소설 속에선 뭐든 할 수 있다. 그리고 다행히 소설을 쓴다는 것은 사회적인 교감을 필요로 한다. 홀로 어둠 속을 배회하며 사과를 키우는 마왕과 달리 이 글은 혼자만의 독백이 아닌 많은 대화와 교감의 결과물이다.

한때 소설이라는 것은 외골수 작가가 오롯이 혼자서 쓰는 것인 줄 알았다. 틀려먹은 생각이다. 읽히기를 원한다면 읽는 이들의 눈으로 자기의 글을 봐야 한다. 물론 고집을 부려야 할 때도 있지만 자기 안에 갇혀선 안 된다. 이 이야기를 쓰면서 많은 것을 배웠다. 마왕의 사과처럼 이 책은 나의 꿈을 현실로 이끌어줬다. 이 사과가 온전히 맺혀 빛을 보도록 도움을 준 이들은 오래 연락을 이어온 스승님과 그 덕에 새로 연이 닿은 분들이다. 방구석에서 혼자 쓰던 글이 현자와 은인들을 만나 책이 되었다. 그러나 아직 제대로 완성된 것은 아니다. 여러분이 읽기 전까진.

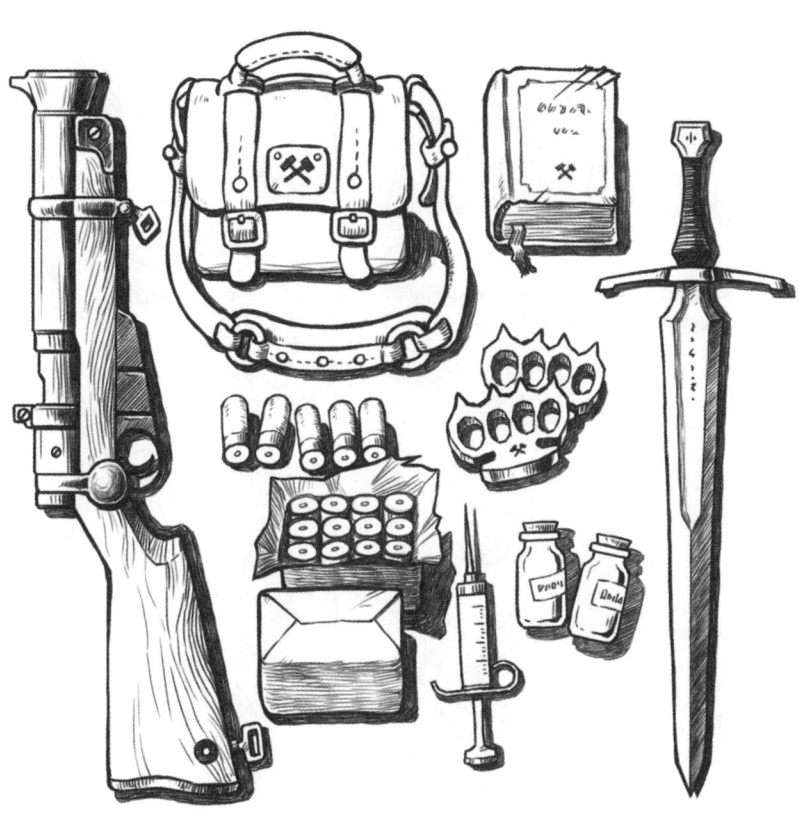

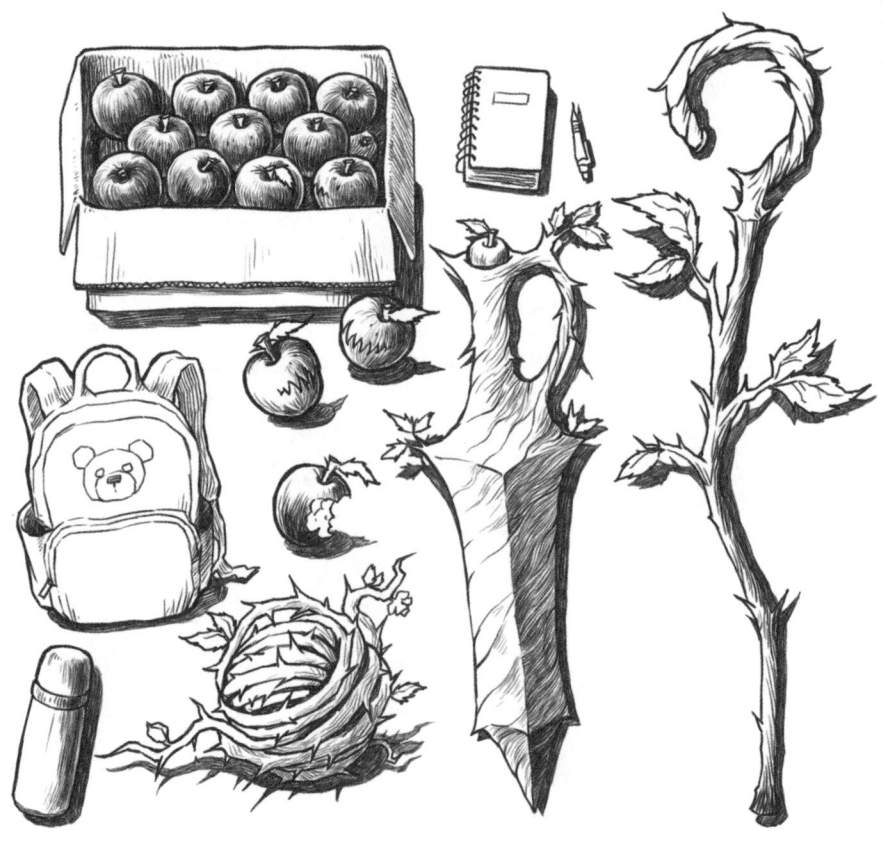